わたしが消える

佐野広実

Sano Hiromi

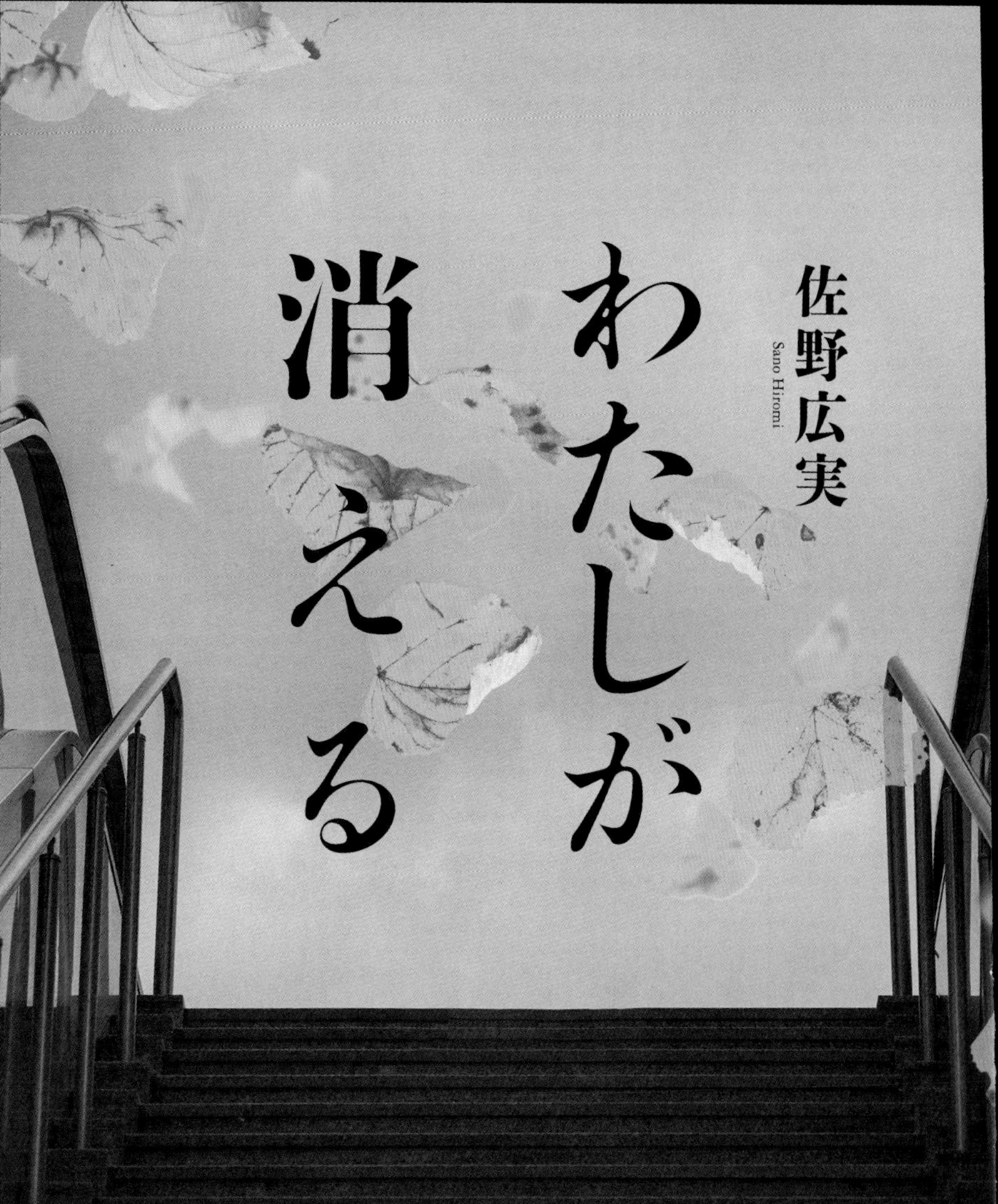

c o n t e n t s

装幀　坂野公一（welle design）

写真　Shutterstock.com

わたしが消える

序章　宣告

カルテから顔を上げた医師が向き直ると、嘘《うそ》を見抜こうとする目つきで覗《のぞ》きこんできた。たしか村瀬《むらせ》といったはずだ。

「具合はいかがですか」

当たり障《さわ》りのない訊《き》き方だ。

「もう、なんともありません」

首を振ろうとして、コルセットにはばまれた。

医師は後ろを向くよう命じた。

椅子ごと回ると、まず後頭部の様子を診てから、両手を側頭部にあてて何度か左右に動かし、首の様子をたしかめた。

「頭の腫《は》れはひいてますね。ムチ打ちのほうも大丈夫。コルセットはもういいでしょう」

マジックテープをはがし、コルセットが取られた。一週間ぶりに首まわりがせいせいしたが、どうせなら午前中の検査前に外してほしかった。

「それで、結果は」

身体《からだ》を戻して尋《たず》ねると、返事をしぶる表情でコルセットを看護師に手渡し、大きく息をついた。それからデスクに設置してあるパソコン画面にちらりと目をやったあと、やっと視線を向けてきた。

「先週の事故で頭部ＣＴを撮影したとき、疑いがあると申し上げました。ただ、あの画像だけでは判定がむずかしいので、また来ていただいていくつか検査をしたわけですが」

医師の顔に目をそそぐと、その視線がパソコンに映し出された画像に移動する。

つられて見ると、脳を輪切りにした画像と耳のあたりで前後に切断した画像の二枚が大きく正面にあり、その横にやはり輪切りの、連続撮影した小さな画像が縦横に連なったものが並んでいた。

「これがきょう撮ったＭＲＩです。ここ、わかりますか」

手にしたボールペンで、脳を前後に切断した大きな画像の一部分を示した。右耳のあたりだった。

「海馬《かいば》という部位ですが、この付近の脳が、わずかですが萎縮《いしゅく》しています」

「いしゅく」

「縮《ちぢ》んでいる、ということです。普通はこの部分がもっと大きく白いんですが、萎縮してしまっているため、黒く写っています」

　あきらかにほかの部分と違い、脳細胞の波打った画像がそこだけ黒くなっている。

「つまり、どういうことですか」

　医師はＭＲＩ画像に目をやったまま、ひと息に告げた。

「軽度認知障碍《しょうがい》、ということになります」

　それが何なのか、理解が追いつかない。

「おどかすつもりはありませんが、放置すれば数年でアルツハイマー型認知症に移行する可能性があります」

　首筋を急に絞められた気がした。それが声を出したくても出せないでいるせいだとわかった。しかし、わかったからといって、すぐに声は口から出てこない。

　一週間前に、疑いがあるとはいわれたが、じっさいにそう聞くと一気に血の気が引いた。と同時に、そんなはずはない、なにかの間違いだと怒鳴りたくなった。

　物忘れは以前にくらべて多くなった気はしていたものの、頭はまだしっかりしている。この一週間、一抹《いちまつ》の不安を抱きはしても、そんな馬鹿なと鼻で笑っていたのだ。

　そもそもこの医師の診断が間違っているのではないか。

　ふと、そんな疑念がきざした。事故で担《かつ》ぎ込まれたというのに、もともと認知症だと疑っていたのかもしれない。

　そういえば、初対面のときのやりとりからして、おかしかった。

……先週、事故で担ぎ込まれ、治療を終えたあと診察があるからとしばらく待たされた。

三十分ほどしてやっと名前を呼ばれて診察室に入って行ったのに、またあらためて名前を尋ねられた。

「お名前は」

「藤巻《ふじまき》です」

それでもまだ試すような視線があてられたままだったので、急いで言い直した。

「藤巻智彦《ともひこ》」

やっとうなずき、白衣の胸にあるネームを示すように見せた。

「村瀬といいます。さきほど撮ったＣＴの件ですが」

いいよどんで、話題を変えた。

「まだ痛みますか」

「いや、それほどでも」

頭を打ったのでレントゲンを撮られたのに、後頭部にできたコブは、なにやら液体の薬を塗《ぬ》っただけで処置は済み、痛めた首のほうには大袈裟《おおげさ》なコルセットがつけられた。

医師はカルテを手に尋ねた。

「以前、頭に大きな怪我をしたことはありませんか」

「特には」

「そうですか。ええと、生年月日は、わかりますか」

西暦でこたえた。生まれた日は六月十二日だから、六十一になって一ヵ月ほど、ということになる。

「なるほど」

思い出してみれば、奇妙なやりとりだった。

身体をデスクの方に向けた医師はカルテになにか書き込みつつ、また質問をかぶせてきた。

「いまお仕事、何かやっていますか」

まるで尋問《じんもん》だと思ったのは、以前刑事だったせいかもしれない。救急車の中でもそんなことは訊かれなかった。平日の昼間から普段着姿で自転車に乗っていたのだから、無職かどうかを知りたいのだろうと思った。

「マンションの管理人をやっていますが」

納得したように深くうなずくと、不意をついて視線が向けられた。

「きょうは七月の、何日でしたっけ」

もちろん、水曜だ。毎週水曜に自転車で駅前のスーパーに食材を買いに行く。水曜が安売りの日だ。だから帰り道に後ろから追突されて。

「水曜です」

思わず口をついていたが、そこで訊かれていたことが何だったのか、あいまいになった。しかし、よくあることだった。

「何日でしょうか」

医師は顔を向け、ゆっくりともう一度質問を繰り返した。

デスクの上にあった小型カレンダーに目が止まった。二〇一九年七月。二十三日まで斜線が引かれ、二十四日は水曜日だった。

「二十四日」

医師の視線がカレンダーにちらりと走った気がした。苦笑しているのかどうか表情を読み取らせまいとするらしく、また質問が飛ぶ。

「今朝、どんな食事をしましたか」

それが事故の怪我とどんな関係があるというのか。胃の検査などしていないはずだ。いささかむっとした。

「どういうことでしょう」

「思い出せませんか」

医師の声が一段低くなった。

「たしかごはんと味噌汁《みそしる》、それに目玉焼きだった」

「たしかというのは、はっきり覚えていないと」

「いや、ごはん、味噌汁、目玉焼き。きょうの昼は駅前の巴里《パリ》という喫茶店でピラフを食べた。夕飯には刺身を買った。明日の朝食用には」

「結構です。わかりました。ご家族とは同居されてますか」

「いや。いまは一人で」

「というと」

「大学生の娘がひとりいて、たまに来ます。妻は三年ほど前に亡くなっています」

　そのはるか昔に離婚していることまで口にする必要はない。

「娘さんはどちらに」

「神奈川の大和《やまと》」

「ここからだと、ちょっと遠いですね」

　たしかに、府中《ふちゅう》までは距離がある。しかし、電車の乗り継ぎがうまくいけば、さほど時間はかからない。近からず遠からず、絶妙な距離だ。それが娘の気持ちを表しているのだろう。

　もちろん、そんなことも説明する必要はなかった。

「ご家族は、娘さんおひとりですか」

　窮屈《きゅうくつ》だったが、コルセットをつけたままうなずいてやった。すると、この医師はこう告げたのだ。

「まだ確定はできませんが、認知症の疑いがありますね。また来週いらしてください。そのときあらためて検査できるよう手配しておきます。できるなら娘さんもご一緒に来ていただいたほうがいいかと」

　これ以上話がつづくと質問責めにでもあうと思われたのか、そっけなく処方箋《しょほうせん》を渡され、診察室を追い出された。

……そしてきょう認知機能のテストをやり、今度はＭＲＩを撮られたわけだった。

先週のやりとりをこれだけはっきり思い出せるというのに、認知症だとは、心外だ。

「藤巻さん、だいじょうぶですか」

気づくと、つい目の前に様子をうかがう医師の顔があった。

声が出せないまま、軽くうなずいてみせた。

「正確にいうと、ＭＣＩと呼ばれている軽度認知障碍の場合、日常生活に支障が出るほどには悪化しませんし、投薬で認知機能が正常に戻ることもあります。ＭＣＩは認知症ではないんです」

不安を見て取った医師は声にはずみを持たせ、ラックから薄いパンフレットを取り出すと、開いてみせた。

「軽度認知障碍の定義」と大きく書かれた文字の下に、五つの項目が並んでいた。

①記憶障碍の訴えが本人や家族から認められている

②日常生活動作は正常

③全般的認知機能は正常

④年齢や教育レベルだけでは説明できない記憶障碍がある

⑤認知症ではない

最後の五番目を目にしても、医師の言葉が無意味な気休めとしか思えなかった。

「アルツハイマー型の場合、アミロイドβ《ベータ》というタンパク質が二十年以上前から脳内に蓄積されて発症するんです。ですから、突然認知症になるわけではありません。軽度認知障碍というのは、認知症に移行する可能性のある段階ということです」

「しかし、先生」

かろうじて声をしぼり出したが、医師は話を続けた。

「たいていのかたは症状が出始めて、どうもおかしいということで身内のかたに連れられてきます。それから検査ですから、進行していることが多いんです。しかし、藤巻さんの場合、軽度認知障碍の段階です。なにより発見が早かった。対処するにも早ければ早い方がいいわけで」

「先生」

相手の言葉を遮《さえぎ》るだけのつもりだったが、語気が荒くなったせいで、医師はいったん息をつめてから、向き直った。

「なんでしょう」

「それは、そのうち認知症になる、治らない、ということですか」

憐《あわれ》みの色が目に浮かんだ。

「認知症に移行する可能性が高い、とはいえます。ただ、現状を保てる場合もあるんです」

「どれくらいですか」

尋ねると同時に、口の中が乾いているのに気づいた。意味が通じなかったらしく、医師が問いたげな顔になった。唾液で口の中を湿らせてから、もう一度あらためて訊いた。

「進行するとしたら、なにもわからなくなるまで、どれくらい、時間があるのか」

「診断時期や個人差があって判断はむずかしいですが。軽度認知障碍と診断されたあと、一年後に十パーセントほどがアルツハイマー型認知症に移行するといわれています。五年で五十パーセント」

答えを引き出してから、そんなことを知ってもどうなるわけでもないと理解した。遅かれ早かれ、肉体より先に脳が萎縮してしまう。

しかし、その状態を想像できなかった。いったいどうなってしまうのかが、わからない。そこに待っているのが、どんな姿なのかも。

「もしかして、それが原因で事故が起きたんでしょうか」

医師は目を細めた。

「自転車で止まっているところを後ろから軽自動車に追突されたとお聞きしましたが」

「そうです」

「だったら、藤巻さんのせいじゃありませんよ。むろん、病気のせいでもない」

これまでになく自信に満ちた口調だった。

「物忘れが多くなったとか、気づくといまやろうとしていたことが何だったかわからなくなっているとか、この段階ではまだその程度の症状だけでしょう。以前にくらべて、そういったことが多くなっている自覚はありますか」

どうだろう。ゴミ捨ての曜日を間違ったりしたことはあったが、それは管理人の仕事についた当初のことだ。ちかごろは別にこれといって思い当るふしはない。いや、それすらも思い出せなくなっているということなのだろうか。

「とにかく、薬でしばらく様子をみることにしましょう」

医師はカルテになにか書き込みながら、ちょっと声をひそめた。

「ところで、きょう娘さんは」

先週一緒に来るように言われていたのを忘れていたと思われるのは癪《しゃく》だったが、黙って首を振ってみせた。疑いがあるというだけで呼びつけるわけにはいかない。まして認知症の一歩手前などと診断されれば、なおさらだった。

「いろいろ事情はあると思いますが、今後のこともありますし、娘さんにはお伝えしたほうがいいかと」

余計なお世話と思いつつ、表面上は素直にうなずいておいた。

あいつには、告げるべきだろうか。それとも。

処方箋を受け取って診察室を出ながら、その問いだけが、頭を占めた。しかし、答えが出ない。

出ないまま、しばらくぼんやりしていたようだった。廊下を行き来する医師や看護師たちがよけて通っているのにやっと気づき、会計の窓口に向かった。

それからあと、どうやって病院を出てマンションの管理人室にたどり着いたのか、まるで覚えていない。帰り着いた時間も、はっきりしない。

気づいたら部屋は暗くなっていて、テレビだけが明るい光を放ち、クイズ番組をやっていた。

夕食を作る気も、食欲もなかった。

つとめて平静に振る舞おうとすると、さまざまな感情を押し殺さなくてはならず、それに手一杯で何も手につかないらしい。しっかりしているつもりだったが、これほど打ちのめされたことはなかった。

もっとも、こんな宣告をされなければ、娘の持ち込んだ頼みごとなど断っていただろう。たとえ引き受けたとしても、おそらく通り一遍《いっぺん》の調べで片づけていたはずだ。

そうならなかったのは、めぐりあわせというほかない。

事の始まりは、つまりそういうことだった。

第一章　身元不明者

一

何も手につかないとはいっても、管理人の仕事はこなさなければならない。やる気はなくとも、この二十年で仕事の習慣は身に染みついている。それに、仕事を忘れていないということは、まだ大丈夫という証明にもなるはずだ。

先週疑いがあると言われてからは、気を引き締めるつもりでそんな風に思っていたが、宣告されてさらにその思いはつのった。

翌朝目覚めたとき、生活習慣を維持しなくてはならないという脅迫《きょうはく》めいた思いにかられたのは、そうすることが病気の進行を遅らせるに違いないといった根拠のない確信につながっていたからだと思う。

いつものように五時に起き、周辺の掃除をする。

ゴミの日にはきちんと分別して封がされているのをたしかめる。

そのあと朝食をとってゴミ収集車がゴミを回収したあとの掃除。

水回りや電気系統の点検があるときは業者が立ち入るので、前もって管理人室の前にある掲示板に「お知らせ」の紙を書いて貼ったり、集会所の利用予約の確認、それに官公庁から送られてきた通達などをまとめた回覧板を作ったりする。

午前中に一回、午後に一回、それぞれマンションの通路をすべて回って電灯が切れていないか、エレベータに故障はないか、ほかにも防犯カメラのモニターチェックや駐車場に落書きがされていないかといった確認。

管理人室の応対は午後五時までで、時間が来れば受付窓口のカーテンを閉める。苦情や依頼が持ち込まれた日には、いかに処理したかを日報に記しておく。

土日は休みで、基本的に対応はしなくていいことになっている。オーナーが企業でなく個人だから、そのあたりは融通《ゆうずう》がきいた。

もっとも、それでも時間外に問題を持ち込む住人がいるのは仕方がない。

五時に業務を終えても、夜になってからトラブルが起きることもあった。不審者のうろつき、痴漢《ちかん》被害、住人が警察や救急車を呼べば、管理人として立ち会わなくてはならない。

六階建て五十部屋、現在は百三十五人が住んでいる。

オートロックだから、不審者の侵入にはあまり気をつかわなくても済んでいるし、分譲なので、ちかごろ問題になっている家賃滞納や大量にゴミを残して転居してしまうような住人はいない。投資目的でまた貸しをするような立地でもない。

ローン破綻《はたん》で売却するケースも五年に一度ほどあるが、おしなべて住人に問題は少なかった。京王《けいおう》線中河原《なかがわら》駅から徒歩十分で、都心には高くて住めないが、このあたりなら手が届くと考えて購入する者が多い一方、長年住んでいる者は大半が高齢者の独り暮らしで、派出所からは振り込め詐欺の被害や孤独死には注意をしてくれと再三いわれていた。

半年ほど前には、以前刑事だったことを耳にした住人から、振り込め詐欺の注意点を講義してほしいと頼まれ、集会所で簡単な話をしたこともある。

そのときついでに教えてもよかったのだが、空き巣がマンションを狙うとき、絶対といっていいほど管理人室には侵入しない。もともと金目のものなどないと踏んでいるのだ。だから逆にいえば一種の盲点《もうてん》でもあり、空き巣被害に関してはほぼ百パーセント安全ということになる。ただ、それを教えてしまうと、大事な物を預かってほしいと言い出す住人も出てくるので、どこの管理人も口にしないのだ。

マンションの大小にかかわらず、管理人というとのんびりしているように思われがちだし、じっさい手を抜こうと思えばいくらでも抜ける。が、仕事を見つければ、これほどきりがない職業も珍しい。

だから、思い悩んだりする時間をなくすために、普段めったにやらない外壁の傷み具合や各階の手摺《てす》りの錆《さ》び具合、それに貯水槽の点検、防犯カメラの位置を微調整するといったことまで、思いつくかぎりの仕事をしたものだった。

車にはねられたという話は、事故のあった翌日の夕方まではマンションに広まっていた。いつも乗っている自転車は壊れているし、首にコルセットをしていたのだから、疑いようもない。

　何人かが入れ替わりで見舞いにやってきて、事故に遭ったときの話を何度も繰り返した。


中河原駅前のスーパーでいつものように食材を買い込んで、これまたいつものように自転車で戻ってくる途中、信号待ちをしていたら後ろから追突されたんだ。自転車の後輪がぐいって下に引っ張られたような感じがしたと思ったら、真後ろに倒れててさ。気づいたら目の前に車の前輪タイヤがあったよ。卵のパックがぐしゃって潰《つぶ》れてて。ちょっとでもブレーキが遅かったら、頭もぐしゃってところだった。で、川沿いにある病院に運び込まれてあれこれ検査をされてね。しかし、ほら、ここのたんこぶだけ。相手もきちんとした人だったから、自転車も弁償してくれるっていうし。


　タイヤの件《くだり》は多少大袈裟だし、本当にそうだったのか、はっきり記憶があるわけでもないのだが、話しているうちに尾鰭《おひれ》がついた。

　事故の顚末《てんまつ》を聞くと顔馴染みの住人たちは、まあ気をつけたほうがいいよ、管理人さんも歳なんだからさ、などと苦笑まじりに言ったものだ。ほとんどが長年独居している老人で、そういった住人にかぎらず、管理人を名前で呼ぶ者は、まずいない。

　この一週間ほどは、そんな笑い話で済ませていたが、これからはそうはいかないような気がした。だいいち、病気のことを口にできるほど親しい関係の者はいなかった。

認知症に関する本も三冊買い込んで読んだ。

医師の告げたＭＣＩと呼ばれる症状も書かれていた。それによれば、たしかにＭＣＩは認知症ではない。正常と認知症の中間状態である。じっさい認知機能が正常範囲に戻ることもあるらしい。

しかし、診察室で見せられたＭＲＩの画像はすでに脳の萎縮が始まっていて、アルツハイマー型認知症に移行しつつあることを示していたのではないか。

その疑いがこびりついてなかなか離れてくれなかった。素人が見たところでわかるわけがないから、気休めを口にしたに違いない。

早くて一年、遅くとも五年。

たとえ服薬しても、認知症に移行する可能性はあるのだ。

だとすれば、この一年から五年という時間は、長いのか短いのか。

ふと気づくと、そんな埒《らち》もない考えにとらわれ、箒《ほうき》を手にぼんやり立っていたりする。

宣告から二日間というもの、そういう状態がつづいた。

気晴らしといえば、毎日寝る前に聞いている落語のＣＤで、精神安定剤より効果はあった。少なくともこの二十年、身の上を笑い飛ばし、屈託《くったく》を解消してくれる役には立っていて、今回もなんとか与太郎たちに助けられたといったところか。

そして金曜日の夕方、つまり事故から九日後に保険会社の担当という女性から電話があり、かなり高額な補償金の提示がなされた。事故の翌日にも連絡があって担当者が顔を見せたが、そのときには事実確認をしただけで、補償金額の提示はなかったのだ。

病気を早期に発見できたのだと考えれば、相手がよそ見運転していたことに感謝したいくらいだった。いいように処理してほしいと答えると、恐縮して何度も礼を口にしてから、相手は電話を切った。

その電話があった直後、また呼び出し音が鳴った。

挨拶《あいさつ》も抜きに声が届いた。

「いま駅にいるんだけど」

「駅って、どこの」

電話の向こうで、ため息が聞こえた。

「中河原よ。夕飯作ろうと思って」

すぐそこまで来ているのに帰れとはいえなかった。だが、ＭＣＩのことを祐美《ゆみ》に告げるかどうか、まだ決心がついていない。

「もしかして、もう作っちゃったの」

返事をにごしていると、びっくりしたような声が届いた。

「いや、まだだ」

「さすがに五時前だものね。病院じゃあるまいし」

短く笑い、途中で買い物をしてから行くといって、電話は切れた。

受話器を置いて、ソファに身体を埋《うず》め、管理人室を見回した。業務用の事務室の奥に台所トイレ風呂のついた六畳の畳部屋がひとつあるだけの小さなものだ。

　上京してきたとき、祐美は一緒に住めないかと持ちかけてきた。とうていここでは無理だった。別の仕事につくという選択肢はなかったし、金銭的にも部屋を移るのは不可能だった。蓄《たくわ》えなどほんのわずかだ。冷たいようだったが、それはできないと断った。

　だいいち、十八年ものあいだ離れていた娘に、どう向き合っていいのか、困惑ばかりが先に立った。

　成長の過程をまるで見ていないのだ。まだ乳飲《ちの》み子のときに妻は祐美を抱いて出て行ってしまっていたから、一緒に暮らしたのは半年ほどだ。四十のときに生まれたひとり娘がかわいくないわけがなかったが、妻の意志は固かった。養育費すら辞退した。

　結局刑事を辞めると同時に、妻子とは東と西に別れてしまった。ただ、娘との連絡は禁じられていなかったため、字が書けるようになってからはたどたどしい字で手紙をよこし、ときたま自分で撮った写真が同封されてきたこともあった。

　ほとんど返事も書かずにいたのだが、高校になって東京に修学旅行で来たとき電話があり、ついに再会した。

　多少は感傷的な出会いだったが、祐美のもたらした報《しら》せは、そんなものを吹き飛ばした。

　元妻が癌《がん》であと三ヵ月ももたないという。淡々とした口調が、かえって深刻さを感じさせたものだ。

元妻の身内が大阪にはいるから、祐美の面倒は見るといってくれているが、大学は奨学金をもらって東京に出てくるつもりだともいった。

そのときは他人事のように聞いていたが、祐美が帰って一ヵ月後に元妻が亡くなったという報せが届いた。葬儀に出る立場ではない。ただ弔電と香典を送るだけにとどめた。入試の時期が近かったので、祐美がどれほど大変な思いをしているか、それだけが気にかかった。

年が明けて二月に、ふたたび祐美がやってきた。相模大野《さがみおおの》にある女子大に合格し、福祉学部で介護の勉強をするという。

実際に大学に合格したはいいが、東京にいる身寄りはひとりだけだった。保証人になってくれとか、面倒を見てくれというのではない。できるなら一緒に住みたいと、それだけを祐美は望んだ。

父親のない家庭で、再婚もしない母とふたりだけで生活してきた祐美の淋《さみ》しい気持ちは、よくわかった。ねじけもせず、気立てのいい娘になってくれたのは誇らしかった。

だが、すでに離婚し、姓も違ってしまっている。父親であることに変わりはないが、互いの生活を大事にしよう。もちろん、困ったときには力になるし、たまに会って話をしたりするぶんには、歓迎だ。まあ、親戚の叔父さんみたいなつもりでいてもらえると助かる。

誤解を与えぬよう慎重にそう告げると、祐美はうなずいて納得し、笑顔を浮かべた。

あれから二年半が過ぎて、祐美との関係は、たしかにそれに近いものになっていた。

一ヵ月に一度か二度、祐美は管理人室に遊びに来る。だが、祐美の下宿には、行ったことがない。

いまさら父親面して、じつは認知症になりかかっているのだと告げれば、それは祐美にとって負担以外のなにものでもないだろう。

そう思い決め、ソファから身体を起こした。五時を回ったので窓口を閉めて祐美を待つことにした。

窓口のカーテンを引きかけて、はたと思い出した。

部屋のテーブルに認知症関連の三冊の本と老眼鏡、要点を抜き出した紙、それに処方された薬がそのまま放り出されている。

スニーカーを蹴り飛ばすようにぬぎ、膝《ひざ》立《だ》ちでテーブルまで行くと、あわててそれらを抱え込んだ。

祐美は部屋に来ると、洋服ダンスや冷蔵庫を無造作に開ける。ちゃんと生活できているのか、祐美なりに気をつかってくれているのだろうが、では、これらをどこに隠せばいいか。

テレビの横に、新聞を詰めこんだ紙袋があるのが目に止まった。ここなら見たりはしないだろう。手にあったものを袋の中に投げ出し、四日分ほどの新聞を下から引き抜いて上にかぶせた。

やれやれと腰を下ろしたと同時に、住人が用事のあるときに鳴らすチャイムが響いた。祐美もいつもそれを鳴らして入ってくる。

「開いてるぞ」

声を張り上げ、ふたたび事務室へスニーカーをつっかけて出た。

ドアがゆるゆると開き、外に気を取られて顔をしかめている祐美の姿が見えた。

「どうした」

「なによ、これ」

「なんだ」

「自転車」

ドアノブを手にしたまま、来てみろと目で合図する。

忘れていた。後輪がゆがんで廃棄するしかないとわかっていたが、そのうちにと思って管理人室の横に立てかけたままにしてあった。

「まあ、ちょっとな」

ごまかすつもりで苦笑してみせた。

「ちょっとって、なに」

ドアを後ろ手に閉め、眉間に皺《しわ》をよせた。

ジーンズに白のブラウス。髪はいつも後ろでひとつにまとめている。きょうは赤いデイパックを肩から下げ、駅前で買い物をしてきた袋を三つほど手にしていた。いつもより化粧が薄いようだ。

「いや、このあいだ車に追突されてな」

しかめっ面が、一瞬こわばった。先回りしてあわててつづけた。

「たいしたことはなかった。自転車はあれだけど、身体はかすり傷ひとつなかった」

両手をひろげてさらして見せると、上から下まで様子をうかがうような視線がしばし向けられ、やっと肩を少し下ろした。

「ならいいけど、そういうときは連絡ほしいわ」

いささかつんとした表情になって、そのまま畳部屋へと上がって行く。いまだにコルセットをつけていたら、それだけでは済まなかったかもしれない。

「ほんとに、たいしたことなかったんだ」

しかし、返事がない。これ以上は言い訳がましくなると思い、仕方なくソファに腰をおろして新聞を開いた。読んでいるふりをしながら、首をのばして台所に立っている後ろ姿に目をやる。

小柄だが、てきぱきしているところなどは妻に似てきたようだ。

「もうすぐ夏休みだな」

「もう八月よ。とっくに夏休み」

それとなく話しかけると、まだ怒っているのか、短くこたえた。とはいえ、祐美が姿を見せると、なにがなし和《なご》んだ気分になる。

「今年も帰るんだろう」

「たぶんお彼岸に帰る」

少しやわらいだようだった。毎年夏に、母親の墓参りに一週間ほど大阪に帰るのが、決まりだった。毎年一緒に行かないかと誘われていたが、なかなかふんぎりがつかない。

「そうか。夏には帰らないのか。旅行に行く予定でも入ってるのか」

ほんの少し間があって、包丁を手にしたまま向き直った。呆《あき》れたといいたげな顔だ。

「介護の研修があるって、前に言ったはずよ。忘れたの」

初めて聞いた気がする。しかし、話を合わせた。

「ああ、そうだった、そうだった。それで帰らないわけか」

「そういうこと。一ヵ月研修で、九月中にレポートにまとめないといけないから時間がね」

「じゃ忙しいだろう。こんなところに来てる暇あるのか」

ふたたび間があった。

「やだなあ。研修で近くに来るって言ったじゃないの」

「え。どこだった」

「稲城《いなぎ》よ。駅で言うなら南多摩《みなみたま》。ちゃんと話聞いてなかったの」

「なんだ、それじゃ近くじゃないか」

「だから、近く、だって」

わざとらしく念押ししてみせた。背中を向けたままだったが、苦笑を浮かべているのはわかった。

酢豚と炒飯《チャーハン》が、その日祐美が作ってくれた料理だった。いつも具材を買い込んできて、一から作り出す。

どうやら料理を覚えると試作するために来ているふしもあり、毎度かなり凝《こ》ったものを出してくれる。恋人がいるのかと訊いたとき、女子大だし、勉強でそんな時間はないとあっさり否定されたが、深くは追及しなかった。

食卓に酒は出ない。大学の友人たちと酒を飲みに行くこともあるだろうし、じっさい飲めるのか訊いたこともあるが、さほど飲む方ではないらしい。

酒と煙草《たばこ》は刑事を辞めたとき断っているから、祐美と一緒に飲むことはなかった。小さなテーブルに向き合って黙々と食事をし、少し無駄話をすると、祐美は後片付けをして帰って行く。用心深く、妻のことは互いに話題にしない。それがいつもの習慣だった。

その日は自転車の件から事故の話になり、毎度マンションの住人に話して聞かせたことを、あまり尾鰭をつけずにくり返さざるをえなかった。相手が若い主婦で、よそ見運転だったと知ると、祐美は変に安心した。

「最近、お年寄りが車で事故を起こすから、他人に怪我させちゃったのかと思ったわよ」

麦茶をひと口飲んで、ため息をつく。

「ほんと気をつけてよね。自転車で人に怪我させることもあるんだし」

たしかに、そうだ。祐美にいわれるとずしりと重みを感じる。

「車の免許、持ってるんでしょ」

「あるにはあるが、車はないし、もうずいぶん運転していない」

待ち構えたように少し身体を乗り出した。

「なら、返しちゃえば。他人を巻き込んだりしたら、大変だもの」

軽度認知障碍ともなれば、車の運転などもってのほかに違いない。祐美が事情を知るはずもなかったが、見透かされたような気がした。

「まあ、考えておこう」

「考えるまでもないと思うけど」

　不服そうにぼやく。

「あの手の事故のニュースを見ていて考えたんだが、なかなか免許を手放さないのには、それなりの理由がある気がする」

「車がないと不便だからっていうんでしょ」

「まあ、それもあるだろうが、教習所に通って獲得したものだからな。身体の一部をなくしちまうような気分なのかもしれない」

「そうかなあ」

「傍《はた》から見れば未練でしかないが、手放したくない気持ちもわかる」

「でも、運転しないなら、必要ないわ」

「だから、なんというか。記念品みたいなものなんだ。いままで生きてきた証しというか」

　ふいに目を宙にやった祐美が、ゆっくりとうなずいた。

「そういえば、施設に入所してるおじいさんで、会うたびに期限切れの免許証見せてくる人がいるのよ。口もほとんどきけないし、もう車椅子でしか移動できないんだけど」

　いまはこのような有様だが、昔はいかしたスポーツカーを乗り回していたんだぜ、くらいには思ってほしいのだろう。そこまで行かずとも、仕事を離れて年金暮らしをしている者にとっては、唯一《ゆいいつ》存在を証明できるものかもしれなかった。

「おばあさんにもひとり、似たような人がいてね。いっつも花を一輪持っていないと気が済まないみたいなの」

「ほかの人と違うんだってところを示したいのかもな。ただの老人としか見られないのが不満なんだ」

「施設の職員は、そんな十《じっ》把《ぱ》一絡《ひとから》げみたいな見方はしないわ」

抗議めかした。

「そりゃそうだろうが、周囲の人にわかってほしいんだ、昔はどうだったのかって」

頬杖《ほおづえ》をつき、視線をテーブルに落としつつ、考えるように祐美がつぶやく。

「施設にいる人たちの大半は認知症が進行してて、職員とはコミュニケーションがとれないのよ。でも、だんだん忘れて行っても、免許証や花のように、その人がこだわっているものは、残るのかもね」

祐美が熱心に福祉の仕事を目指しているのは、おそらく母親の介護を経験したからだろう。訪問介護に来てくれた人たちの様子を目にして、今度は苦しんでいる他人を介護することで恩を返したい。そんな思いもあるのかもしれない。

管理人室へ来て話していると、なにかにつけていま学んでいる福祉についての話題に、それとなく移っていくのだ。それだけ真剣に学んでいる証拠だし、そのひたむきさには頭が下がる。

だから話題がそちらに向かったのは、いつものことだった。

「それで、研修はどうなんだ。大変だろう」

そう尋ねると、祐美はちょっとためらいを見せたあと、テーブルについていた頬杖を外し、居ずまいをただした。

「じつは、そのことできょうは来たの」

祐美の研修は夏休みに入った七月の十六日から始まっていた。

最初は聞き流していたが、やがて問題の核心に入って行った。

三年生になると、夏休み期間に福祉施設で一ヵ月の実習があり、それを終えないと単位がもらえないという。大学側がつながりのある施設を紹介してくれるのだが、祐美の場合は以前からボランティアでときたま行っていた施設を希望し、そこに回されたようだ。

そのため、職員とは顔馴染みだったし、仕事や施設内の様子も理解していたので、初日から研修というよりフルに職員並みの仕事をこなしていたらしい。

祐美が進んで担当にしてほしいと頼んだのが、「門前《もんぜん》さん」と呼ばれる老人だった。

「門の前にいたのよ」

どういう意味か、最初わからなかった。

「本当の名前がわからないわけ。門の前に座り込んでいて発見されたから、門前さんて呼んでるの。ボランティアで行ってるときからときどき担当になっていたんだけどね」

その「門前さん」は、四ヵ月前南多摩駅から少し南側へ行ったところにある施設の門の前に、ぼんやり座り込んでいるのを発見されたのだそうだ。

本来なら警察が一時保護したあと、市役所の高齢福祉課に引き継がれ、そこから施設に回されるのだが、発見場所が施設の門の前だったから、そのまま施設に収容されたという。

発見時、すでに重度の認知症であり、受け答えもできず身元を特定できる物品もいっさい所持していなかった。

健康状態を診察した医師によれば、腎臓《じんぞう》の機能が極度に低下しているにもかかわらず、投薬をした様子がない。つまり、通院した形跡がなく、保険証もなかった可能性がある。

市役所では、行方不明者届をチェックし、それらしき人物の捜索願いが出ていないか確認したが、該当する案件は見つからなかった。

「警察にも、その手の情報を登録したオンラインのシステムがあるはずだ」

「それもやってみたらしいの。でも、全国で調べても、該当者なし」

まさかそんなに遠くから来たとも思えないし、発見場所からして施設だと承知で置き去りにされたと考えられた。

施設でもあらためて身体的特徴や顔写真を稲城市のホームページに掲載し、厚生労働省の特設サイトからも閲覧できるようにしたという。家族が目を離したすきに失踪したというなら、探している者がかならずいる。さほど時間もかからず身元が判明するはずだ。

だが、施設の前に置き去りにしたということなら、家族が探しているとは考えにくい。

「もう四ヵ月よ。ずっと身元がわからないままって、ひどすぎるわ」

祐美は、しだいにかき口説くような調子になってきた。

たしかに、認知症になって手に余るから置き去りにしたというのが事実なら、あまりにもむごい。

「かなり衰弱していて、あと二ヵ月か三ヵ月くらいしかもたないって、診断されてるの。身元がわからないまま亡くなったらと思うと、なんとかしたいって考えてもおかしくないでしょ」

「まあな」

責任感めいたものが、祐美を突き動かしているのだろう。いったん担当になったのだから、できるかぎりのことをしたいと考えるのは、間違っていない。

「そういうわけで、決めたの。なんとかしようって」

言葉を切り、視線が向けられた。

「なんだよ。なんとかって、どうするつもりだ」

その問いに、祐美は声をひそめた。

「提案してみたの、施設長さんに」

「だから、なにを」

真剣な表情が、すっと近づいた。

「昔刑事だった人がいるから、身元探しとか得意かもしれないって」

「おい」

二

むろん、すぐに断ろうとした。

冗談で口にしたわけでないのは、祐美の表情でわかる。しかし、だからこそ始末が悪かった。再会してから祐美の頼みはできるかぎり受け入れてきたつもりだったが、こればかりは断るしかない。

祐美が生まれてすぐに辞めているので、刑事時代のことを知っているわけもなく、亡くなった母親には別れた夫について詳しく話して聞かせる義務もない。ただ刑事をやっていたとしか、祐美は知らなかったはずだ。

刑事は刑事でも、県警の二課だった。「二課だった」と打ち明けても、それが何を意味しているのか、それすらわからないようだった。

詐欺《さぎ》や偽造、選挙違反といった犯罪を取り締まるのが二課で、身元探しなどしない。

そう諭しても、祐美はくいさがった。

警察も市役所も、身元不明人の届けは受けるが、それをオンラインで検索するだけで、それ以上のことはしてくれないというのだ。

たしかに、警察は捜索はしない。生活安全課の人身安全対策係は届けを受けつけるだけだ。ネットで呼びかけるくらいはするかもしれないが、じっさいには動かない。交番勤務の巡査が警邏《けいら》のとき、聞き回るくらいが関の山だ。

身元の調査などという仕事は、たいてい民間の探偵業が引き受けている。その手の会社に依頼すればいい。

だが、その提案も却下された。

どこにそんな予算があるっていうの。施設はぎりぎりのところで運営してるのよ。だからこそ、こうして頼んでるんじゃないの。

それはつまり、タダで働かせるのにちょうどいいという意味でもあったが、気づかなかったふりをした。

熱意のこもった顔を前にして、どうやら面と向かって断るのはむずかしかった。そこで、数日置いて携帯に断りの電話を入れるつもりで、ともかく少し考えさせてくれと告げると、返事を察したのか、その夜、悲しげな目つきをしたまま、祐美は帰って行った。

それどころではない。

本当は、そうわめきたかった。他人のことなど考えている余裕は、ない。早ければ、これから一年で認知症に移行してしまうかもしれないのだ。

それがわかっているからこそ、身の振り方を考えなくてはという焦りがあった。

久しぶりに祐美の顔を見て、少し和んだ気分になっていたが、そんなものは消し飛んでいた。

どうにもならないことというのは、あるのだ。

翌朝、認知症に関する三冊の本は資源ゴミ行きにした。たいていのことは頭に入ったし、べつに知ったからといって治るわけでもない。考えてみれば、無用の知識だともいえた。そのうち忘れてしまうのだろうから。

土曜はゴミの収集車が行ってしまえば、基本的には業務は終わりだった。しかし、どうにも気分が晴れない。

余裕がないとはいえ、祐美の頼みを断ったのが、後ろめたさとしてわだかまっているからなのは、わかっていた。

昼近くまで落語のＣＤを何枚か聞いて気を紛《まぎ》らわしていたが、それでもさっぱりした気分になれず、ふと思い出して散髪に出ることにした。刑事時代の習慣で、ひと月に一度、行きつけの床屋へ行くのだが、先週からずっとコルセットをしていたので、行きそびれていたのだ。

管理人室を出て、駅方向に向かう。

今年は空梅雨《からつゆ》だったが、先週あたりに梅雨明けしたらしく、その日もすっきりと晴れ、じりじりと陽《ひ》が照りつけていた。

用心のためにペットボトルの水を片手に、駅に向かって進んでいく。左手に見える小学校の向こう側はすぐ多摩川だったから、川風がわずかだが吹きつけてくる。

鎌倉《かまくら》街道を渡り、駅の向こう側へ出ると、一本入った通りに「ファッションサロン・アダチ」があった。小さなサインポールが入り口の横で回っているだけで、さほど繁盛しているとは思えない。

「よう、事故にあったんだって」

二脚ある椅子のひとつに腰かけて競馬新聞を読んでいた主人が、いらっしゃいと声をあげかかり、顔を見てそう言い直した。

「たいしたことはない。首をちょっとひねっただけだ。おとといまでコルセットしてたんで、来られなかった」

安達徹《あだちとおる》という名前で、二つ歳下だった。薄くなった髪の毛は、それでも見栄があるのか、きれいに後ろへ撫《な》でつけ、少し襟足《えりあし》を伸ばしている。ここ二十年、ずっと同じ髪型だった。同じままで、だんだん薄くなったのだ。

いまだに独り身で、一生をこいつに捧げるんだと冗談めかしてハサミをカチカチいわせたことがあったが、主人がそれを仕事にしているわりに、髪のほうは主人から離れていっている。

競馬の予想が趣味なのだが、予想するだけでじっさいに馬券を買おうとしない。当たり馬券の出具合を統計に取って、研究しているらしい。ハサミが握れなくなったら予想本を出して稼ぐというのだ。

もうひとつの趣味が四駆《よんく》でオフロードを走ることらしく、店の裏手にある車庫には黒塗りのベンツGクラスが収まっていると聞かされた。もっとも、じっさいに見せられたわけではないから嘘くさいのだが、得意げにこう言ったものだった。

「悪いが、見せるのも乗せるのも、女だけって決めてんだ」

つまり、ベンツGクラスは誰にも見せたことも乗せたこともないという意味だろう。

ようするに変わり者、とひとことで片づけてもいい。

新聞を雑にたたみながら、その主人が立ち上がった。

「なんだ、首はまだひねくれていなかったんだな」

「性格もまだだ」

「専門家にいわせりゃ、つむじはずいぶん曲がってる」

お見舞いの言葉など端《はな》から口にするつもりもない。が、それがこの主人との付き合い方だった。

店に通いだしてすぐ、安達の父親が三億円事件の捜査で重要参考人として三日も警察に勾留《こうりゅう》されたのをいまだに恨んでいると知った。

警察は容疑者や重要参考人の潔白《けっぱく》がはっきりしても、ことあらためてそれを聞き込み先などに知らせたりしない。その人物が警察に疑われ、取り調べを受けたという事実だけが残る。安達の父親は運送会社をやっていたが、そのせいで取引先をいくつか失ったそうだ。安達自身も学校で嫌な目に遭《あ》ったらしい。

だからしばらく刑事だったことを口にするのをためらっていたのだが、警察を辞めた事情を打ち明けると逆に親近感を持ったらしく、それ以来の付き合いだった。

その主人と入れ替わりに椅子に腰をおろすと、正面にある鏡に映っている顔に目が行った。

部屋を出る前、身だしなみを整《ととの》えるために見た鏡は洗面台にある小さなものだったし、いつも見慣れているせいで気にならなかった。だが、こうして大きな鏡の前にさらされると、一気に老けた気がしたし、なにがなし、心細げにも感じられる。

白いケープに首から下をくるまれてしまうと、心細さはさらにつのった。脳ばかりでなく、身体まで萎縮してきたのかもしれない。

主人がハサミを鳴らしながら、鏡を覗きこんできた。

「たまにはクルーカットとか、どう」

「いや、まだ狂《くる》っちゃいない」

わずかの間があって、主人が顔を仰向けて笑った。

「じゃ正常カットか」

「そうだ。いつものように」

「夏はしゃきっと短めがいいんだって」

蒸しタオルを顔にあてられつつ、もう一度駄目だと告げた。

「じゃ、サービスで曲がったつむじは隠しといてやるよ」

あきらめた主人は櫛《くし》とハサミを構えて背後に立ち、手際よく仕事に取りかかった。それを鏡で眺めているうち、いつの間にかうとうとしていた。

できたよと声をかけられて目を覚ますと、鏡に映った顔が少し生気を取り戻したように見えた。とはいえ、さえない表情ではある。

首回りにブラシをかけられながら、隣の席に置かれていた競馬新聞を顎《あご》で示した。

「きょうはどうだ」

少しうなってから、主人は思い切った調子で口を開いた。

「新潟の十レース。五―六で穴狙いかな」

「まあ、信じておこうか」

毎度外してばかりだが、散髪に来たときには、その日のレースについて訊くことにしていた。最初はそうでもなかったのだが、なぜかレースのある日に散髪をする癖《くせ》がついていた。のめりこんでいたわけではなく、散髪に行った日にだけ、馬券を買う。主人の予想を丸呑《まるの》みに信じてはいないが、毎月の運試しのようなものだった。

夏場は府中競馬場でのレースはないから場外馬券を買う。

店を出るとき、主人が背中に声を飛ばした。

「五―六だよ。忘れんな」

認知症一歩手前と思ってはいないにしても、物忘れが多くなったのに気づいているような言い方に思えた。

いつもなら一キロ半ほどの距離を歩いて競馬場に行くが、きょうはあまりにも陽射しが強い。分倍河原《ぶばいがわら》まで京王線で行き、そこから南武《なんぶ》線で府中本町《ほんまち》まで乗り継いだ。

この二十年、なんとはなしに惰性《だせい》で続けてきた習慣だったが、馬券を買うことも、そのうちできなくなるかもしれない。「アダチ」の主人から予想を教えてもらってもすぐに記憶がなくなり、その主人すら誰かもわからなくなる。管理人の仕事もできなくなれば、どうなってしまうのか。

電車に揺られながら、考えはついそういった方に向かっていく。

府中本町駅から競馬場までは、レースは開催されなくとも、客がぞろぞろと道を埋めていた。

その流れに乗って、場外馬券売り場にたどり着く。

並んでいるモニターから新潟を見つけて確かめると、第十レースの五―六はオッズ七十となっている。たしかに穴狙いだ。

ペリクリーズとトライステロという三歳牝馬《ひんば》。

細かいデータなどは見ない。主人の予想まかせだった。

ただ、その日はふと考えた。

当たらなければ断る、当たれば引き受ける。

判断を運まかせにするのは気が引けたが、そうでもしなければ気持ちの整理がつかない。当たらなければ、祐美の依頼はきっぱり断ることにした。あとでしこりが残ってしまうだろうが、仕方あるまい。

一万円札を突き出し、一点張りで買った。

レースが始まるまで時間があったから、場内のうどん屋でうどんをすすり、それから戻ってきた。

モニターの見える位置に腰かけ、出走を待つ。周囲には同じレースを買い込んだ者たちがいたが、特に緊張感などはない。特別なレースでもなく、本命の三番ブライトンロックが手堅《てがた》く勝つと見込まれているらしく、三番総流しで買っているのだろう。

やがてゲートに入って行く馬たちの姿が映り、待つ間もなく一斉に走り出した。音は消えているから、画面には黙々と走って行く馬の群れが映っているだけだ。

先行はやはり三番、一頭だけ抜けてあとは固まっていた。しかし最終コーナーを回ったところで、外からトライステロとペリクリーズが差した。そのまま三頭が一線に並び、ほぼ同時にゴール。あちこちからため息が起きる。

一着はペリクリーズ。二着は写真判定。

舌打ちが聞こえ、大半の者がモニターから離れて行った。この時点ですでに穴だ。

やがて判定結果が出た。

二着トライステロ。

ちっとも嬉しくなかった。変な運試しなどしなければよかった。だが、決めたことは決めたことだ。引き受けるしかない。

何度かためらい、結局携帯を取り出して祐美に電話を入れた。

三

もし未来を映し出す鏡があるなら、それがいま目の前に置かれているような気分だった。

ただし、テーブルをはさんで向かい合っている顔は、視線をあらぬ方角に向けている。面会者がいることすら、理解できていないのかもしれない。

「門前さん」は車椅子《いす》に力なくもたれかかり、歯がほとんどないのか、半ば開けられたままの口元がくぼみ、目はうつろだった。施設で介護を受けているからパジャマも清潔だし、鬚《ひげ》も髪の毛も伸びていないが、そこに生気は感じられない。

八十は超えているだろう。少なくとも七十代後半。

そう見えたが、認知症のせいで実際より老けて感じられるだけだろうか。

これが、十年後の姿。

頭の片隅で、そうくり返す声があった。

人の姿をしていても、記憶は失われている。外界からの刺激にもほとんど反応を示さない。周囲からどう見られているのかも、理解できていないだろう。

その表情やしぐさからなにか手がかりが得られるかもしれないという期待も、くじかれた。

あきらめて、車椅子の後ろに立っている祐美に視線をやった。

「手を見せてほしい」

そう告げると、身体の前で力なく交差していた両手を、祐美が背後から静かにテーブルに上げてくれた。

乗り出して、観察する。無骨《ぶこつ》といっていい手だった。関節が変形した部分があったが、これは老化によるものらしい。ただ、事務職を経てきた手でないのはたしかなようだ。

「ちょっと失礼」

理解できないのは承知で、一応諒解《りょうかい》を取ってから「門前さん」の両手に触れた。

蠟《ろう》のようなひんやりした手を裏返して掌《てのひら》を見たが、ペンだこや火傷の跡、薬品で指紋が磨滅《まめつ》した形跡など特殊な職業についているとできそうな特徴も見られなかった。

一瞬「門前さん」の手が握り返そうと反応を示したような気がして、顔に目をやった。だが、やはりあらぬ方角を向いている。

おそらく気のせいだ。

「ありがとう」

祐美に合図して、手を元に戻してもらった。

「もういいかしら。あまり長いあいだだと疲れるから」

うなずいてやると、車椅子が後ろに引かれた。半回転させた祐美がロビーから「門前さん」をエレベータの方に押していく。シューズの音がいやに耳につく。

「いかがですか。やはり、なにもわかりませんか」

つい背後から声がかけられた。

施設長だった。あとからロビーに来て様子をうかがっていたらしい。四十なかばのほっそりした女性で、さっき応接室で祐美から紹介されたが、名前はなんだったか。とっさにグレーの夏スーツの胸についているネームに目を走らせた。そう、田宮《たみや》だった。

「田宮さん。さきほども申し上げましたが、人探しの専門家ではありませんし、手相をみることもできません。ただ、どういう人物か、それを確認したかっただけでして。まずはそこからです」

要領を得ない表情になった。

祐美の言ったように、全面的に調査を任せたいという意思は感じられない。祐美のことを信頼しているのはたしかだろうが、その祐美が引っ張ってきた元刑事などという胡散臭《うさんくさ》い肩書まで信頼しろというのが無理だった。ましてや認知症一歩手前だなどと知られれば、推して知るべしだ。

土曜に穴馬券を獲得した結果、その場から、月曜の午後に一度本人に会いたいと祐美に連絡を入れ、こうして出向いてきたのだ。だが、あまり期待されていないようだ。

南多摩の駅前で待ち合わせた祐美は、金曜日の別れ際と違って、嬉しさを満面にたたえていた。そのときは、やはり引き受けることにして心底よかったと感じた。

大学を出て就職した娘が仕事場で働く姿をじっさいに見られる親は、あまりいないだろう。それを先取りで見られる権利を得たともいえる。待ち合わせの改札口に小走りでやってきた祐美の顔つきが、いつもよりたくましく見えたものだ。

祐美はバスの中で、この「南多摩特別養護老人ホーム」について知っているかぎりの知識を説明しようとした。大半は聞き流してしまったが、その熱意はわかった。

施設は駅から南へ少し行った、城山《しろやま》公園の近くにあった。バスで二つ目の停留所になる。すでに建てられてから四十年は経っているという。そのころはまだ梨畑に囲まれていたのかもしれなかったが、いまではあとから新しく建てられた住宅に埋もれ、公園の木々から届く蟬《せみ》の声の中に、ひっそりと息をひそめていた。

鉄筋三階建ての施設はクリーム色に塗られ、スライド式の鉄門は車が余裕ですれ違えるだけの幅がある。民間の施設で、助成金でなんとか運営できているらしい。

ここに、こんな風に座っていたらしいわ。

門までたどり着くと、祐美は壁にもたれかかって腰を落としてみせた。昼間のうち、門は開放されているから、置き去りになどしないで入ってきてくれればよかったのにと、ぼそりとつぶやいた。

管理人をやっているせいか、防犯カメラの位置が気になり、あたりを見回すと、いくつか見つかった。

もしかすると置き去りにした人物が映っているかもしれないと思ったが、そんな確認はとっくに施設側でやっているはずだった。

入所者は全部で五十四人、職員が三十五人。

部屋はすべて個室で、風呂だけは共同だという。食事は歩行可能な入所者は食堂に出てきて、介助を受けながら食べる。

何台か置かれている駐車スペースを横に見ながら施設の玄関を入ると、汗がすっと引いた。

一階が事務室や風呂場、食堂といった施設で、二、三階が入所者の部屋だそうだ。エレベータは二基。

施設長の田宮を紹介され、まずは本人と対面したいと申し出ると、祐美が車椅子に「門前さん」を乗せて玄関横にあるロビーに連れてきてくれたのだ。

午後の一時から三時は昼寝の時間で、ちょうど誰もロビーにはいなかった。

「これがこちらで調査した記録です」

田宮が、いままで「門前さん」がいた場所に座り、本来なら個人情報だから見せられないのだがと断ってから、クリアファイルをすべらせてきた。さきほど見せてほしいと頼んでおいたものだ。

「拝見します」

メモ用紙を取り出し、老眼鏡をかけた。

刑事時代の癖が抜けず、なにか調べものをするときには、かならずメモを取る。いまではかえって、その癖が物忘れをしないために一役買ってくれていた。

入っている書類はさほど多くなかった。

稲城市の作っている身元不明人の公開サイトにアップした原稿と顔写真、医師の診断書、市役所からの保護の依頼書、「門前さん」の介護計画書、ほかに生活保護の申請書などがあった。

そのとき知ったが、身元不明人の生活費は、生活保護制度の適用によってまかなわれるそうだ。

それらを総合的にチェックし、必要な部分はメモを取った。

発見は本年四月十一日木曜日の午後七時十五分ごろ。施設の職員が帰宅しようとして門の脇にうずくまっているところを見つけた。

門に設置された防犯カメラには、午後五時三十分ごろに当人を抱えるように連れてきて遺棄《いき》したらしい人影が映っていたが、小柄な人物といったくらいで、男女の別もつかない。

季節的にはすでに暗くなっている時間帯だ。当日は春とはいえ気温は十度前後で、発見されるまで二時間ほど経過しており、かなり衰弱していたという。

施設に運び込んで介抱すると同時に、警察に連絡。ほぼ三十分後の午後八時に派出所の巡査が到着している。

ただ、人定《じんてい》をしようとしたが、施設の職員から認知症らしいと教えられ、じっさい名前や年齢など必要な聞き取りはできなかった。仕方なく所轄《しょかつ》の生活安全課人身安全対策係に連絡を取り、市役所へも連絡した。

その結果、市役所は施設に保護を依頼し、身元不明人の届けを受け付ける形を取った。

常駐の医師によって、衰弱ばかりでなく、腎臓機能が悪化していることも判明した。周辺の病院、医院に問い合わせたが、それらしき患者を扱ったことはないという返答で、治療の形跡もないため、無保険状態の人物らしいと判断された。

所持品はまったくなし。発見時の服装はグレイのワイシャツ、茶色のカーディガン、黒いスラックスにスニーカー。どれも量販品なので、出所は突き止められない。

推定年齢七十から八十歳。身長百六十五センチ、体重四十五キロ。

身体的特徴は左腕に骨折の跡が見られ、後頭部にも裂傷《れっしょう》の跡がある。しかし、いずれも古いもので、人物の特定に役立つとは思われなかった。

血液型はＡＢ。

そこまでメモをして、施設長に目をやった。

「警察は指紋《しもん》を取りましたか」

「まさか、そんなことまでは」

とんでもないと言いたげに首を振った。

犯罪歴があれば指紋でヒットするはずだ。認知症の老人には犯罪歴などないと考えたのか、単なる置き去りだと手を抜いたか、だ。

「保護されてからの四ヵ月、なにか言葉を発したことは」

「あそこまで進行すると、話せる段階じゃありませんから」

「さきほどお会いした様子だと、歯はほとんどないようですね」

「数本しかありません。流動食でなんとか栄養を維持しています」

そういう話ではなかったが、うなずいておいた。保険証がなくとも歯の治療をしたなら、どこかにカルテが残っているはずだ。

しかし、指紋にしても歯型のカルテ特定にしても、警察の捜査力あっての話だった。一般人が単独で調べられるものではない。残されているのは、ひとつ。

「置き去りにされたあと、施設に不審な電話はありませんでしたか」

なぜ知っているのかといった表情で、何度かあったと認めた。相手はなにか話したそうな気配だが、毎回「あ」とか「あの」と言ったきり、ため息とともに電話を切っている。

「男ですか、女ですか」

「受けた職員は女性のようだったと」

「なるほど」

「それがなにか」

「もしかすると、置き去りにした人物が心配になって電話をかけてきたのかもしれません」

「まさか」

「置き去りにしたからこそ、気にかかっている」

「たしかに、その可能性はありますが」

「よほどの人間じゃないかぎり、良心がとがめるのが普通だと思いますよ。防犯カメラには、誰かに抱えられてここまで来た姿が映っていたということですが」

「ただ、暗くて誰なのかよくわからないんです」

「警察にもそれは見せましたか」

「はい」

「車で来たのでしょうか」

「さあ」

「こちらにはお見舞いの客はかなりいらっしゃいますか」

「見舞い客ですか」

　一瞬いぶかしげな色が浮かんだが、すぐにそれは消えた。

「こういった施設に入所しているかたのところには身内のかただけですけれど、それもあまり頻繁にというわけではありませんね」

「人の出入りは少ないわけですね」

「ええ、まあ」

「門前さんの発見以降、防犯カメラのチェックはしていますか」

施設長の口がぽかんと開いた。

「どういうことでしょう」

「つまり、置き去りにした人物は、ここに入所させたくて門の前までわざわざ連れてきた。それは確実だと思います。単に置き去りにするだけなら、もっと人が多く行き交う場所でもかまわない」

なるほどといった顔つきになった。

「無言電話の相手が置き去りにした人物だとすれば、門前さんの消息を知りたいと思ってかけてきている。だが、ためらいがあって訊けずに電話を切ってしまっている。そう考えることはできます。ほかに消息を知る方法としては、様子をうかがいに来るしかない」

「じゃ見舞い客の中に、その人が」

「いや。置き去りにしてるんですから、入ってきてたしかめるわけには行かないでしょう。ただ、門の前までは来ているかもしれない」

虚を突かれたのか、施設長の口から低くうなり声が漏《も》れた。

やはりチェックはしていないのだ。ということは、警察もそこまで調べていない。無駄かもしれないが、やってみる価値はある。

とっかかりが見つかったよ。

ファイルに添えられていた名刺ほどの写真を手に取って、そうつぶやいた。

「門前さん」はレンズに目を向けていない。少し下の方に視線が落ちている。たぶん写されたという自覚もなかっただろう。先ほど見た実物より頬がこけている。四ヵ月で少しは栄養がついたということか。

手を握り返してきたような感覚が、じわりとよみがえってきた。

意思表示はまるでできないが、「門前さん」の手から、何かが伝わってきたという思いが、あのときあった。

面と向かうまでは他人事だとしか考えられなかったが、気持ちに変化が生じたというべきか。憐みを感じたとか、同情を抱いたというのではない。

この人物が何者で、どんな人生を送って、ここに現れたのか。

それを知りたいと思った。知るべきではないかと。十年後に「門前さん」と同じ姿をさらすかもしれないと感じ、内心愕然《がくぜん》としたと同時に、身が引き締まったのだ。

誰からも見向きされなくなったとき、本当の姿を知ってほしいと願うなら、いまこの男の過去の姿を突き止めるのが責務のような気がした。

それとは別に、二十年前に刑事をやめたにもかかわらず、しかも専門外であるはずなのに、「これが最後の仕事かもしれない」とも感じた。そう、文字通り「最後」の。

写真に目を注ぎながら、深くうなずいていた。それから顔を上げて施設長を見た。

「ところで、娘はどうですか。介護士に向いているんでしょうか」

　急に話題を変えたので施設長は戸惑ったようだが、すぐに笑みを浮かべた。

「もちろんですわ。ときどきここにボランティアに来ていただいていましたし、仕事を覚えるのも早いですしね」

「本来なら、娘がお世話になっているお礼を先に申し上げるのが筋でした」

「いえ、そんな」

「誰に似たのか、おせっかいなところがあります。今回の件も、職員でもないのに強く言い張ったのでしょう。ご迷惑をおかけしているのではないかと」

「でも、以前警察にいらっしゃったというし、お願いできるならと」

　様子をうかがうらしい視線が走った。

「あいつが生まれたあと、すぐに辞めています。ですから、娘は実際には知りません。それに詐欺や選挙違反を担当していたので、繰り返しますが、身元調査といったことは専門ではありません」

　安堵《あんど》と失望の混じったようなため息を、施設長はついた。

「一種の責任感だと思ってやってください。とことん突き詰めて行かないと気が済まない。そういう性格なんです」

「ええ、もちろんそれは。彼女のいい点ですし、大学を卒業されたら、ぜひうちに来ていただきたいと、考えているんです」

本心からそう言っているのは感じ取れた。

「しかし、この件は娘とは切り離して考えてください」

どういう意味かとほっそりした顔がかしげられた。

「娘の紹介でうかがったのは、その通りです。ただ、施設側としても調査を正式に依頼したものかどうか、お困りと思います」

ちょっと視線を宙に走らせてから、うなずいた。

「しがないマンションの管理人ですし、身元調査など素人にすぎない。謝礼をいただこうなどとは最初から考えていません。門前さんの件は好きで調べるのだと、そういうつもりでいてもらえれば」

「では、お願いできるんですね」

「正直なところ、身元をはっきりさせることができるかどうか、やってみないとわかりません。しかし、できるかぎりのことはやりたいと思います」

言い終える前に、祐美がさきほど曲がった角から姿を現し、近づいてくるのが目に入ってきた。施設長も気づいて振り返る。

「引き受けてくださるそうよ。あなたのおかげね、ありがとう」

祐美はほっとしたように微笑《ほほえ》んだ。

「わかったことは、逐一《ちくいち》ご連絡します」

顔写真だけ借り受け、ファイルの資料を施設長に返しつつ、立ち上がった。

「では、手始めに防犯カメラの映像を見たいのですが」

「警備室に保存されています」

新しい手がかりができたと意気込み、先に立って行きかける施設長を呼び止めた。

「ああ、そうだ。ついでですから、後学のために施設も少し見学させてください。あとで娘に案内してもらえればと思います」

「もちろん、結構です。では、まず警備室へ」

「後学のために」というのがおかしかったのか、施設長は苦笑で応じ、祐美にも一緒に来るようにとうながした。

警備室は地下にあった。警備員が常駐しているわけではなく、防犯カメラ、火災報知器、スプリンクラーなどを制御している部屋で、人が五人も入れれば身動きが取れなくなるほどの狭さだった。

施設長が鍵を開けて中に入り、並んでいる機器を操作する。

やがて目の前にあったモニターに暗い画像が映し出された。

「これが発見される二時間ほど前のものです」

たしかに画面が暗く、はっきりと見えない。やがてふたつの人影がよろよろと道路の左側から現れた。駅の方角だ。

門の脇にひとりが腰をおろし、もうひとりがなにごとか話しかけているらしい。しかし、小柄だというだけで、顔すらはっきりしない。おそらく女で、かなり老けている。やがて両手を合わせるような仕草をしたと思うと、左足をひきずりぎみに駅の方角に消えて行った。一分ほどのものだった。

「残っているのは、この部分だけですか」

「ええ。防犯カメラの画像は一ヵ月保存して、あとは消去することになっています。ただ、この部分は証拠になるから残しておくようにと警察のかたに言われて」

「となると、七月五日以降しか残っていないと」

「注意しておけばよかったんですけれど」

残念そうな口調だった。

「おそらく、七月にも来ていると思いますよ。残っている画像をチェックしてみてください。施設関係者でない人物がいたら、そこだけ取り出してもらえれば。要は人物の特定ができればいいわけですから」

とはいえ、一ヵ月ぶんである。すぐにチェックはできない。

ひとまずきょうのところは発見時の様子を見るだけで、あとは施設長に頼むことにした。

「わかりました。これにかかりきりになっているわけにもいきませんけれど、手分けして一週間ほどでなんとか」

そう約束してくれた。

警備室を出てふたたびエレベータに乗り、一階で施設長は降りた。

「リハビリ室もいまなら誰も使っていないと思うので見学できると思います。あとは祐美さんお願いね」

よろしくと一礼されているうちに、扉が閉まった。

「ありがとう、身元がわかれば、関係者に連絡がつけられるわ」

ふたりきりになると、祐美が安堵の声を出した。それには軽く応じて、別のことを尋ねた。

「いまハンコ持ってるか」

「え」

「研修中だしな。なにかとハンコを捺《お》す書類とかあるだろう」

「なによ。持ってるけど」

「朱肉が必要なんだ」

「どうして」

「門前さんの部屋に連れてってくれ。指紋を取って、照合する」

施設長と同様、なにを言いだすのかという表情だ。

「犯罪歴があるかどうかを疑っているわけじゃない。ただ、身元がわかるなら、それに越したことはない。違うか」

「そりゃそうだけど」

「いやなら、いい。代用品を探す」

「べつにいいやじゃないけど、あんまりいいこととは思えない」

「当然だ。いいこととは思ってない」

しばし迷っている様子だったが、決心したらしく、二階で停止したエレベータから出て行く。

クリーム色の通路には左右にスライドドアの部屋が並んでいて、昼寝の時間とはいっても、寝つけずに呻《うな》っている声や、職員がつきっきりで何事か慰《なぐさ》めるように囁《ささや》いている声が漏れ聞こえる。

二十三号室の前で祐美は立ち止まり、振り返った。

「本気なの」

「施設長には内緒にしておいてくれ。なにかあったとき責任を押しつけたくない」

「見なかったことにするから」

ため息とともに制服のポケットから朱肉つきのハンコ入れを取り出し、突き出してきた。不信感がその目には浮かんでいる。刑事の仕事がどんなものか初めてわかったという目の色でもあった。

ハンコ入れを黙って受け取り、スライドドアを開けて部屋に入った。

広さは四畳半ほどだろうか。左側にベッドが置かれ、そこに「門前さん」が目を閉じて横たわっていた。右の手前にトイレと洗面台、奥には私物を入れるカーテン式のクローゼット。窓からは城山公園の木々が夏の陽に輝いているのが見えた。

ポケットからメモ用紙を取り出す。それからハンコ入れを開いて左手に持った。

タオルケットの上に出ている右手を覆《おお》うようにして持ち上げ、親指から順に朱肉に押しつけ、メモ用紙一枚ずつに指紋を写し取っていった。同様に左手からも指紋を写し取る。

二、三分といったところだっただろう。枕元にあったティッシュで指を拭《ぬぐ》って終わりだった。手を元に戻しかけ、ふと見ると「門前さん」の目が開いていた。じっと天井に視線を注いでいる。唇がかすかに動いた気がした。しかし、声は出ない。
大丈夫というつもりで手の甲を軽く叩き、部屋を出た。

ハンコ入れを返すと、祐美はひとことも発せず、背中を向けて歩き出した。

信頼を取り戻すには、少しかかりそうだった。

四

その夜、どうしようかとちょっと迷ったが、ほかに頼める者がいない。

指紋照合を依頼するため、二十年ぶりにかつての「同僚」に電話をかけた。むろん自宅にだ。

当時の知り合いが並んでいるアドレス帳を、なぜかいまだに持っていた。もう二度と連絡を取ることもないと決めていながら、捨てずに手元に残していたものだ。

もっとも、それがいまになって役立ってくれた。

相手は一瞬耳を疑ったらしく、名前を確認してきた。

「ほんとに藤巻なのか」

「ああ。久しぶりだな」

「いまどこにいるんだ。なにしてる」

教えていいものかどうか、ちょっとためらった。

二十年前に警察を辞めたとき、一切の関係を絶とうとして東京に出てきた。転居先も仕事も、誰にも教えていない。いまさらとは思ったが、照合を依頼するとなれば、連絡先の電話番号を教える必要もあった。

府中にいてマンションの管理人をしていると告げると、どう返事をしていいか迷う間があり、それから磯田《いそだ》は苦笑を漏らした。

「そうか、もう定年だものな」

「お前だって同じだ」

「まあ、たしかに。しかし、あのときはほんとに」

言いさして、にごした。

「じつは頼みがあって電話した」

さらに押し黙る気配がした。警戒している。

「息子はいま、どのあたりだ。まさかまだハコ番じゃあるまい」

二十年前には新米の巡査で、磯田自慢の息子だった。間があってから、用心深く答えてきた。

「県警の一課にいる」

「もう警部補くらいにはなってるのか」

「それが、どうかしたか」

「そうつっかかるな。二十年ぶりに昔話をしてもいいが、嫌だろう」

「まあな」

しぶしぶ認めた。

「じつは身元不明の人物がいて、誰なのか調べてる」

「それで」

「指紋がある。左右の十指揃《そろ》ってる」

「マエがあるやつなのか」

「わからない。該当者がいるかどうか、知りたい」

「マンションの管理人の仕事とは思えんがな」

「それとは別口だ。内部にいないと調べられないからな」

「突然電話してきたと思えば、そういうことか」

「ほかになにがある。恨みごとを言うなら、もっと前にしてる」

「待てよ。お前に対して悪かったと思ってないやつはいない。あのときは、仕方なかった」

「わかってる。それで、やってくれるのか、くれないのか」

また間があって、ため息をついた。

「データベースで検索するだけだったら、息子に頼める」

「助かるよ。それじゃすぐに送る。昔の住所にまだいるんだな」

「ああ、そうだが」

「だが、なんだ」

「まだ、許していないってことか」

あらためて尋ねられ、少し考えた。

「どうかな。よくわからん」

過去を忘れたことなどない。あのときの感情が胸の底にずっとわだかまっている。それが消えるとは思えない。許す許さないの問題ではなかった。

だが。

だが、あと少しすれば、それも頭の中から消え去ってしまうかもしれなかった。

「ともかく、指紋を送る」

そう言って、電話を切った。

切ってからしばらく、悔しさが残った。唯一真実を知っているというのに、その真実がかき消えてしまうことにいらつきを覚えたのだ。この二十年、それでも冷静を保っていられたのは、真実を握っているという自負らしきものがあったからだ。

認知症になりかかっている現実の前で、そのことにやっと気づいたというべきか。たかが電話一本だったが、悔しさがあらためて突き刺さってきた。

翌日から、管理人の仕事を午前中にすべて終わらせ、午後は南多摩駅周辺に足を運んだ。

まず派出所に行き、四ヵ月前に置き去りにされた老人について、なにか情報が入っていないか、尋ねた。

ちょうど派出所には当日施設に駆けつけた巡査がいて、半分同情的だったが、何者なのかと胡散臭そうな視線をあてられた。

以前警察にいたので、ちょっと気になって調べていると口にしたら、それだけで態度が変わった。別に警視庁にいたわけではないが、警察に変わりはない。

施設で見せられた書類にあったような経緯をざっと説明され、それ以後まったく情報はないという。

「ひどいもんです、置き去りにするんですから」

三十前後らしい巡査は、そうぼやいた。

しかし、警察は手順を踏んでやるべきことをやっただけで、それ以上のことをこの四ヵ月にしていたわけではない。老人を施設の前まで連れてきた人物について、なにも調べてはいなかったし、商店街や一般住宅などに設置してある防犯カメラをチェックもしていなかった。

むろん、そこまでやるべきと決まっているわけではないが、目撃者が名乗りをあげるのを待っているだけでは解決しない。

派出所を出ると、前日から始めていた施設周辺の住宅への聞き込みを再開した。

施設の前を通っている道路はバス通りでもあり、車の行き来は多い。ただ、公園にそって住宅街へ向かう道だから、住人以外の者はあまり通らない。

バスに乗って施設近くの停留所で降りれば印象に残ってしまう可能性があるため、避けたと見るのが妥当《だとう》だろう。

道なりに駅へ向かって聞き込みを月曜から三日続けた。

全部で三百軒ほどあり、目撃情報と同時に、防犯カメラを設置している家には確認を頼んだ。映像を見せてくれとは言えないから、四月十一日の午後五時前後にそれらしき人物が映っているかどうかを警備会社に連絡して確認してもらった。

だが、どこも、一週間で画像は消去されてしまっているため、調べようがないという返事だった。

じっさいには警備会社のデータベースには、一年間の画像が残されていることが多い。ただ、それは警察などからの依頼がないかぎり公にはしないのが通例だった。

調べていることが認知症老人の身元だというので、大半の家庭では同情的だったが、成果はないに等しかった。

ただ、一日目と二日目は空振りだったが、三日目に収穫があった。

もう夕方で、ここを最後にきょうは終わりにしようと思っていたコンビニで、手がかりがあったのだ。

駅前に近いコンビニで、接客でたてこんでいたが、店長を呼んでもらって事情を説明すると、こころよく応じてくれた。

防犯カメラの映像は残っていなかったが、三十半ばの店長は当日のことをよく覚えているという。

ちょうど店番をしているとき、見慣れない高齢夫婦が店に入ってきて、おにぎりふたつとペットボトルのお茶を買ったというのだ。

それだけなら印象には残らなかったのだろうが、ぼんやりとした老人を支えるように老婆《ろうば》がなにくれとなく世話を焼いているように見え、店を出ると駐車場の横にふたりで座り込み、そこで食事を始めたらしい。

「気づいたのが少ししてからだったんですけど」

眼鏡を押し上げながら、店長は申し訳なさそうにつづけた。

寒いからそんなところで食べてないで中でどうぞと声をかけたのだが、もう食べ終わったからといいたげにそそくさと立ち上がって行ってしまった。

「あとで警察に訊かれて、あのときの人だって思い出して」

老人の着ていた服装もグレイのシャツに茶色のカーディガンだったという。

「一緒にいたおばあさんのほうは、どんな人でしたか」

背は百五十くらい。白髪で紫色のセーターを着ており、左足を少し引きずっていたと、店長は答えた。

間違いなかった。

「その話は、当時警察に話したんですよね」

「ええ。翌朝おまわりさんが来て、ざっと話しました」

そのあと、老婆の足取りを調べなかったのだろうか。

置き去りにしているから、すでに周辺にはいないと判断し、まずは「門前さん」の身元割り出しに集中したのだと考えれば筋は通るが、手抜きと指摘されれば、言い訳のしようはない。あるいは探すには探したが、目撃者もおらず、結局あきらめたといったところか。

同じ老婆をそのあと見かけなかったか尋ねたが、店長は首をかしげた。店に入ってきて、なにか買っていくなら覚えているが、ただの通りすがりでは無理だという。お役に立てなくてと、店長は頭をさげた。

しかし、駅前のコンビニに立ち寄ったことはたしかで、電車かバスでここまで来たはずだ。タクシーで来たとしても怪しまれないように駅周辺でいったん降りたことになる。足元もおぼつかない女が、「門前さん」を支えて遠くから歩いてきたとは思えなかった。

そして、置き去りにしたあと、この付近に戻ってきて交通機関を利用して立ち去ったに違いない。

駅前のタクシー乗り場で客待ちをしていた若い運転手に、ふたりのことを尋ねると、四ヵ月前に警察からも問い合わせが会社にあったという。

「そういうお客さん乗せたって話、誰からも出なかったよ。たぶん、タクシー使ったとしても、どっかから乗りつけてきたんだからさ。そっちに訊かないとわからないよね」

日に焼けた顔をしかめてみせた。

タクシー会社にも縄張《なわば》りがあり、他社が営業拠点にしている地区から乗せてきたのなら、わかるはずがないということだ。

「ここから乗せたという人もいなかったんでしょうかね」

老婆が帰りにタクシーを使った可能性はあったが、それも否定された。誰もそれらしき人物を乗せてはいなかった。

となれば、残された望みは電車かバスだった。

もう一度派出所を訪ね、今度は駅とその構内、それから路線が四本ほど通っているバスのロータリーに設置してあるカメラにふたりが映っていないかどうか、もし映っているなら、どこから乗り込んだのか知りたいので、手配をしてもらえないかと依頼した。

むろん、巡査の一存では無理だから、所轄の生活安全課に電話で頼み込んでもらった。施設に確認の電話をしたらしく、そういうことなら駅とバス会社に問い合わせはしてみるが、四月の録画はたぶん残っていないだろうと言われてしまった。

それが水曜のことで、その夜「蒟蒻問答《こんにゃくもんどう》」を聞いていると、磯田から電話があった。速達で送っただけあって、迅速《じんそく》に対応してくれたようだ。

「該当者なし」

予想したとおりの返事がぶっきらぼうに通話口から届いた。が、まだなにか言いたそうな気配があった。

「どういう筋のやつなんだ、この指紋の持ち主は」

「そんなこと訊いてどうする」

「いや、なにかやらかした奴なのかと思ったんだ。そこでマエがあるかどうか確かめたかったのかと思ってな」

答えないでいると、すがるような調子で磯田が尋ねた。

「指紋を取った紙は、封筒にあった住所に送り返せばいいんだな」

「いや、いい。捨ててくれ」

「しかし」

「まだなにか訊きたいのか」

「そうじゃない。ただあまり変なことに首を突っ込まない方がいい」

「どういう意味だ」

「管理人やってるなら、それだけやってればいい。もう刑事じゃないんだ」

「わかってる」

礼を言って電話を切った。

途中だった「蒟蒻問答」はやめにして、「子《こ》別《わか》れ」を聞いているうちに寝入ってしまった。最初から指紋の線は期待していなかったから、どうということはない。


祐美から電話が入ったのは、その翌朝だった。

「やっぱり何回か来てたみたいよ」

ちょっと興奮した調子だった。「門前さん」を置き去りにした老婆が、カメラに映っているのを見つけたらしい。昼間にやってきていたため、顔もはっきり映っているという。

「わかった。一時半くらいまでには行く」

「どうしたの、なんか声が変よ」

「いや、ちょっと疲れたんだろう。三日間歩き回ったからな」

「熱中症とか、気をつけてよね」

「大丈夫だ」

くどくどと説教されそうになり、あわてて電話を切り上げた。

本当のところは、二日目に熱中症になりかけたのだ。

駅まで続くバス通りの家々に聞き込みしているうち、頭がぼんやりしてきて、いまどこにいるのか、わからなくなった。ほんの一瞬だと思っていたのだが、横道に入って方向の見当がつかなくなり、炎天下で三十分ほどうろうろしていたようだ。

ベビーカーを押した女性に、どちらへ行かれるんですか、駅ですかと声をかけられ、はっと意識が戻ったときには汗みどろだった。

軽度認知障碍のせいだと、医者なら言うかもしれない。

だが、そんなに早く進行するとは思いたくなかったし、じっさい病気のせいではないはずだ。

持っていた五百ミリリットルの水を飲み切ってしまい、どこかに自動販売機はないかと探したのだが、どこにもなかったから我慢したのがいけなかったようだ。

ともかく勘《かん》のいい祐美に病気のことを気づかれないようにしなくてはならない。もっとも、声が少しおかしかったせいで、「門前さん」の指紋を採取した一件は立ち消えになってくれそうだった。

刑事時代には、暑かろうが寒かろうが、一日聞き込みに回っても少し寝れば翌日に疲れなど残らなかった。管理人は歩き回ることがあまりないし、体力も落ちてきているのは認めざるをえない。

三日間歩き回って、まだ疲れが二日ぶんほど残っている身体に鞭《むち》打って、管理人室を出た。

普段は電車にほとんど乗らないが、今週はずっと乗り続けだ。

分倍河原駅で南武線に乗り換え、多摩川を渡るとすぐに南多摩駅に着く。もともと乗降客が少ない駅だったが、平日だし、この暑さだ。ただ、ちょうど立川《たちかわ》行きの列車も到着したからか、思ったより改札口を出る客が多かった。

施設までは徒歩で二十分といったところで、聞き込みをしていたときには徒歩だったが、おととい意識を失いかけたこともあり、バスを待って乗って行くことにした。

もちろん、理由はそればかりではない。「門前さん」を置き去りにした女が何度か施設にやってきているとわかったからでもある。

女は駅を通る路線バスを使っているはずで、南武線を使わないなら、別の路線バスで駅まで来て、施設近くを通るバスに乗り換えたとも考えられる。運転手が覚えているかもしれなかった。

先に派出所に寄って防犯カメラの件がどうなったのか尋ねると、駅もバスロータリーも、やはり記録は消去されており、わからないとのことだった。

あきらめてバス停に戻り、二台停まっていたバスの運転手に訊いてみたが、これも空振りだった。仕方なく施設の前を通るバスの列に並ぶと、待つほどもなく、バスがターミナルに入ってきた。

乗り込んだ乗客は席の半分ほどを埋めていたが、そのほとんどが同年代かそれ以上の老人ばかりだ。

この運転手にも尋ねようとしたが、時間待ちをしているわけではないので、やめにした。防犯カメラにはっきり映っている姿を写真にしてから聞き回るほうがよさそうだ。

バスは、すぐに施設の少し手前にある停留所に到着した。

誰も降りないだろうと思ったら、二人ばかり一緒に降りた。腰の曲がった老人は、施設と反対方向に歩き出し、先に降りた老婆が白い日傘をさして前をゆっくりと歩いていく。

おととい熱中症になりかけたので用心のためにパナマ帽をかぶっていたが、やはり日傘が必要だな、などと思いつつ、老婆のあとをついてゆるい坂をたどっていった。右手の奥にある城山公園からは、相変わらず蟬の鳴き声が湧きあがっている。

ふと気づくと、二十メートルほど先を行く日傘がちらちらと背後の様子をうかがっている気配がした。

高齢女性がよく着るゆったりしたワンピースに似た藍色の服、薄い靴下にサンダル履き。顔は見えない。だが、歩き方がどこかで見たような感じがした。わずかに左足を引きずっている。

ふと思い当たり、素知らぬふりで追い越した。

施設の門へ行くには、手前にある信号を渡らなくてはならなかったが、それを通り過ぎ、しばらく歩いてから振り返った。

施設の門のところに日傘が見えた。入ろうか入るまいか、ためらっている様子だ。

道路を横切って足早に引き返し、背後から声をかけた。

「何度もいらっしゃってますね」

敷地内を覗きこんでいた日傘の動きが止まり、ゆるゆると振り返ってきた。

七十前後と見えるが、化粧をきちんとして白髪も整っている。老婆といっては失礼な垢《あか》ぬけた雰囲気があった。

女はごまかそうとしたらしく一瞬作り笑いを浮かべたが、すぐに視線をそらした。

「こちらに入るには、どうしたらいいのかお聞きしたくて」

酒やけでもしたのか、しゃがれた声だった。

「あなたを探していた者です」

女のとぼけた返事を無視して告げると、大きくかぶりを振った。

「四月十一日、この門のところに」

「門前さん」の本当の名前がわからないからそこで言葉を切り、防犯カメラのある左手の鉄柱を指差してみせた。

「それからも何度かいらっしゃってますね」

日傘が地面に力なく落ちた。

と同時に、両手で顔をおおい、絞《しぼ》るような細い泣き声とともに背中を丸めた恰好《かっこう》でくずおれた。

あわててその肩に手をやると、震《ふる》えが伝わってくる。

「お話を聞かせてもらえますか」

それでもしばらく女はしゃくりあげるだけだった。

いま施設の地下で防犯カメラのモニターを見ている者がいれば飛び出してくるに違いなかったが、施設の玄関にその気配はない。

このまま施設長に突き出せば任務完了というわけだったが、手を離れてしまえば「門前さん」の過去を知ることはできなくなる。

そう思った。

施設側としては「門前さん」の身元が分かり、関係者を見つけ出せば、それでいいのだ。しかるべき手続きをし、この女に引き取らせるか、引き続き施設で面倒を見るかを決定する。「門前さん」がどんな人生を送ってきたのかは二の次になる。

ましてや部外者に必要以上の情報を教えてくれるはずもない。

「警察や施設に知らせる前に、お話を聞かせてください。あの人の名前やあなたとの関係、それになぜここに連れてきたのかといったことを、知りたい」

その言葉に肩の震えが止まり、女の濡れた顔があげられた。

五

ついていた。

「門前さん」が女と引き合わせてくれたとまでは思わないが、かつて捜査をしているときにも、捜査の方向が見当はずれでなければ、手がかりや証拠が意外なところから引き寄せられてくることはよくあった。

よく言われる「刑事の勘」というやつだ。もっとも、勘で女と同じバスに乗り合わせたわけでもないが。

ともかく施設に知らせるのはあとにして、ちょうどやってきたバスに乗り込み、女とともに駅前まで戻った。喫茶店にでも入って話を聞くつもりだった。

駅に着くまでの五分ほどのあいだ、座席に並んで座った女は、ずっとうつむいたまま沈黙を保っていた。いっときの取り乱しが去ると、安堵したような落ち着きが横顔には見て取れた。

たぶん「門前さん」を置き去りにしてしまった心苦しさや後悔、後ろめたさといった重荷をこれで下ろせると感じたのだろう。心ならずも犯してしまった犯罪の場合、自首することでやっと安心できたという犯罪者は多い。

終点の南多摩駅に着き、昼はまだかと訊くと、首を振ってみせた。

駅を通り越して府中街道を行ったあたりに小さな喫茶店がある。

月曜日の帰りに少し時間があったので多摩川べりに出てみたとき、通りすがりに見つけた店だった。

そこへ女を連れて行くことにした。

コテージ風の店構えで、外にも木製のテーブルが三台置かれている。暑いには暑いのだが、ルーフで日陰になっている。

中で話すよりここがいいと判断し、アイスコーヒーをふたつ注文して女を座らせた。街道から少し奥まっているし、多摩川がすぐ近くを流れていて、風が心地よい。

向き合って、さっそく切り出した。

「あなたを警察に突き出すつもりはありません。まず、そのことをはっきり言っておきます」

肩をすぼめて座っていた女の顔が向けられた。涙で化粧が落ちかけていたが、気にかけてはいない。

「置き去りにした件は保護責任者遺棄という罪になります。もちろんその点は重く考えてもらいたい。しかし、この四ヵ月、何度も施設に電話をかけたり、門まで様子をうかがいに来ている。したくてやったことでないのは、わかっているつもりです」

こくりと女がうなずき、それから深々と頭を下げた。

「申し訳ありませんでした」

忘れないうちに、付け加えた。

「それから、施設に頼まれてあなたを探していたわけでもない。置き去りにされた人がいると聞いて、個人的にあなたを探していただけです。その点もはっきりさせておきたい」

「施設のかたではないんですか」

少しあっけに取られたらしく、おそるおそる尋ねてきた。

「まあ、関係者といったところです。娘があそこにいましてね」

「はあ」

それで納得したのなら、余計なことは説明する必要もない。

「ああ、失礼。まだ名乗っていませんでした。藤巻といいます。お名前、教えていただけますか」

「大山利代《おおやまとしよ》です」

「では、大山さん。事情をご説明いただけますか」

その言葉に、大山利代の顔が途方に暮れた。なにから話していいのか、まとめられないようだ。しばし目を落としてうろうろさせているうち、アイスコーヒーが来た。

二十年やめていた煙草を、ふと吸いたくなった。

代わりにストローを使わずアイスコーヒーをふた口ほど飲み、それからあらためて大山利代に向き合った。

「こうしましょう。質問に答えていってもらう形で、思いついたことをそのつど話してください」

大山利代は、それなら大丈夫と言いたげに目を上げた。

「まず、あの男性の名前を教えてください。彼は施設では門前さんと名づけられています。門の前で発見されたからです」

「あの人は、町田《まちだ》幸次《こうじ》です」

遅まきながら許可を得てメモを取り出し、その名前を記した。

年齢は七十一。

苗字が違うので、どういう関係なのか尋ねるのははばかられたが、大山利代のほうから口にした。

「一緒に暮らしだして、もう二十四年になります」

つまり内縁の夫ということだろう。

「町田さんは、どんな仕事についていたんでしょう」

「知り合ったとき、前に薬の営業をしていたとか言っていましたけれど、一緒に住むようになってからは店を一緒に。お金の管理とか、そういったことを」

「店とは」

「半年前まで小さな飲み屋をやってました」

最初客としてやってきて、そのうち懇《ねんご》ろになったということらしかった。そのあたりはあまり触れられたくないのかもしれない。

「店はどちらに」

「溝口《みぞのくち》です。住まいはその二階に」

「とすると、ここへは南武線で」

「はい」

「しかし、なぜわざわざここまで」

大山利代は、昔を思い出すように視線をただよわせた。

「あの施設、前に知り合いが入所していて何度かお見舞いに行ったことがあって。ほかに知っているところもなかったし、あそこなら手厚く面倒を見てもらえると思って」

「施設の前に置き去りにしても、そこで面倒を見てもらえるとはかぎりません。今回は役所が融通をきかせてくれたようで、あそこにいらっしゃいますが」

「あの人、いまどんな様子ですか」

　尋ねたくて仕方がなかったことをやっと口にしたといった目つきで、乗り出してきた。

「この前の月曜に一度だけお会いしました。医者の診断だと腎臓が悪いらしく、車椅子でしか移動できなくなっています」

　もってもあと二、三ヵ月だという見立ては、伝えるべきではないと思い、黙っていた。

「そうですか」

　がくりと肩が落ちた。

「腎臓が悪いことはご存じだったんですか」

「いえ。あの人、医者が嫌いで」

「健康保険は払っていたんでしょうか」

　返事に間があった。

「よく、わかりません」

「わからない。というと、そういった話をしたことはないんですか」

「ありません」

どこか、おかしかった。

二十四年も一緒に暮らしていた相手なら、なにかの折りに社会保険や免許の話題は出るはずだ。婚姻届を出していないとはいえ、それくらいのことは互いに話すだろう。

試しに尋ねてみた。

「町田さんの血液型をご存知ですか」

大山利代は首を振った。

「では、友人や親戚の話などを聞いたことはありませんか」

ハンカチを持っていた右手が口元にあてられ、目が閉じられた。

「一緒に住むようになるまでのことを、なにか話したことは」

ついつい立て続けに尋ねてしまい、大山利代を追い込んだ形になってしまった。顔をしかめたのを目にして、やっとそれに気づいた。

「失礼、うっかりして」

刑事だったことを口にしかかり、やめた。かえって警戒されるかもしれない。

しばし大山利代は身じろぎもせず、泣くのを堪《こら》えているような表情だった。

「あの」

やがて決心して口を開きかけ、そこで思いとどまった。

うながすつもりで、うなずいて見せた。

「なんでしょう。町田さんのことなら、なんでも話していただきたいのですが」

深呼吸をひとつすると、大山利代は背筋をのばした。

「あの人、昔なにか悪いことをしていたのかもしれません」

確信めいた調子がまじっていた。慎重に聞き返す必要がありそうだった。

「悪いこと、というと」

「わかりません。ただ、そんな感じが」

「そんな感じ、ですか」

アイスコーヒーをひと口飲んで間を取ってから、つづけた。

「なぜそう感じたのでしょう」

「なぜって」

戸惑いが口調にまじった。

「ここだけの話にします」

メモをポケットにしまって見せると、大山利代はしばしテーブルに目を落としてから、顔をあげた。最初から話す決心をつけたようだ。

「あの人が店に初めて来たのは、九五年の六月でした」

「一九九五年ということですか」

「はい。何度か看板までいて、そのときお金がなくなって泊まるところがないって。それまで他人を家にあげるなんて、したことなかったんですけれど、そのときはつい」

恥じ入るように、肩をすぼめた。むろん、男女の馴れ初《そ》めまで追及するつもりはなかった。

「あなたのお店に来るまで、どこにいたのでしょうか」

「神戸《こうべ》にいて、そこで大震災に遭ったって。一人身だったから、こっちに逃げ出してきたんだって」

「本当かどうか、知りません。ただ、そう言っていたというだけで」

「でも、信じたかった」

こそばゆい表情を見せた。

「泊まるところがないというのは、本当だったようでしたから」

「なるほど。それで一緒に暮らすことになった、と。一緒にいて、過去を隠そうとしている気配を感じたわけですか」

「最初のうち、どういういきさつでここに来たのか、聞こうとしたことはありました。でも、いつもはぐらかされて。聞かれたくないんだなとわかってからは、もうなにも聞きませんでした」

「そうすると、悪いことをしていたのかもしれないというのは」

「あまり人前に顔を見せたがらなかったですし、いつもなにかに追われているような、ちょっとしたことで夜中に急に起き出したりしたこともあったし。あのころ、地下鉄サリン事件があって、犯人が逃亡しているってニュースがあって。あの人が来たのも、そのころですし、その仲間かもしれないなんて思ったこともあるんです」

だが、カルト教団で犯罪に手を染めた者はすでに逮捕されて処罰を受けている。それが町田幸次が「悪いこと」をしたかもしれないという推測の根拠なら、ただの思い過ごしということになる。

　ため息をついて椅子にもたれかかろうとすると、大山利代がバッグからカードらしきものを取り出してテーブルの上に載せた。

　免許証だった。

「町田さんのですか」

　それには答えず、大山利代の顔に疲れが浮かんだ。

「あの人を施設に置いてきてから、身の回りの品をどうしようか迷っていて、何日か前にやっと整理しようって。そしたらこれが」

「拝見しても」

　黙って大山利代はうなずいた。

　更新は一九九四年十一月になっていた。それ以降の更新をしていないということだ。住所は兵庫県神戸市。

　これのどこが「悪いこと」をしていた証拠になるのか。教えてほしいというつもりで視線を向けた。

「顔が、違うんです。あの人じゃありません」

　薄気味悪そうに、言葉を区切りながら答えた。

　そう聞いて、あらためて写真に目をやる。

だが、よくわからなかった。免許証の写真は更新時のもので、すでに二十五年たっている。顔のつくりは似ているようだったが、面会した「門前さん」は老齢になり、歯もほとんどない。おまけに認知症だ。表情が別人のごとく変わってしまっていても仕方がない。

「まったくの別人だとおっしゃるのですか」

尋ねてから、意味のない質問だと気づいた。二十四年も一緒に暮らしていたのだから、見間違うはずもない。あらためて訊き直した。

「整形をしたという話は」

「そんな話、聞いてません」

まあ、わざわざ話すことではないだろう。もう一度質問を変えた。

「この免許証を見つけたのは最近だということですが、それまで目にしたことはなかったんでしょうか」

「あの人、免許はないってずっと言ってました」

「そうですか」

整形した可能性はある。ただ、そうでなければ、何者かが町田幸次と名乗っていたことになる。後ろ暗いものがあると考えるのは、おかしくなかった。

しかし、それが犯罪行為につながるかどうかは別の話だ。磯田に調べてもらった結果は該当者なしだったから、犯罪を犯していたとしても一度も捕まったことはないということか。

「きょうは」

考え込んでいると、大山利代が口を開いた。

「きょう、施設に来たのは、あの人に会って、これを見せて確かめたいと思って」

ずっとだまされつづけていたことが許せない。その気持ちをぶつけたいという大山利代の心情は、よくわかる。

しかし、そう思うだけで、やはり門の中に入って行って、じっさいに問い質《ただ》すことはできそうに見えなかった。しかも、相手はもはや会話などできる状態ではないのだから、無意味でもある。

「ところで、これはどこにあったんでしょうか」

免許証をかざして見せると、睨《にら》むような視線がそれに向けられた。

「あの人の品物っていっても、来たときには手《て》提《さ》げのバッグひとつでしたし、一緒になってから買ったものもほとんどなかったんです。それは押し入れの奥にあった布袋の中にありました。見せたくないものは、ずっと隠してたんです」

くやしそうに薄い唇を噛んだ。

「布袋。するとその中に、ほかにも何か入っていたとか」

手にしたハンカチがきつく握られた。

「変なものが、いろいろと」

それらを見せてもらう必要も、ありそうだった。

六

祐美に電話を入れて急用ができてすぐ行けなくなったことを告げ、「門前さん」に整形した痕跡がないか確かめてほしいと頼んだ。

「せいけいって、あの整形のこと」

「そう、その整形だ。常駐の医者に頼んでみてくれ」

「なにか手がかりがあったのね」

「あったが、あとで話す。施設長にも伝えておいてくれ」

川崎《かわさき》行きが来るとホームにアナウンスがあり、そそくさと電話を切った。

南多摩から武蔵《むさし》溝ノ口までは、南武線で二十分ほどのものだった。車内で話すのははばかられたからずっと互いに沈黙を保っていたが、大山利代はすべてをぶちまけるつもりになったようだった。

ともかく家に行って町田幸次の所持品を見せてほしいと頼むと、ためらいもなく応じてくれた。

「あの人が誰なのか、本当のことを知りたいんです」

喫茶店を出るとき、すがるようにそう言った。それはつまり手に余るから調べてほしいという意味にも取れた。

おそらく人生の三分の一ほどを一緒に過ごした男が得体の知れない者であるのに耐えられないのだろう。かつて悪事を働き、単に身を隠すために利用されたのだと考えたら、いたたまれないといったところか。

大山利代のやっていた「亀屋《かめや》」という飲み屋は、駅から五分もかからなかった。

南武線の改札を出て田園都市《でんえんとし》線へ乗り継ぐ南北自由通路を進み、そこから左手に階段を下りる。すると、ちょうど南武線沿いの道に出る。左手に線路があり、右側が屋根のついた古びた商店街になっていた。

その並びを少し行ったところが店だった。南武線が行き来するのが目の前に見え、右側が古本屋、左側が鞄《かばん》屋だ。

半年前に閉めたといっていたが、「亀屋」と筆文字で書かれた看板や引き戸の構えはそのままで、間口一間《けん》ほどの小さな店だった。

「このあたりは再開発されないまま、ずっとやってきたんです」

たしかに、武蔵溝ノ口の駅とその周辺には、新しく開発された商業ビルがいくつも立ち並んでいた。

話によれば、もともと南武線のホームには地上から入れたらしいが、いまは一度南北自由通路に上がらなければならない。駅周辺は、かつて雑然とした店ばかりで、露天商もかなりの数があったらしい。

そういった駅周辺にあって、「亀屋」のある商店街は昔のまま残されていた。

「どうぞ」

大山利代が、がたついている引き戸を開けてうながした。

一歩入ると、まず埃《ほこり》っぽい熱気が鼻をついた。

三坪あるかないかといった店で、Ｌ字形になったカウンターがあるだけ。椅子がないから立ち飲み屋だったのだろう。

扇風機やラジカセといったものが、かつてカウンターだった奥に埃にまみれて投げ入れられていて、掃除はだいぶ前に放棄したことがはっきりわかる。

狭い通路の先に木製のドアがあり、それを開くとすぐ急な階段になっていた。あがっていく大山利代の足取りは慣れていたが、それでもかなりもたついた。

二階は六畳と四畳半のふた部屋で、小さな台所とトイレはあったが風呂とテレビはないようだった。新しさが目立つのは白いボディのエアコンくらいだ。

ここで認知症になった町田幸次の世話をするのは、どう考えてもむずかしい。施設に置き去りにせざるを得なかった大山利代を責めるわけにはいくまい。

「いまは年金でやっているんですか」

エアコンをつけ、小さな折り畳み式のテーブルを出してきた大山利代に、腰を下ろしつつ尋ねた。

「飲み屋で貯《た》まったお金も少しはありますけど」

とはいえ、楽な生活とは見えない。

台所の横にあった小さな冷蔵庫から麦茶を出してくれた。

「遊びに来る人なんていませんし、知り合いといっても商店街の人ぐらいで、それも店をやめちゃうと挨拶するだけみたいになって」

ほとほと疲れたといった口調だった。

すでに帰る故郷もなく、親戚もいないらしい。

「出身はどちらですか」

山梨だという。甲府《こうふ》から高校を卒業後に出てきたそうだ。最初川崎の電器会社で工員として働いたが、そこで出会った前の夫と一緒になって仕事を辞めた。

だが、こどももないまま夫が交通事故で死に、伝手《つて》をたよってこの店に手伝いで入った。そのあと、女店主が田舎に戻るというので店を譲《ゆず》ってもらい、続けてきた。

問わず語りに話を聞いていて、うっかり用件を忘れるところだった。

「それで、隠されていた布袋というのは」

水を向けると、両手を畳について立ち上がり、押し入れの戸を開いた。下の段の布団を引きずり出したあと、覗いてみろとうながされた。

サッシ窓から入る光にすかして覗きこむと、奥の壁に三十センチ四方ほどの穴が空いていた。

「板でさえぎって中に空洞があるのを隠していたんです」

言いながらかがむと、大山利代は押し入れに身体を入れて、緑色の布袋を取り出した。大判のノートほどの大きさだ。

「薄気味悪くて、入れっぱなしにしてあるんです」

テーブルの上へ投げ捨てるように置いた。

麦茶のコップを横にどけ、布袋を手に取った。

厚手のズック布で、口についた紐を両側に引いて開け閉めする形のものだった。袋そのものはかなり古い。

口を開いて逆さにすると、テーブルの上にばさばさと冊子や身分証らしきものが落ちた。

パスポートが二通。学生証が二枚。会社の社員証が一枚。雇用保険日雇《ひやとい》労働被保険者手帳、いわゆる日雇手帳が一通。

袋の大きさに比べて、中身は少なかった。

「ほかに入っていたものは」

「見つけたときには、これだけでした」

袋の大きさからして、ほかにもなにか入っていた可能性はありそうだったが、とりあえず目の前にある品物を確認した。

すぐ見て取れたのは、どれも名前が違っていることだった。町田幸次のものではない。

パスポートは、一通が日本国発行で、以前に使用されていたものだった。五年有効の青パスポート。開いてみると、名前は「成《なる》瀬《せ》道《みち》夫《お》」とあった。

もう一通は台湾政府発行のもので、名前は「林《リン》源《ユアン》文《ウェン》」。

どちらも顔写真ははがれていた。いや、はがしたのかもしれない。

「成瀬道夫」のものは一九七六年に台湾へ出国しただけで、日本への入国の判がなかった。逆に「林源文」のほうは台湾を出国し、日本に入国したのが一九九二年で、そのあと日本から一度も出国していない。

学生証はさらに古かった。

一枚は一九七二年四月、東政《とうせい》大学法学部のもので、名前は「中山喜一《なかやまきいち》」。もう一枚は一九六八年四月、名央《めいおう》大学工学部のもので、名前は「鴨井俊介《かもいしゅんすけ》」。どちらも入学時に作成された身分証になっていた。

こちらもそれぞれ顔写真はなくなっている。

「中山喜一」の名前に聞き覚えがあるような気がしたが、はっきりしない。

社員証にも写真はないが、顔写真を貼る形式ではないから、もともとなかったのだろう。磯部《いそべ》工業株式会社、電機部社員。名前は「矢部光一《やべこういち》」で、昭和四十年四月更新とある。会社の住所は埼玉県大宮《おおみや》市。

日雇手帳は大阪西成《にしなり》の職安が発行したもので、名前は「小渕誠《おぶちまこと》」とあり、一九九五年一月に更新されたのが最後になっている。一月十三日まで印紙が貼られていた。日雇手帳も顔写真を貼る形式ではない。

一見したところ、刑事時代に目にした偽造品などではなく、どれも本物だった。

なぜまったく別人の身分証となる品物を持っていたのか。これらにはどのようなつながりがあるのか。そして、そのつながりが、どういった背景を持っているのか。

免許証は別として、貼ってあったはずの顔写真がなくなっているというのも、気になる。

「どうでしょうか」

声に気づくと、大山利代が眉をひそめた顔を向けていた。

「これだけでは判断できませんが、たしかに奇妙な品物が集まっていますね」

「なにか悪いことを」

「かもしれません」

やはりと言いたげに、ため息がもれた。

「出会ったころの町田さんの顔写真があれば見せてもらえますか」

「写真は、ぜんぜん」

「ありませんか」

「写されるのを嫌がってましたから」

まさか魂《たましい》が抜き取られるなどと思っていたはずはない。面が割れるのを警戒していたのだろうか。

「町田さんが何者だったのかを調べるためにも、しばらくこれらを預からせてもらえますか」

「どうぞ持って行ってください。そんなもの、あるだけでなんだか」

気味が悪い、と続けたかったのだろう。

ズック袋に戻しつつ、免許証もと頼むと、畳にあったバッグを引き寄せ、取り出してテーブルに置いた。

「ここに記されている住所に連絡を取ってみましたか」

免許証を手に、あらためて目を落としながら尋ねたが、大山利代は視線をそらして細い声を出した。

「こわくて」

もし、町田幸次がまったくの別人だったら、一緒に過ごした時間がすべて偽りになってしまう。あるいは真実を知るのに耐えられないということか。

免許証もズック袋に入れ、紐を引いて口を閉じた。

「立ち入った話になるかもしれませんが、ふだん町田さんはどんな生活を送っていたんでしょう」

尋ね方が悪かった。考えかかる大山利代を押しとどめて、あらためて訊いた。

「半年前にお店を閉めたのは、町田さんの認知症が悪化したためということですか」

「はい。あの人が来てからは、ずっとお金の計算や仕入れをやってもらっていたんですが、それができなくなって」

「いつごろから症状が出始めたんですか」

「一年ほど前だと思います」

「医者に行って検査をしたり、介護のかたが来たりということは」

「さっき言ったように、医者に行きたがらない人でしたから」

「それじゃ、どうして認知症だとわかったんです」

「そりゃ、見ていればわかります。前と違って物忘れが多くなったり、どこにいるのかわからなくなったり、たまに幻を見たりしているらしくて」

「幻覚ですか」

「ええ。そこの窓の前に立って、おまえを絶対に許さない、とかなんとか、反対に一時間以上もずっと頭を下げつづけていたり。最初はノイローゼかと思ったんですが、おかしなことをしないときもあるんで」

「町田さんも認知症という自覚はあったんでしょうか」

「たぶん、あったと思います。もしボケて手に負えなくなったら、どこかの施設の前に捨ててくれって」

　ということは、大山利代は町田幸次の言葉に従っただけともいえそうだ。

「そのころ、なにか普段と違ったことがありませんでしたか。身の回りを整理するとか」

　顔をうつむけて小首をかしげたが、すぐに思い出したらしい。

「なにかノートに書きつけていたみたいです」

「そのノートは」

　すぐさま首が横に振られた。

　このズック袋に、そのノートが入れられていたと考えるなら、袋の大きさに納得が行く。しかし、ノートはどこかに町田本人が持ち去ったのかもしれない。そこになにが書かれていたのか気になるが、ないものを想像しても始まらない。

ああそういえば、と大山利代が声をもらした。

「ノートを書いたあと、三日ほど遠出をしてくるって」

「それは、徘徊《はいかい》じゃないんですか」

その問いは明確に否定された。

「出かけてくるって言って、ちゃんと戻ってきてるんですから、違うと思います。それにそのころはまだなんとか正常でしたし」

「なるほど。それで、どこへ」

「それは教えてくれませんでした。たぶん神戸なんだろうと思ってましたけれど」

「神戸になにかあったんでしょうか」

大山利代はわからないと言いたげに首を振った。神戸に以前いたから、神戸に行っていたのだろうと思っただけのようだ。

「それまでも、数日姿を消すということはありましたか」

その問いには、うなずいた。

「ここへ来たころにはなかったんですが、大震災のあとあたりから」

「大震災というのは、三・一一ですよね」

「ええ。そのあと二ヵ月に一度くらい」

「そのときも行き先は聞かなかった、と」

「はい」

無理に聞きだすのが怖かったのかもしれない。

「いつだったか正確にわかりますか」

「最初は、たしか三月の終わりです。四月にはなっていなかったけれど、日にちまではちょっと」

「そのときも泊りがけで」

「四日くらいいなかったんです。ここ、ボロ屋でしょ。大震災のときだいぶ揺れて。下のお店も棚のものが全部落ちちゃって。一週間ばかり閉めてたんですけれど、なんとかあの人と一緒に元に戻して。そしたら出かけてくるって。それまでは遠出なんかしなかったんですけれど」

「震災のあと、二ヵ月に一度くらいの割合で遠出をするようになった、と」

「去年、ノートをつけていたあと出かけたのが最後でした」

「ざっと四十回以上になりますね」

計算して口にすると、大山利代は目を見開いた。回数など数えたこともなかったようだ。

震災をきっかけに、どこかへ遠出をするようになった。

これは確実と考えていいだろう。もっとも、その理由はわからない。

「いなくなるときに共通するような点はありませんでしたか。たとえば曜日が同じだとか、毎月何日にいなくなるとか」

あれこれと記憶をたぐり寄せていたが、最終的にそんな共通点はなかったと口にした。

「ただ、地震のあと、それまでは毎日のようにお店を手伝ってくれてたんですが、なんだか気が抜けてしまったようで」

あの地震で体調を崩したり精神的にまいった者は多かった。町田幸次は神戸で震災に遭ったと言っていたから、そのときのことが甦ったとも考えられる。

そして一年前、認知症が発症し、ノートになにかを書きつけはじめた。

「ノートになにかを書き込んでいた時期は、どれくらいですか」

「たぶん、三日か四日くらいです。それまでそんなことしてるの見たことなかったんですが、朝から晩まで」

「それから最後の遠出をした、と」

「はい」

「ノート以外に、本人の書いたものなどは残っていませんか。手紙でもメモでも」

大山利代の顔がまたうつむいた。

「伝票や領収書を書いたことはありましたけど、そういったものは確定申告が終わったあとは捨ててしまって」

つまり本人の筆跡はわからないということだ。

「ところで、ご近所には町田幸次さんがいなくなったあと、どう説明していたんでしょう」

「施設に入ったたって、訊かれたら答えました」

まあ、たしかにそれはそれで嘘とも言い切れない。

「面会に行きたいと言う人もいたと思いますが」

「あの人と仲良くしている人なんて、いなかったですから」

「わかりました。では、少し周辺のかたにもお話を聞いていきたいと思います」

そう告げて連絡先を記し、手渡した。大山利代の電話番号も聞いてメモし、気長に待っていてほしいと言い残して店を辞した。

そのあと、左右にある古本屋と鞄屋にまず話を聞いたが、鞄屋の女店主はいなくなったことも知らなかった。

「利代さん、あんまり人前に出したがらなかったのよ。旦那さんてわけでもないし、なんていうか、男を囲ってるわけだしね。本人も人見知りする感じだったから」

古本屋にはときたま顔を出していたようだったが、言葉を交わすこともなかったと、親父はこたえた。

「買っても三冊百円の文庫本だったよね」

客ともみなしていないようだった。

そのあと何軒か店を聞いて回ったが、どれも空振りで、大山利代の言ったように、町田幸次は人づきあいをほとんどしていなかったらしい。

変な噂《うわさ》が立つのを避けるため、町田幸次の免許証を見せたりはしなかったが、見せても顔の判別ができる者はいなかっただろう。

時刻は四時になろうとしていた。

祐美に電話を入れ、これから向かうと告げてから南武線に乗った。

思わぬ展開になってきたことに、驚きと多少の興奮を覚えつつ電車に揺られていた。それが多少なりとも脳を活性化させ、認知症への移行を遅らせることになってくれればという思いも、あった。

もちろん、医学的にそんな効果がある、という話ではないのだが。

七

施設では祐美と施設長が待ち構えていた。

確認せずとも間違いなかったが、ともかく防犯カメラに残っていた人物を見てほしいと地下室に引っ張りこまれた。

映っていたのは、たしかに大山利代だった。七月十一日と十九日に門の前までやってきていた。おそらく、それ以前にもやってきていたに違いない。

「この人ですよ、門前さんを置き去りにしたのは」

断言するのを聞いて、祐美と施設長は、それぞれ力をこめてうなずいた。カメラをチェックした成果が出て嬉しいのだろう。

「じつは、きょうこちらにうかがおうとしていて、この人を見つけましてね」

今度は、その言葉にふたりは目を見張った。

施設長室に戻り、ソファに座って向き合うと、すぐさま説明を求められた。隣から祐美もせっつくような視線を向けた。

どう説明するかは、電車の中で考えてきてあった。

「門前さん」は町田幸次という名前で、神戸の出身であること。一緒に住んでいた大山利代の現状では、世話をすることはむずかしいこと。その結果、置き去りにせざるをえなかったこと。

それ以外のことは、黙っていた。

「手続き上、いろいろとあるのかもしれませんが、しばらくいまのまま門前さんをここに置いてもらえませんか」

身元が判明すれば、身元引受人に引き取ってもらうか、それが無理なら、あらためて生活保護を申請し、しかるべき施設に入ってもらう。それが通常の手続きだ。

しかし、それを承知で施設長に頼んだ。警察や役所に連絡を入れれば、大山利代の保護責任者遺棄についても不問にはできなくなる。

しばらく考えていた施設長は、納得したようだった。

「わかりました。門前、じゃなくて町田さんの病状も思わしくないし、いま動かすのはよくないでしょう」

祐美へ問うように語尾を上げた。

「そうですね。動かすのは無理です」

きっぱりと祐美はこたえ、施設長もうなずいてみせた。

「ありがとうございます。まだ町田幸次についてははっきりしない点もあるので、少し調べてみるつもりです」

　この前会ったとき、施設や祐美とのつながりとは別に調べるつもりだと告げてあったから、施設長も特に異論を口にはしなかった。

「それから、さきほど町田さんが整形していたかどうか確かめてほしいと電話をいただいたようですが」

「ああ、そうでした。どうだったんでしょうか」

「医師に診てもらったところ、それらしき形跡はないと」

「なるほど。お手数かけました。そういうことなら、勘違いだったようです。神戸で大震災に遭ったと聞きましたので、顔に怪我でも負ったのではないかと思ったもので」

「でも、藤巻さんにいろいろやっていただいて、身元がわかったんですもの。本当に助かりましたわ」

　あらためて施設長は頭を下げた。

　せっかく来たのだから、「町田幸次」に会って帰りたいと頼むと、もうすぐ夕食なので、それまでならと許可され、施設長は祐美に案内をまかせた。

「わかったこと、まだ、なにかあるんでしょ」

　エレベータでふたりきりになると、祐美はお見通しだと言わんばかりに横目で指摘してきた。

「まあ、少しな」

「へえ、どんなこと」

興味なさそうな調子だったが、言葉と裏腹に耳に神経を集中させているのがありありとわかる。

「ま、もう一度実物を見てから教えてやる」

「そういうとこ、あるのよね」

鼻から声が抜けて聞こえた。

「なんだよ」

「人をじらして喜ぶとこ」

「じらしてるわけじゃない。確信のないことは口にしないだけだ」

「いいけど、なんか」

その先を祐美が続けようとしたとき、エレベータが二階についた。

それきり黙りこくって、祐美が先に立つ。

町田幸次は目を覚まして、天井を見上げていた。

「この前みたいに、変なことしないでね」

声をひそめて、釘を刺された。

「顔を見るだけだ」

ズックの布袋から免許証を取り出し、ベッドの足の方に回った。じっくり観察する必要はなかった。一目瞭然《いちもくりょうぜん》だった。

「免許証ね」

後ろから覗きこんできた祐美がつぶやいた。

「二十五年前の門前さんだが、同じ人物に見えるか」

「どれどれ」

免許証を持っていた手をつかんで目の前に持って行き、実物と交互に何度か見やっていたが、小首をかしげた。

「変わっちゃってるから、よくわからない」

「別人だよ」

「はあ」

なに馬鹿なことを、と言おうとするのをさえぎった。

「耳を見てみろ。違っている」

あらためて見くらべた祐美は、すぐに短く声をあげた。

免許証を袋に戻しつつ、横たわる老人から目を離せないでいる祐美にはっきりと告げた。

「整形していないのなら、この人物は町田幸次じゃない」

人相風体で一番変わりにくいのは、耳だ。

「門前さん」は耳たぶがほとんどないといっていいほど小さい。それにくらべて写真の男は福耳と呼ばれている耳たぶに近い。つまり、垂れ下がるほどあった。

「そんな」

声を震わせ、見上げてきた。

「医者は整形の痕跡がないと言ったんだろう」
二、三度うなずき、また老人に目をやった祐美は、薄気味悪そうに顔をゆがめた。
「じゃ、この人はいったい誰なのよ」

「だから、じっさいのところは、まだ門前さんなんだ。このことは施設長、ええと名前なんだったか」

「田宮施設長」

「そう、田宮さんにも誰にも秘密にしておくんだ」

「どうして」

少しためらったが、納得させるためにはやむを得ない。

「ちょっと、犯罪の臭いがな」

「もしかしてこの前取った指紋からなにかわかったの」

「いや、そっちは空振りだったんだが、ともかくもう少し調べてみようと思う」

すると、真剣な目を漂《ただよ》わせたあと、大きくうなずいた。

「わかったわ。もうすぐ実習期間終わるけど、そういうことなら終わってからも、ここで手伝うことにする」

「え。待て待て、そういう話じゃないだろう」

「そういう話よ。連絡役がいたほうが何かと便利だし」

「しかし、これは施設やおまえとは別の話として」

「まあ、とにかく、頑張ってね。別人だなんて、元刑事じゃなきゃわからなかったもの」

にっこり微笑み、ひっつめにした頭をひと振りしたと思うと、呼び止める間もなく部屋を出て行ってしまった。

たしかに、祐美が「門前さん」の面倒をみていれば逐一様子を知ることができる。それに施設側の出方も気にはなる。

悪いことをするわけではないのだから、ここは祐美の好きにさせておくことにした。

「それじゃ、また」

じっと天井に目を注いでいる「門前さん」に声をかけ、夕食を部屋に運ぶ運搬車の音を聞きながら、施設をあとにした。

その日はどっと疲れが出て、帰ると翌朝まで眠りこけてしまった。

熱中症になりかけて体力が落ちていたところへ、あれこれと新しい事態が起きたから、精神的にも疲労が出たのだろう。

睡眠をじゅうぶん取ったせいか、翌朝は気分もすっきりしていた。

ところが月曜から外出続きだったせいで曜日が混乱したらしく、土曜日だとばかり思い込んでゴミ収集車を待っていたのだが、金曜だったと気づいた。収集所の横を通勤者が挨拶しながら通り過ぎて行き、何度か挨拶を返したところで、やっと思い当った。

もちろん、病気のせいではない。ただ疲れていただけだ。

そう言い聞かせ、管理人室に戻った。

朝食を済ませたあと、頭を切り替えるつもりで、昨日大山利代から聞き出したことをまとめようとしたのだが、途中からメモを取らずにいたので、なかなか思い出せずに苦労した。完全に忘れてしまっている事項もいくつかあった。

ここはひとつノートに経緯をまとめておくべきか。

遅まきながらそんな風に考えついたのは、「町田幸次」とされる男が、認知症だと自覚したあと、ノートになにかを書きつけていたという話を聞いたからかもしれない。

調べ上げたことをそのうち忘れてしまう可能性は他人よりあるのだし、万が一犯罪にかかわる過去が出て来るのであれば、記録しておく必要もあると考えたのだ。

言ってみれば捜査日誌だ。

そこで近くのコンビニでＡ４の薄いノートを買い込んできた。

「いわゆる門前さんの件について」と表紙に書き込み、最初に施設で顔を合わせた日からのことを、思い出すかぎり書き込んだ。

そのあと、借り受けてきたパスポートや学生証、日雇手帳、社員証に免許証、それに「門前さん」の顔写真をそれぞれ管理人室にある業務用のコピーで複製し、ノートに貼りつけた。

学生証は裏表を、パスポートは入出国審査のページもコピーした。

今後調べ上げた事項を書きつけておけば、とっさに忘れてしまった内容でも、ページを繰れば、すぐ思い出せる。

昼食はコンビニでついでに買ってきたピザパンとアンパンで済ませ、そのあと一〇四の番号問い合わせで免許証にある住所の電話番号を尋ねた。

施設にいる人物が「町田幸次」でないのははっきりしているが、本物の町田幸次とのつながりが知りたかったのだ。

震災前の住所だったから使われていないか別人の電話になっている可能性もあり、あまり期待はしていなかった。だが、電話番号は「町田幸次」名義で生きていた。

さっそくかけてみると、呼び出し音五回で相手が出た。若々しい声の女だった。

突然の電話を詫び、名乗ったあとで、そちらは町田幸次氏の自宅かどうかを尋ねた。

「それ、うちの父ですけれど」

不審そうな声に変わった。詐欺の電話と思ったのかもしれない。

「じつは東京の府中から電話しています。認知症になられて施設に入っている身元不明の人物が、町田さんの免許証をお持ちになっていたとわかりまして」

「あの、警察のかたですか」

「いえ。施設にそういうかたがいると知って、身元を調べています。おそらく町田さんではないと思われるのですが、なぜ免許証を持っていたのか、それが知りたいと思い、お電話さしあげました」

「父が生きていたわけではないんですか」

返事の様子では、震災で亡くなっているらしかった。あるいは行方不明か。余計な期待を持たせぬよう短く答えた。

「残念ながら」

「ちょっとお待ちください」

あわてた声になり、電話の向こうで、おばあちゃんに来るように言って、と呼ぶのが聞こえた。それからしばし、聞き取れないやりとりがあり、今度は落ち着いた声が起こった。

「町田幸次の妻ですけれど」

もう一度、同じことを繰り返し伝えた。すると、妻は声を低めた。

「なぜそんなところに」

「いままでの経緯はわかりません。ただ別人が町田さんの免許証を持っていたので、その人物と町田さんとのつながりがわかればと」

「夫ではないのですね」

それが気になるのは当然だった。

「率直に申し上げて、違います」

またしばらく考え込んでいるらしき沈黙が流れ、やがてあきらめのため息が起きた。

「当時、遺体が見つからなくて、どうなったのかわからずじまいでした。どこかで生きているかもしれないとずっと思っているんですが」

妻の話によれば、自宅は神戸の住宅街にあり、震災でも倒壊はまぬがれ、いまでもそこに暮らしているという。

「あの日、夫は夜勤だったんです」

「お仕事はなにを」

「トアロードにあったホテルでフロント係を」

嘘がひとつ、はっきりした。「町田幸次」は薬の営業などしてはいなかった。

ホテルは倒壊し、宿泊客にもかなりの犠牲が出たらしい。

「夜が明けても連絡が取れず、犠牲になったかたがたの安置されている場所を探し回ったのですが、結局」

「そうでしたか。申し訳ありません。突然の電話で思い出したくないことをお聞きするようなことになって」

「本当に夫ではないんですか」

「その人物の写真をお送りしてもいいですが」

「別人なら別人とはっきりわかったほうが納得できます」

承知した旨《むね》をこたえ、コピーしたものを送ると約束した。

「それで、その人は町田幸次と名乗って、なにか悪いことでも」

「そういったことはまだはっきりしていません。この人物が町田さんとなにかかかわりがあったのかどうか知りたいので、お送りする写真をご覧になって、見覚えのある人物であれば教えていただけると助かります。もっとも認知症になっていて、面差しは昔とかなり違っていると思いますが」

「わかりました」

妻の名前を聞いてメモし、電話を切った。

つぎに社員証にある電話番号にかけたが、すでに使われていなかった。残されていたものの中でいちばん古いのだから、あり得ることだった。同様に一〇四で磯部工業の番号を問い合わせると、登録がないという返答だった。倒産してしまったのかもしれない。

そのあと「門前さん」の写真をコピーし、それも封筒に入れて町田家の宛名を記すと、近所にあるポストへ行って投函した。

戻ってくると速達で磯田から封書が届いており、中には送りつけた十枚の指紋がついたメモ用紙が入れられていた。捨ててくれと言ったはずだが、送り返してきたのだ。住所を書いて送ったことが、いまさらながら未練がましかったように感じられ、忸怩《じくじ》たる思いを抱きつつ、一応受け取ったことだけは連絡しておくことにした。

呼び出し音がしばらく続いてから、磯田はやっと出た。

「わざわざ悪かったな。いま受け取った」

「ああ、そうか」

なにかそわそわしている口調に聞こえた。

「それだけだ。それじゃ」

「待て」

「なんだ」

問い返しても、しばし返事をためらっているらしい間があった。

「この前も言ったが、余計なことに首を突っ込まないことだ」

ひそめた声だった。

「どういうことだ」

「息子が、呼び出しをくらったらしい」

「なぜ」

「指紋照合をしたからに、決まってるだろう」

「だから、なぜ」

「知るか。上はなにも教えてくれない。その指紋の持ち主、いったいどういうやつなんだ」

「聞き出せと命じられたか」

「なんだと」

「この前は該当者なしと言っていたじゃないか。あれは嘘か」

「あのときは、そうだった」

「いまは違うってのか」

ほんのわずか間があった。

「わからん。ただ、呼び出されたんだから、上はなにか知ってる」

「聞き出せと命じられたわけじゃないと言いたいわけか」

「忠告してるだけだ」

「悪いな。昔のよしみで教えると思ったか」

「おい」

「信じろってのが無理なのは、わかるよな」

低くうなる声が漏れ聞こえた。

「そうか。二十年、ずっと恨んでるってわけか」

「どうかな」

「せっかく厚意で教えてやってるってのに」

「そういうのがいちばん怪しいって学んだんだよ。二十年前にな」

言い終わる前に、通話は切れていた。

受話器を戻してソファに身体を埋めると、すっと額のあたりを久保田《くぼた》の顔がかすめた。

思い出したくもない記憶が、押し寄せてくる……。

当時、久保田満《みつる》は岐阜県警捜査二課一係の係長だった。

まだ三十五で、叩き上げの出世頭と言われていたし、二課の連中は、年配の者までが久保田に下にも置かぬ態度をとっていた。サラリーマン風に七三にわけた髪の毛と縁なし眼鏡で、見る者にとっては傲慢《ごうまん》とも受け取れた。

いまから考えれば、その久保田から邪魔者扱いをされていたのは明らかだ。ほぼ同年代だったのもあり、足をすくわれるのではないかと疑っていた節もある。

むろん、久保田はそんな態度をおくびにも出さなかった。周到に敵対しそうな者を潰そうと画策し、裏で工作する。

初めて顔を合わせたのは本部に入ってからだったが、着任の挨拶をしたときから、久保田には嫌われていたのかもしれない。

地元の大学を出て、採用試験を受け、最初は所轄の刑事課に勤務し、それから本部に異動したという経歴は、ほぼ同じだった。

ただ違うのは、西濃《せいのう》ブロックの所轄勤務が四年だった久保田にくらべ、中濃《ちゅうのう》ブロックで十二年勤務してやっと本部に配属された点だ。

そして、久保田に県会議員の後ろ盾があったという点も。

そういった後ろ盾なしに、収入印紙の偽造集団を一斉検挙したという大手柄を持って本部に配属されたせいで、最初から目をつけられていたのは間違いない。

久保田には後ろ盾はあっても、めぼしい手柄はなかった。

経歴は同じようでも、水と油だった。

とはいえ、久保田は係長だから、その指示には従わねばならない。

三年間、冷や飯を食わされた。

重要と思われる事案についてはいつも担当を外され、内偵すらやらせてもらえなかった。古物商を回って偽ブランド品の出物がないかどうか聞き込みするのが、唯一与えられた仕事という時期もあった。もちろん、それも仕事のうちだ。腐らずに黙々とこなした。

「あんたにはもっと重要な件で活躍してもらいたい」

なにせ実力があるんだから。

事案を担当させてほしいと口にすると、いつもそう返された。

最初のうちは「実力があるんだしね」と嫌味めかされたが、そのうち言外に滲《にじ》ませるだけで、本音は「おまえにはなにもやらせない」と告げていた。

出世欲にまみれているというよりも、言いなりにならない者を排除しようとする男といえた。

本来なら、そんな男が上司の仕事場など、ケツを捲《まく》って辞めてやるべきだったが、そうは行かない事情があった。

本部に異動することが決まる直前、十歳年下の妻と結婚していたから、その生活を維持するためにも辞めるわけに行かなかった。

もっとも、それがまた久保田の癇《かん》に障ったともいえる。

妻の父親は大阪府警の所轄で署長をやっており、叔父は岐阜県警の所轄で副署長という警察一家で育っていた。勤務していた所轄の副署長がその叔父で、姪をぜひにと請われて結婚したのだった。

あとで知ったことだが、本部内で久保田は「藤巻ってやつは、問題児だからなあ」とぼやいてみせていたという。

なにが問題なのかを明確に口にせず、ただ困ったやつだという風評を立てていたらしい。

それもまた、あの一件への伏線だったのかもしれないのだが。

……耳鳴りがする。

そう思ったとたんに、電話の呼び出し音だと気づいた。

知らぬ間にうとうとしていたのかもしれなかった。

すでに部屋は薄暗くなっている。壁にかかっている時計に視線をやると、六時半を過ぎていた。

ソファから身体を起こし、デスクの上にある受話器を取り上げた。祐美からだった。

「さっき、変な電話があったのよ」

「なんだ、変な電話って」

「ルポライターって人から、そちらに身元不明の人が保護されていると聞いたんだけどって」

「おまえにあったのか」

「違うわよ。施設に。田宮施設長が出たらしいんだけど」

「いるって言ったのか」

「そりゃ、そう答えたわよ。サイトにも出してるんだし」

「ああ、そうか」

別に秘密でもなんでもなかった。施設が身元を探して公開しているのだから、誰でも見られる。しかし、公開してから四ヵ月も経過している。なぜいまになって接触してきたのか。

「それで、なんだっていうんだ」

「取材したいって。もちろん断ったんだけれど、一応知らせておいたほうがいいんじゃないかって田宮さんが言うから」

「わかった。もし、押しかけてきても、断るように言ってくれ」

「もちろん、そのつもりよ。それじゃ」

なにかが動き出している。

通話を切ると同時に、そう思った。

普段起きないことが立て続けに起きるときは、そこになにかがあるからだ。

だが、それがなんなのか、まだよくわかってはいなかった。

第二章　行動監視者

一

「門前さん」の過去を調べるため指紋照合を依頼した磯田の息子が、上司に呼び出された。

それが事実なら、そこにどんな意味があるのか。

少なくとも、照合でヒットした指紋があったからこそ、何かが動き出したと考えるべきだ。

つまり、「門前さん」には前歴があったということになる。過去になんらかの犯罪に手を染めていて、それが上層部をあわてさせるほどの一件だったわけだ。しかも、最初は該当者なしとされたのだから、奇妙だった。

施設に横たわっている男は、これまでいったいなにをしてきた男なのか。認知症になってまで周囲にさざ波を起こさせる男の正体は、いったいどういうものなのか。どうしても見極めずにいられなくなっていた。

翌週の火曜日に、神戸の町田幸次の妻から封書が届き、やはり夫ではない、写真の人物にも見覚えはないという短い手紙が、コピーした写真と一緒に送り返されてきた。

やはり身内が見ても、いま施設にいる男は別人だったし、見覚えもないという。

つまり、町田幸次と面識はなかった可能性が高い。

そうなると、何者かが震災のどさくさにまぎれて「町田幸次」になりすましたことになる。

その男が、日雇手帳の持ち主である「小渕誠」だという確信はあった。なにかの理由で「小渕誠」ではいられなくなった男は、遭遇した震災を利用し、遺体となっていた町田幸次から免許証を奪った。本物の町田幸次は、遺体がどの程度損傷していたかわからないが、結果的に身元不明の死体として葬《ほうむ》られてしまったのだ。

そう推測することは、不可能ではないだろう。

もちろん、確証はない。二十五年近くも時間が経っているから、証拠など、あったとしても消え失せている。

ただ、そう推測すれば、残りのパスポートも学生証も、同じ手口で連鎖していると考えられるのだ。ズックの布袋に入っていた品々がどういったつながりを持っているのか、その推測が固まってくる。

「小渕誠」が偽名なのも、明らかに思えた。西成の職安に問い合わせ、じっさいに「小渕誠」がいたとしても、それは別人に違いない。

山谷《さんや》、寿町《ことぶきちょう》、西成というのが三大ドヤ街であるのは有名だが、日雇い労務者は誰が誰であっても、ただ頭数さえ揃っていれば、別人がなりすましていても気にかけられはしない。場合によっては戸籍を売り払う者すらいる。

つまり、「小渕誠」という人物も、それ以前の名前でいられなくなったから、本物の小渕誠から名前を買い取ったという推測ができる。

そうやって、パスポートや学生証を年代順にテーブルに並べて考えていくと、思い浮かんでくるのは「門前さん」が詐欺師だったのではないかという疑念だった。

ひと仕事終えると名前や身分をつぎつぎと変えていき、これらの品々はそのときどきの「勲《くん》章《しょう》」のつもりで持ち続けていたのではないか。それぞれに書き込まれた字体は違っているが、鑑定されないかぎり、サイン程度なら、練習すれば筆跡はごまかせる。

木曜に夕食を作りに来た祐美に、味付けの少し薄い肉じゃがを食べさせられたあと、その推測を披露《ひろう》した。

もちろん、誰にも言うなと口止めした上でだ。

「このあいだは黙ってたが、ちょっと意見を聞きたいと思ってな」

テーブルに向き合った祐美にそう前置きをし、パスポートや学生証をずらりと並べていくと、なんだこれはと問いたげな目をしばし品物に走らせてから、視線を上げてきた。

「大山利代が見つけたんだ。門前さんが隠し持っていた」

「なんでこんなものを」

詐欺師とは言わずに、ある人物が名前を変えて生きてきた証拠品ではないかと告げた。

「いいか。こうやって年代順に並べると、たどった道筋が浮かび上がってくる」

まず、男は「矢部光一」という名前で工員をやっていたが、「鴨井俊介」になって大学に通った。さらにそのあと「中山喜一」という学生になりすまし、「成瀬道夫」と名前を変えて台湾に出国した。

「このパスポートには出国審査の印はある。だが、日本に帰国はしていない」

「あ、ほんとだ」

入国の記録があるべきページにそれがないのを見せると、祐美は素直に驚いた。

「七六年からずっと台湾にいたかどうかはわからない。ただ、その男は九二年に別のパスポートで戻ってきた」

「林源文」の名前があるほうのパスポートを開いて見せた。

「で、林源文はそれ以降出国していない」

祐美は食い入るように、目をそそいだ。

「そのあと西成で日雇手帳を入手して生活していたが、阪神大震災直後に町田幸次になりすました」

「じゃあ、門前さんの本当の名前は矢部光一ってことなの」

「それはまだわからない。他人の社員証を盗み取ってなりすましたかもしれない。会社はもうなくなっているようで、調べるのに手間がかかりそうだ」

「でも、これっていったい、どういうこと」

祐美が身体を左右に揺すった。

「たとえて言えば。そう、落語に『永代橋《えいたいばし》』ってのがある。なんだかそれに似てる気がするんだな」

「なによ、それ」

「昔、永代橋が落ちて何人も死んだのさ。人が大勢橋の上にあがったんで、重さに耐えきれなくなったわけだ。ところが、その死人の中にひとりスリがまじっていた。そのスリが持っていた財布が他人のものだったんで、身元を間違えられてしまう。で、本当の財布の持ち主がびっくりして死体をひきとりに行く」

「だって別人でしょうが」

「そこが落語だ。とんちんかんなやりとりがあるわけさ。門前さんの場合は、正確には立場が逆になってるし、そもそも落語じゃないがな。ま、ひとつひとつ、このパスポートや学生証にある名前の人物にあたっていけば、どういうことなのかわかると思う。普通なら、名前を変えるのは、それ以前の存在を消したがっているからだ。だから、ある人物が別の名前を使っていたのをさかのぼってたどっていっても、たいてい証拠は消え去ってて、途切れてしまう」

「たしかに、そうかもね」

「しかし、そこへ行くと、今回は前の名前がなんだったのか、少なくとも、それを推測できる証拠が残っている」

「でも、その仮説って、本当なの」

「おそらく。しかし、大事なのはそこじゃない」

「あ、そうか。そもそも門前さんがなぜこんな品物を持っていたのか、それが問題ってわけね」

「そうだ」

納得した祐美が、一拍置いて感心したようなため息を漏らした。

「なるほどね。なんだか」

「え」

「だからさ、刑事みたいよね。前より生きいきしてる」

唐突に真正面から目を向けられて、とまどった。

「生きいきしてるかどうかはともかく、それが調査の基本だろう」

認知症になりかけているというのに「生きいきしてる」というのはなんとも皮肉だが、それだけやる意義のある一件だと考えていることは事実だった。

「それで、どこから取りかかるの」

「知り合いの弁護士に相談してみる」

「弁護士に」

そんな人物と顔見知りだというのが意外らしかった。二十年前の一件で力になってくれたことや、管理人の職を世話してくれたことなどを説明するつもりはなかった。

「パスポートについては一般人では調べられないから、頼もうと思ってる。それからなくなってしまった会社の社員証も。ただ、学生証については大学の事務局に行ってみるつもりだ。お盆休みが明けたらすぐに」

「聞き込みってやつね」

一緒に行きたげに声がはずんだ。むろん、同行させるわけがない。そのつもりで話題を変えた。

「ところで、この前言っていたルポライターってのは、どうなった」

つまらなそうに首を振った。

「あれから電話ないみたいよ」

「施設の付近をうろついてるやつは」

「そんな人もいないわ。それより、弁護士って、お金かかるわよね」

「なんだよ、急に」

「田宮さんからも言われてるの。ただでやってもらったのは申し訳ないって」

「気にするな。弁護士の方はなんとかなる」

「でも」

「いいんだ。ボーナスが入ってな」

「なに、それ」

「このあいだ、穴馬券をな」

じとっとした目が向けられた。

「なんだよ」

「競馬やってるなんて、知らなかった」

「たまにだ。中毒じゃない」

「なら、いいけど」

聞かなかったことにでもするのか、視線をそらした。

「今夜話したことは、施設では黙っておけよ。まだ確証がある話じゃない」

テーブルにあったパスポート類をかき集めてズック袋に戻しながら、釘を刺した。

「わかってるわ。それより、今日で研修は終わりなんだけれど、あしたからも門前さんのお世話できることになったわ」

「ほう、そうか」

「施設長が特別に許可してくれたの。でもね」

口をとがらせ、困った表情になった。

「なにかまずいことでもあるのか」

「そうなのよ」

「たしか、研修のレポート書かないといけないって言ってたな」

「そっちは、いいの。空いた時間にちょこちょこ書けば、どうってことないし」

「じゃ、なんだ」

身体を左右に揺らし出した。

「施設長がね、仕事をしてくれるのは大歓迎だけれど、研修じゃないから日給払わないとって。でも、そんな余計なお金ないからどうしましょうって」

「前にもあそこでボランティアやってたんだろう」

「だからいりませんて答えたんだけれどね」

「けれど、なんだ」

　困惑した顔でうなだれた。

「研修終わったら、いつもやってる大和の古着屋さんでバイト再開するってことになってたの。それ断らなくちゃならないし、そうなるとバイト代入ってこないし」

　言葉を切って上目づかいをされれば、誰だって察しがつく。というより、一連のやりとりが、それを目的としていたともいえた。

　ズック袋を机の引き出しにしまおうと立ちかけていたが、あらためて腰を落とした。

「そこの時給、いくらだ」

「毎日七時間やってて、時給は千円」

　やむを得ない支出だ。

「日給五千円。それ以上は出ない」

「助かるわあ」

　ほっとしたというより、しめたといいたげな声がこたえた。

「ただし、しっかり面倒みるんだ。手を抜くなよ」

「りょうかい」

　背筋を伸ばし、おどけて敬礼して見せた。

しかし、よくよく考え直してみれば、この一件は祐美が持ち込んだのだった。

まったく、タダ働きをしているのは、どっちだ。

そんなことがあった翌日の金曜日は、次回来るように言われていた病院の日だった。巷《ちまた》の個人医院ならお盆は休むが、救急指定のあるような大きな病院は休みなしだ。

「その後、いかがですか」

村瀬だったか。

名札を盗み見てから、こたえた。

「先週ちょっと無理してあれこれ動いたんで、暑さにやられたみたいですが、病気に関しては特に変わったことはありません」

余計なことは言わないほうがいい。

医師はカルテに目を落とし、それから重々しくうなずいた。

「たしかに、暑いですからね。熱中症には気をつけて」

「はい」

「ところで、娘さんとはお話ししましたか」

「このところ顔を合わせてますが、まだ」

ため息まじりに低くうなり、それから生真面目な顔を向けてきた。

「いろいろ事情はあると思いますが、今後のことを考えれば、ご家族が頼りです。それをお忘れにならないように」

当然「事情」があるから切り出せないのだ。誰にでも同じことを言うのかもしれないが、こう毎度繰り返されてはいい気分がしない。しかし、黙って頭を下げておいた。

「では、これからは三ヵ月ごとにいらしてください。経過をみて、薬も変えていきましょう」

それで終わりだった。処方箋を渡され、近くの薬局で薬を受け取る。

じつを言えば、まだ三日ぶんほど飲み残しがあった。つい飲み忘れてしまうのも病気のせいだとしたら困ったものだが、どうしようもない。

コンビニで昼食におにぎりでも買っていくかと思い、三ヵ月分の大量の薬を抱えて薬局から歩き出すと、背後から名前を呼ばれた。

振り返った先に、水色のポロシャツを着た固太りの男がショルダーバッグを肩からかけ、少し離れた場所に立っていた。

「ご病気ですか」

作ったような笑みを浮かべ、馴れ馴れしく近づいてきた。

黙って睨みつけていると、すっと名刺を差し出した。

こいつか、施設に問い合わせてきたのは。名刺には「ライター」と肩書があった。名前は二宮《にのみや》健《けん》二《じ》。いかにも偽名といった臭いがぷんぷんする。

だが、どうしてここに現れたのか。「門前さん」にかかわっていることなど、知っているはずがない。とぼけることにした。

「なにかご用ですか」

「フリーで雑誌に記事を書いている者です」

そう言って『週刊木曜日《もくようび》』とか『想《そう》』といった雑誌名をあげた。どちらかといえばお堅い雑誌だ。

「調べていることがありまして。お話を聞かせてもらえればと」

言葉が終わる前に素知らぬふりで歩き出した。だが、しつこく追ってくる。

「話だけでも、お願いしますよ」

しばし食いさがっていたが、やがて決定的な言葉を背中に投げつけてきた。

「藤巻さん、身元不明の老人を調べてますよね」

思わず足を止めてしまった。いったいどこからそんな情報を仕入れたのか。

仕方なく、正面に回り込んできた顔をあらためて観察した。鼻がそりかえって二つの穴が目立つ。作り笑いをしているように見えるのは、その穴のせいらしい。目には笑みがまったくないし、暑そうにしているが、汗をかいていなかった。

薬局から出てきたところを呼び止めたのだから、当然病院に行ったことも知っているし、マンションの管理人室を出たときから尾行していたことは確実だ。それでもとぼけた。

「なにを言っているのか、わからないな」

「認知症になった老人が徘徊の末に行方不明になる。こういう現実があることを雑誌で訴えたいと考えてまして」

「好きにすればいい」

すり抜けようとしたが、はばまれた。

「待ってください。そういう老人がいま日本には一万人もいるんです。これからはもっと増えていく」

「それを訴えてどうなる。認知症が治る薬を開発したというなら、いいことだがな」

「警鐘を鳴らしたいんです。こんなことでいいのか、と。別にあなただって悪いことをしているわけじゃない。そうでしょう」

深刻な話をしているのに、鼻の穴のせいで作り笑いの印象がへばりついてしまった。それは不愉快な男という意味でもある。しかも、このまま引き下がりそうにもない。

きっぱりと答えた。

「たしかに調べた。だが、わからなかった、なにもな」

「ほう」

信じていないようだったが、そう言われてしまえば、質問のしようもないはずだ。

「警鐘を鳴らすには、ちょうどいいんじゃないのか。調べてもわからないんだ。なんとかしろと訴えればいい」

今度は歩き出してもさえぎられなかった。しかし、これであきらめたといった気配でもなかった。

管理人室に戻ると、汗をぬぐう前に祐美の携帯に電話を入れた。留守電になっていたので、必要なことだけ告げて切った。

「門前さんの件だ。二宮とかいうライターが接触するかもしれないが、相手にするな。ライターと言っているが、どうも違うような気がする」

二

お盆を過ぎると、マンションにも活気が戻ってくる。

今年は十八日が日曜にあたっていて、その日まで休みという者が多かった。大学の事務局あたりも先週一杯を休みにして十九日から再開しているらしい。

十九日の月曜日はビン・缶の日で、清掃を終えると、さっそく都心へ向かった。武蔵《むさし》野《の》線で西国分寺《にしこくぶんじ》まで行き、そこから中央《ちゅうおう》・総武《そうぶ》線で水道橋《すいどうばし》まで乗り継いだ。そのあいだ、尾行はついていないようだったが、用心のために何本か電車をやりすごした。

名央大学の工学部校舎は、駅から北へ五分ほど行ったところにあった。夏休みとはいっても、キャンパス内にはサークル活動や図書館にやってくる学生がちらほらとうかがわれたが、どの顔もなにかしら「抜けている」ように見えた。偏見かもしれないが、祐美を見ているからか、生きいきした表情とは程遠い学生に映った。

案内図で場所を確認すると、高層の校舎と校舎に挟まれた中庭のような場所に、事務室はあった。

ドアに夏休み期間中は平日の九時から三時まで開いているという掲示の紙が貼りつけてある。

そのドアを押し開けて、カウンターの前に立った。

五人ばかりの事務員が奥で机についていたが、そのうち一番手前にいた二十代らしき男が立ってきた。学生ではないので、保護者だと思われただろうが、名乗って事情を告げると不審な色を浮かべた。

「つまり、どういうことでしょうか」

のみこめなかったらしく、再度説明を要求された。

「学籍簿は二十年間の保存期間のあと、廃棄処分になりますが」

そんなことも知らないのかといった調子だった。

「というと、鴨井俊介という人物が大学にいたかどうかも」

「卒業証明書の発行などに必要なので、いちおうデータベースにはなっていますが、関係者のかたでないと、ちょっと」

「卒業アルバムといったものは」

「高校までと違って、昔はそういったものは作りませんでしたから。八〇年代に入ってからですね、アルバムは」

「では、同窓会名簿は」

「最近は個人情報の問題もあって作られていないんです。以前のものは、あるにはありますが。

そのかた、六八年入学ですよね」

「学生証には、そうありました」

「ちょっとお待ちください」

いったん奥に戻り、上司らしい男に話しかけている。ちらりと視線が向けられ、上司がうなずいた。

話していた男が戻ってきて、書類をカウンターに置いた。「情報開示依頼書」とある。

「認知症のかたの身元を確認したいという事情はわかりましたので、そのかたのいらっしゃる施設に問い合わせて確認したいのですが」

つまり、どこの何者かわからないやつにやたらと情報を教えるわけにはいかないということだ。

「わかりました」

素直に従い、用紙に必要事項を書き込んでいく。施設長なら、うまく説明してくれるだろう。

書き込んだ書類を手に、さきほどの上司のところへ行くと、そこで電話をかけている。

さほど時間もかからず電話が終わり、上司に承認を得たらしく、男は棚の上から分厚い本を取り出し、戻ってくる。

「公的な内部文書ではありませんが、ご本人が在籍していたなら、お名前があるはずです」

そう言って、カウンターに両手で抱えてきた本を置いた。「名央大学同窓会名簿」と金箔《きんぱく》で刻印されている。一九七三年版とあった。当時創立五十周年だったことが、小さめの文字で記されていた。

「以前は二十年おきくらいに新しい名簿が作られていました。大学ではなく、同窓会が作っているので正確かどうかは保証しかねますが、六八年入学なら、この名簿に掲載されているはずです。ただ」

適当にページを開いてすべらせてきた。

「消息不明の人もかなりいるんです」

たしかに、名前、学部、卒業年度のあとに「連絡先」の欄があったが、ぽつぽつと空白になっていた。

礼を言って、名簿を見ていった。

工学部七一年度卒業の欄には、いなかった。七二年度卒業にもいない。

もしかすると学生証そのものが偽物だったかと思い始めたとき、最後に付け加えられていた「在校生名簿」が目に止まった。

「在学者の名前も載せるんですか」

「たいていのところでは、そうしていますね。昔から企業などが就職のときに後輩をチェックするために使っていたみたいですよ」

そういうものかと思いつつページをくっていくと、四年生の欄に「鴨井俊介」の名前を見つけた。留年したらしい。

連絡先も電話番号も空欄。おそらく下宿を転々としていたせいだろう。

それをメモし、さきほどの事務員にこのあと出された名簿も見せてほしいと頼んだ。

九三年版があるだけで、以降は個人情報の保護を理由に作られていない。

そちらにも名前はあったが、それは「物故者」の欄であった。

死因や死亡年月日までは、わからない。

「鴨井俊介」とされる人物がすでに死んでいるという事実は、ふたつの可能性を示唆している。ひとつは、もし「門前さん」が当の人物だったとすれば、名前を変えて生きていた可能性。もうひとつは、当人が死んだあとで何者かが「鴨井俊介」を名乗った可能性だ。

そしておそらく、次に名乗ったのが「中山喜一」になるのだろう。

名央大学を出てふたたび中央・総武線に乗り、今度はお茶《ちゃ》ノ水《みず》で降りた。

駅から坂道を下っていき、右手にあるのが東政大学だったが、こちらも名央大学と同様、校舎は高層ビルになっていた。

学生時代に高校時代の友人を訪ねて岐阜から遊びに来たときには、まだ古い校舎で、道路を挟んだ向かいの学食で友人とラーメンをすすった記憶がある。

一度も思い出したことがない記憶がふいに甦り、認知症になるかならないかの狭間《はざま》にいるという事実とのギャップで苦笑がもれた。

こちらの事務室はビルの一階にあり、同じように尋ねたが、にべもなく突っぱねられた。関係者でない限り、誰にも情報は開示しないというのだ。

どうしたものかとしばし考え、学内の図書館なら同窓会名簿を持っているはずと思い当った。

高層ビルになった大学の五階が図書館らしい。

エレベータを見つけて待っていると、四十絡みのスーツにネクタイ姿の男が横に並び、ドアが開くと先に乗り込んだ。大学の教授だろう。

「何階ですか」

男が尋ねるので五階だと答えた。代わりにボタンを押してくれたので、降りるときに礼のつもりで軽く頭を下げた。

五階は図書館というより小奇麗《こぎれい》なオフィスといった雰囲気で、ちらほらと学生がいた。入り口カウンターの向こうに目をやると、開架の本はあまりない。閉架にして閲覧者をきちんと把握しているようだ。同窓会名簿が開架か閉架かわからないが、中に入るだけでも手間がかかりそうだった。

そう感じると同時に、高校時代の友人の名前がとっさに浮かんだ。たしか経済学部だった。

やるしかあるまい。

カウンターに近づき、白衣をつけた貸出係の若い女性に声をかけた。友人の名前を名乗り、認知症になった知り合いが法学部を卒業したと以前口にしていたので、在籍していたかどうかを知りたいのだと告げた。

「ご身分のわかるものをお持ちでしょうか」

免許証は返却してしまったし、ほかに何も持っていないと困惑した様子で嘘をついた。

実直そうな女性は銀縁の眼鏡をちょっと押し上げ、パソコンに目をやった。それから友人の名前と経済学部に在籍していたことを確認してきた。

「本来なら身分証がないとまずいのですが、中山さんというかたが在籍していたかどうかだけ、わかればいいわけですね」

「はい」

またわずかにためらったが、いいだろうといった表情になった。

「今回は特別ですので。次回からは身分のわかるもの、お持ちください」

「助かります」

手早くキーボードを打ち込み、画面に視線を走らせている。在籍していた学生の名前は、やはりデータベース化されているようだ。

「中山喜一さん、七二年四月入学。このかたでしょうか」

「そうです」

「八〇年に除籍処分になっていますね」

「え。どういうことでしょう、それ」

女性はあっさりこたえた。

「学費未納だったらしいですが」

留年をつづけて八年経過したか、学費未納であれば、除籍になるというのは、たいていどこの大学でも同じだ。

「そのあとは」

「あと、ですか」

「ええ」

「除籍になられたあとのことは、ちょっと」

「亡くなられてはいませんよね」

「物故者になってはいませんが」

女性は不審げな視線を向けてきた。

当の人物がかつて法学部を卒業したと言っていたと、さきほど説明したのを思い出した。

「いや。知り合いが別人のことを言っているかもしれないもので」

「現在のことは、ここではちょっと」

「なるほど。卒業していないので、本人もあいまいな口ぶりだったんでしょうね」

「わかるのは、それだけですが」

「ありがとうございます。助かりました」

「次回からは身分証をお願いします」

「どうしていいか困っている老人」というのも、ときたま役に立ってくれるらしかった。

エレベータで一階に下り、ふたたび通りに出た。

生死はともかく、ここでも「中山喜一」が実在していたことだけははっきりした。

とはいえ、もっと詳細がわかると思っていたのは、見込み違いだったようだ。

たかが五十年と考えるか、五十年もと考えるかはともかくとして、五十年前に人がなにをしていたのかを探り出すのがこれほどむずかしいとは、思ってもみなかった。

しかし、ここであきらめるわけにはいかない。

先週の金曜、前もって訪問の約束をしておいた芦田《あしだ》に、地下鉄神保町《じんぼうちょう》駅へ降りる出入り口のところから電話を入れた。事務所のある三田《みた》へは、一本で運んでくれる。

相手は呼び出し音三回で出た。

「藤巻です」

名乗ると、電話口から威勢のいい声が返ってきた。

「やあ、何時ごろ来られますか」

「いま神田《かんだ》にいます。十五分ほどで」

「わかりました。込み入った話だというんで、時間空けてあるから」

「申し訳ありません」

「それじゃ待ってますよ」

豪快に受話器を置いたのがわかった。

優先的に時間を空けてくれたのには、感謝するしかない。

階段を下りて改札を抜ける。すぐに三田行きの列車が走り込んできて、乗り込んだ。

冷房があまり効いていない車内に腰を落とすと、芦田の声に刺激されたのか、かつての記憶がさらに記憶を呼び起こす。

芦田剛《つよし》弁護士に最後に会ったのは、二十年も前になる。

管理人の職を世話してもらったあと、ほとんど都心に出て来なくなったせいもあり、それまで頻繁に顔を合わせていたのに、ぱたりと会わなくなってしまっていた。

担当していたとはいえ、もはや過去の事件であり、それにかかずらっている暇はなかったに違いない。たまに電話があったりしたが、互いに共通の話題は事件に関することだけだったから、昔話に花が咲くわけもなかった。

それが久々に頼みたいことがあると電話したのだ。芦田も驚いたに違いなかった。とはいえ、名乗ったとたんにすぐ思い出してもらえるくらいのつながりはあった。

もともとは岐阜県の弁護士に相談したのだが、その弁護士が案件の重大性を感じ取り、東京の芦田に連絡を入れたのが出会いの発端といえた。

そんなことをわざわざしなくてもいいといったん断ったものの、こういった問題には詳しい人だと説得され、訴訟を依頼することになったのだ。

警察関係者からは、いわゆる人権派弁護士と揶揄《やゆ》ぎみに呼ばれるうちのひとりだったのだが、じっさいに接してみると、いたずらに人権を叫ぶわけではなく、背後にある実態をえぐり出し、問題の本質を社会に訴えようという考えの持ち主だった。

相談を持ちかけた岐阜の弁護士から事務所へ来てほしいといわれて出向き、そこに芦田がいたのが、最初の出会いだった。

すらりと痩《や》せていて、仕立てのいいスーツを着こなした二枚目だった。三十なかばですでに三田に個人事務所を開き、いくつかの冤罪《えんざい》事件などに弁護団のひとりとして加わってもいた。

開口一番、芦田は言ったものだ。

所属していた県警を告発するというのだから、それなりの覚悟はあるのでしょうね、と。

　もし覚悟がないのなら、あきらめろという意味も、あったのだろう。勝ち目のない訴訟はやるだけ金と時間の無駄だというわけだ。

　じっさい警察を相手取って告発をしても、あらゆる妨害が待っているとも言った。

　覚悟はあった。

　このまま引き下がれないという思いは強かった。

　その一ヵ月前のことだ。

　いつものように本部に出勤すると、朝礼の前だというのに生活安全部の刑事がデスクのところに待ち構えていて、突然令状を示して逮捕だと言われた。

　いったいなにが起きたのか、わからなかった。

　周囲にいた同僚たちもあっけに取られていた。

　同じ二課の一係だった磯田たちは、それでも何の容疑だと刑事に食ってかかったが、路上での痴漢容疑だと大声でわめかれ、動きが止まった。馬鹿なと言いたげな視線が注がれ、つぎに係長のいるデスクに、その視線が移った。

　すべて了解済みといった顔で座っていた久保田が、立ち上がって肩をそびやかした。

「誤解だろうが、フダが出てるんだ。とりあえず行って来い」

　むろん誤解だった。それをその場で証明もできず、生活安全部に引っ張られた。ネクタイとベルトを取られ、すぐさま取り調べが始まった。

誤解だから、取り調べの刑事が言うような事実もなく、知らないと答えるしかない。

何月何日、何時に名鉄《めいてつ》岐阜駅から乗り込み、岐南《ぎなん》駅で降りた会社員の女性を尾行し、路上において抱きつき、抵抗する女性を無理やり壁に押しつけ、数分間胸を触り、スカートの中に手を入れた。

たしかに岐南駅が自宅へは最寄りの駅だったし、示された日には本部からの帰りに一杯ひっかけて帰った。時間もほぼ同じだった。

小用が我慢できず薄暗い場所で用を足したことは事実だが、それかと尋ねたら、ふざけるなと冷笑された。

だったら、痴漢行為などしていなかった。

やっていないって、証明してくれる者がいるのか。

お決まりの文句だが、そんな者はいない。

人違いだ。だいいち被害者に犯人の人相を確認したのか。

したから、あんたが、ここにいる。

数時間も押し問答をしただろうか。やがて、刑事が顔を寄せてきた。

もし本当にやってないってんなら、あんた、どこかの偉いさんの気に障ったんじゃないのか。

刑事の方も薄々誤解だとわかっていたのだ。

しかし、内偵している件は言えなかった。保秘は二課の絶対条件でもある。あるいはという思いはあったが、今回の一件とつながりがあるのかどうかは、はっきりしない。

ただ一方で、指摘されるまでもなく、虎の尾を踏んだのかもしれないという予感も起きていた。

当時、県営の産業廃棄物処理場建設が計画されていて、土地選定にからんで県会議員に金が渡っているという話を聞き込んでいた。

中濃ブロックの所轄にいたときに情報を仕入れていた男からの話だった。むろん、所轄も県警二課も、まだ捜査対象にはしていない。

久保田から一線での仕事を干されていたからといって、じっとしていられるわけがない。ことあるごとに知能犯罪の気配がないかどうか、勝手に嗅ぎまわっていた。

そこに引っかかってきた話だった。

県庁では建設計画は持ちあがっていたが、具体的な場所や規模などを決定する段階ではなかった。しかし、処理場建設を名目にしてひと儲けしようとしている連中がいるのはたしかだった。

建設の入札に参加するだろうと思われる業者をいくつかあたり、どうやら高嶋興産《たかしまこうさん》という大垣《おおがき》にある中堅の土建業者が頻繁に料亭を利用しているらしいことをつかんだ。

何度か料亭に張り込み、結果として高嶋の接触した人物が郡上《ぐじょう》市内の内藤《ないとう》という不動産業者であることを突き止めた。

内藤の会社では、一定地域の土地をかなり買い上げていることもわかった。

登記簿を閲覧すると、郡上のとある村に隣接する一帯の土地が内藤のやっている不動産会社によって大量に買い占められていたのだ。

土建業者と不動産屋。

これが結託して公共事業を誘致しさえすれば金が生まれる。

あとはその土地に処理場を建設するという決定を下す県会議員がいればいい。

では、それは誰か。

そこまで単独で調べ上げ、県会議員を特定しようとしたところで、逮捕状が出たというわけだった。

結局その日は留置され、二日後証拠不十分で釈放された。

すぐさま本部長に呼ばれ、痴漢で逮捕というニュースが新聞とテレビで大々的に報じられたことを知った。

記者クラブを抑えられなかったのかと思ったが、すでに後の祭りだった。

辞表を書いてもらう。書かないなら、懲戒免職《ちょうかいめんしょく》だ。

何の弁明も聞かず、本部長は命じた。

はめられたと実感したのは、そのときだった。

たいしたことではないと思っていたが、迂闊《うかつ》だった。

証拠不十分で釈放されたのだし、だいいち無実なのだから、辞表もなにもあったものではない。

抗弁すると、本部長は誤認だろうが疑われるような言動は警察官として不適格だと怒鳴った。

それだけで警察の威信失墜だという。

それなら記者クラブに記事の差し止めを頼めばよかったのだ。

そう言い返しかけて、警察全体が組織から追い出そうとしていたのだと気づいた。

守るつもりなら、記事を抑えたはずだが、それをしなかったということは、つまり切り捨てられたということにほかならない。

結論は最初から決まっていたのだ。

いまとなってはあっさりと振り返ってみせることもできるが、その当時は胃が締めつけられたものだった。

帰宅して懲戒免職になったと伝えると、まず痴漢をしたのかどうか、妻はそれを質してきた。

むろん無実だと答えると、それで納得したらしく、叔父の副署長に頼んでみると言い、生まれたばかりの祐美をあやしつつ電話をかけようとした。

当然、押しとどめた。

はめられたことを説明せず、懲戒免職になったことを納得させるのはひと苦労だった。頼んでも処分は取り消しにならないと告げても得心のいかぬ様子で、これからどうすればいいのか途方に暮れた顔をしていた。

なにか仕事を探すさ。

励ますつもりでそう答えたが、そんなつもりはまるでなかった。

調べていた一件の全体像がどのようなものなのか、最後まで突き止める。

それしか頭になかった。警察を追放されるほどの犯罪が、そこにあるに違いない。

そう、まだあのときは離婚などありえないと思っていたのだったが……。

アナウンスがつぎは三田だと告げ、とりとめのない記憶から引き戻された。いや、うたた寝をしつつ、記憶にうなされていたのかもしれない。

速度が落ち、列車がホームにすべり込んだ。立ち上がってドアの前に立つ。ドアが開くと、後ろから無理に押してきた者がいて、つまずいてホームに前のめりに倒れ込んだ。

「ここらでやめときな」

小馬鹿にする男の声が背中に浴びせられたような気がした。

あわてて相手をたしかめようと振り返ったが、かなりの客が降りたので、はっきりわからない。

気のせいだろうか。

尾行に注意していたから、そんなふうに聞こえたのかもしれない。

しばし散らばって行く乗客に目をやってから改札へ向かいかかり、もう一度周囲に目をやった。

発車の合図とともにドアが閉まり、乗ってきた列車が走り出す。

すでにホームにいるのは乗り遅れた客だけになった。

尾行はついていない。

そう確認して改札へ向かう。

地上に出ると、陽射しがさきほどより強まったような気がした。日比谷《ひびや》通りに面した出口で、車の行き来が暑さを混ぜ返している。

芦田の事務所は日比谷通りに面したビルに入っていたはずで、記憶をたよりに歩いていくと、五階建ての古ぼけたビルの入り口に「芦田法律事務所」のプレートを見つけた。三階にあった。

こんなビルだったかと首をかしげたが、二十年経てば人間もビルもガタがくるのだ。

三

エレベータがなかったので三階まで階段で上がり、ガラス窓にプレートが貼られている木製のドアを開けた。

とたんに冷気が襲った。冷房を効かせ過ぎているようだった。

奥に声をかけると、入ってくるようにと返事があった。

事務所は三十坪ほどの広さで、それをいくつかの衝立《ついたて》で区切ってある。パーテーションとかいうやつではなく、昔ながらの木製の衝立だ。

奥へ向かいつつ見回すと、漆喰《しっくい》塗りの壁以外、床も調度も木製で、ガタが来たというより、今風でないといったところか。以前に来たときもこうだったのか、記憶に自信はない。

応接用に仕切られたスペースにたどり着くと、ソファに座っている人物がいた。

一瞬別人かと見間違えかかったのは、髪の毛がまったくなくなっていたからだった。

「やあ、久しぶりですね」

芦田は髪の毛のことなど気にもかけていないらしく、懐かしげに微笑んだ。その笑みには面影があった。ただ、二十年前にはまだえくぼが浮かんでいたが、いまはどこがえくぼかわからない。

服装も半袖の開襟シャツにだぶだぶのズボン姿で、昔のりゅうとしたスーツ姿からは想像もつかない。

芦田剛もまた、ガタが来ていたといっていい。下腹はかなりせり出していて、歩くのにも難儀しそうなほどになっていた。まだ五十なかばのはずで、貫録《かんろく》が出たといえば聞こえはいいが、どうだろう。

「ご無沙汰《ぶさた》しました」

頭を下げると、向かいのソファをすすめられた。

どっしりとした芦田は、背もたれに身体をあずけて大きく息をついてから、なつかしげにうなずいた。

「お変わりなさそうで、なによりです」

「芦田さんも」

お変わりなくとうっかり口にしかけてためらい、変な間ができた。とたんに芦田が豪快に笑った。

「ごらんの通りですよ。しかしまあ、中身は変わってません」

「いや、そういうつもりは」

「いいんです。煙草をやめてから急にね。藤巻さんは、しかし本当に変わりませんね」

「もう歳ですから、あちらこちら痛くなったりしています」

認知症一歩手前なのは、言わないでおいた。

「あ、そうだ」

芦田は思い出したようにつぶやき、尻ポケットに手をやると少し苦労して財布を取り出した。

「これ、名刺。ここの電話は変わってないですが、携帯は変わってますから」

抜き取った名刺をテーブル越しに寄越してきた。

「申し訳ありません。名刺は作っていないので」

詫《わ》びると苦笑いを浮かべた。

「なにも初対面の挨拶じゃないんだし、携帯の番号をお知らせしておくためだから。藤巻さんのは、この前電話もらったときにきちんと登録してあります」

受け取った名刺をメモ用紙に挟み、ポケットに戻した。

「しかし、管理人だって対外的なやりとりはあるんだから、作っておかないと困るでしょう。森《もり》のやつに言っときます」

「あまり使いませんよ」

「でも、あったほうが便利です」

「はあ」

「森とずっと会っていないんです。たまに電話ではやりとりしてますが。やつは元気ですか」

森康《やす》夫《お》というのがマンションのオーナーで、芦田とは大学で同期の友人だった。横浜《よこはま》の青葉《あおば》台《だい》に代々受け継がれてきた屋敷があり、そこに妻と一人息子の三人で住んでいる。

「最後にお会いしたのは、二年ほど前ですか。住人がマンションの修繕費用が不足していてどうにかならないかという話で、森さんにわざわざ来ていただいたことがありました」

「ほう、どうなりました」

「マンションを担保にして銀行から融資を受けるという形で」

「なるほど。万が一返済できなくとも、オーナーが代わるだけで住人に心配はないわけか。金持ちらしい発想かな」

「まあ、そうでしょうね」

管理人に推薦してもらったときに顔を合わせてから、そう何度も会ってはいなかったが、森康夫という人物の風格の大きさには強い印象があった。

「最近は夏が弱くなりましたよ。いま抱えている案件の書類を読まないとならないのに、こう暑くてはね」

なるほど、それで冷房を効かせているわけだ。設定温度を上げてくれとも言えず、別の話題を振った。

「ところで、まだ独身ですか」

くだらないことを尋ねるなというように、芦田は苦笑した。

「こんな仕事をしてると、結婚なんてね。だいいち家に帰る暇がない。週の半分は地方、半分はここに寝泊まりですよ。まあ、お盆休みでいまは少し時間があるけれど、普段はね」

「結婚する暇もない、と」

「そう言う藤巻さんは、どうなんです」

訊き返されて、たしかにくだらない話題を振ってしまったと後悔した。仕方なく打ち明けた。

「三年ほど前に、前の妻が病死しましてね」

「ああ、そうでしたか。そりゃ失礼」

「それにもう、歳です」

「そんなことはないでしょう」

「じつをいうと、妻が亡くなったあと、娘が大阪から出てきて、いま神奈川の大和にいるんですよ」

「ほう」

「大学で福祉の勉強を」

芦田の視線が宙に向けられた。

「まだ赤ちゃんだった子ですよね」

「ええ」

「なるほど、歳を取るわけだ」

「来た当初は一緒に住みたいなんて言ってたんですが、それはちょっとと思って」

「相談というのは、そのことですか」

「え」

「管理人の仕事は住み込みだし、一緒には住めないですし」

「いやいや、違います。管理人の仕事をお世話してもらった芦田さんに、いまさら別の仕事を世話してくれなんて、そこまで厚かましくはありません」

「べつに気をつかうことはありませんよ。訴訟に負けた責任の一端はあるわけですから」

「その件は、もう忘れてください」

人にはそう言いつつも、やはり悔しさは残っている。

芦田が大きく息をついた。

「あの一件は、後味が悪かったですから。三十年ばかりいろいろな訴訟をやってきましたが、変に記憶にこびりついている」

たしかに、芦田にとっては後味が悪かったのだろうし、それ以上に弁護士の仕事にも影響があったのかもしれない。

警察から懲戒免職されたあと、事件の全容を解明しようと意地になって調べ回っているときには、まだ芦田とは知り合っていなかった。だが、全容を知ったとき、怒りが起きたし、このままでは許さないという思いが強くなった。そこで地元の弁護士に相談し、芦田を紹介されたというわけだ。

警察手帳がないのは不便だったが、処理場建設地の選定を左右する力のある県会議員が誰なのか、ともかくもそれを突き止めた。

金《かね》木《き》三郎《さぶろう》という、祖父も父も県会議員を務めた男だった。当時七十二歳。地盤を受け継いだ三代目だ。

見つけ出すのに、さほどの苦労もしなかった。県議会の議事録などを閲覧すれば、誰がどこを建設予定地にしようとしているのか、ある程度の見当はついたし、地元の実力者というのはたいてい力を誇示したがるから目立つのだ。

だが、問題はその金木こそが久保田満の後ろ盾だったということだ。

「あなたの上司だった人物、ええと、なんという名前だったか」

考え込んでいると、芦田が尋ねてきた。

「久保田です」

「ああ、そうだ。あの人はいまは」

「県議になってるようですね」

「ほう」

「キャリアではないので、警察での出世は頭打ちですから」

「とすると、最初からそちらへ転身するつもりだったと」

「どうでしょうか」

こどものなかった金木三郎が地盤を久保田に譲り、トップ当選を果たしたと聞いたのはもう十年以上前のことだ。もちろん最初からそのつもりだったのかもしれない。告発の一件で警察に居づらくなったというのであれば多少は溜飲もさがるが、そんなタマではないだろう。

金木と久保田との関係は警察内部では周知のことだった。久保田の父親は金木と同郷の親友で、後援会長までしていた。

しかし、だからといって金木の汚職を見て見ぬふりをしていいはずもない。二課の中には、探りを入れてはみたが、金木の名前が出てきた時点で手を引いた者もいた。

それを承知の上で勝手に内偵し、金木の名前に迫ったやつは容赦するつもりもなかっただろうし、久保田からすればもともと「問題児」などと言いふらすほど気に入らなかった部下を追い出すちょうどいいきっかけにもなったのだ。

痴漢容疑をでっちあげ、懲戒免職にして警察を追い出すという絵を描いたのは久保田だ。

それればかりでなく、警察には汚職をもみ消すことで、見返りがあったはずだ。おそらく本部長以下、主要な者に金が流れている。

だからこそ、警察一丸となって「はねかえり者」の排除を選んだ。

その推測を弁護士に告げた結果、芦田が東京から飛んできたのだった。

芦田はすぐさま汚職と癒着《ゆちゃく》の実態を理解したようだった。

信じられないような話だが、どこの警察でも似たような事例があると芦田は言った。ただそれが表面化しないだけだと。

だからというべきか、訴訟となると障害が多かった。

金の流れを把握しようとしても、すでに関係書類はあらかた処分されていた。金も当然口座を通さずにやりとりされていた。

さらに、処理場建設予定地近くの村では反対運動が起きたのだが、地元の有力者が動いて、すぐさま手なずけられてしまっていたため、証拠になるような物品も一切なくなっていた。

つまり、汚職じたいがなかったことになり、久保田をはじめ警察関係者が汚職をもみ消そうとしていたという事実も「事実無根」と断定されてしまったのだ。

最後のたのみとして捜査二課で同じように金木の周辺を探っていた者に証言を求めたが、かえって汚職の事実がなかったから内偵をやめたのだと証言した。もちろん警察組織を守るための偽証だった。

磯田がそのひとりだったことは言うまでもない。

「あなたの立場を悪くしてしまった」

「そんなことはありません。痴漢容疑だけは無実だったと証明できましたから。もっともでっち上げではなく、被害者の見間違いという結果でしたがね」

結局警察を相手取って訴訟を起こすと決めた時点で、妻に別れを切り出した。妻子にも、その親戚筋の警察関係者にも累を及ぼしたくなかったからだ。そして妻は祐美を連れて家を出た。

「使われている身なのだから、多少理不尽なことがあっても目をつむるのが大人でしょ。プライドのために家族を犠牲にするなんて」とまで言われたものだ。

しかし、もしそれが「大人」の社会なら、そんな社会はごめんだった。

人づきあいをほとんどせず、社会とは一線を引いていられる仕事はないか。

妻子に去られ、これからどうすべきか考えていたとき、路頭に迷いかけていたのを見かねたのか、仕事を世話してもいい、どんなことならできるかと芦田に尋ねられ、そう答えた。

そうして二十年もマンションの管理人をやってきたのだった。

芦田の口から苦笑が漏れた。

「あなたと話すと、どうも昔の愚痴になってしまう」

それはそうだ。あの一件だけが共通の話題なのだから。

だが、愚痴を言いにはるばるやってきたのではなかった。

あらためて相談があると告げると、それまでもたれかかっていたソファから、芦田は重そうに身体を起こした。

「ちょっと見てほしいものがあります」

言いながら、緑のズック袋からパスポート、免許証、学生証、社員証、日雇手帳を取り出し、年代順にテーブルに並べた。

「ほう」

珍しそうに台湾政府発行のパスポートを取り上げてぱらぱらとやってから、顔を向けてきた。

「これは、どういった物ですか」

そこでざっと経緯を説明した。

芦田は説明を聞きながら、さらにひとつずつ手に取って点検していたが、やがてうなり声とともに身体を仰向けた。また視線が宙に向けられている。考えているときの癖だ。

「奇妙な話ですね」

これまでの経緯をまとめたノートを差し出すと、それもぱらぱらとやる。

「藤巻さんの考えでは、詐欺師ではないかというんですね」

「単なる推測です。ただ、身分を偽り、ころころと名前を変えていくのは、詐欺師のやり口ですから。それにライターと名乗って接触してきた男もいます」

「何者ですか」

「わかりませんが、ライターとは思えない」

考えつつ、芦田が確認してきた。

「つまり、老人をめぐって、何者かが動いている、と」

「おそらく」

「単なる思い過ごしということは」

「いや、それはないと思います」

自信があるわけではなかったが、そう答えた。

「社員証にはもともとなかったんだろうが、免許証以外どれも写真がはがされているのは、同じ顔が名義の違う証明書に貼られていたのを知られないため、というわけか」

ひとりごとめかしつつ、あらためて学生証を取り上げ、わずかに太い首をかしげた。

「中山喜一、ね」

そのつぶやきを耳にして、とっさに身体を乗り出した。

「芦田さんもでしょうか」

「なにがです」

「最初見た時、その名前に聞き覚えがあるような気がしたんです」

目を細め、首をかしげた。

「どこかで聞いたか見たかしたような記憶があるんですがね。ま、それも調べればわかると思います。で、なにをすればいいんです」

学生証をテーブルに戻し、顔を向けてきた。

「問題は、門前さんと呼ばれている人物が本当は何者なのか、ということなんです。それを突き止めたい。隠し持っていたこれらの品物は、おそらく以前使っていた身分だと思うのですが、では本当は何という名前で、どういった人物だったのか」

午前中に大学へ行って名簿を確認した結果、鴨井俊介は死亡、中山喜一は消息不明だったことを告げた。

「つまり、実在していたと」

「はい。もっとも、名前を騙《かた》っただけかもしれませんが」

「まあ、可能性はありますね」

「お願いしたいのは、パスポートと日雇手帳にある名前が実在するものかどうか、もし実在の人物であるなら、いま現在どうしているのか。それと社員証です」

目で示すと、芦田はあらためて社員証を取り上げた。

「矢部光一、か」

「この中ではいちばん古いものです。その矢部というのが本当の名前ではないかと思うのですが、それもまた何者かが矢部光一になり代わったあとのものかもしれない」

　芦田が大きくうなずく。

「たしかに、どちらの可能性もありますね」

「ですが、その会社はすでになくなっていまして、お力を貸していただければと」

　視線をしばし宙に向けてから、うなずいてきた。

「わかりました。しかし、日雇手帳と台湾政府発行のパスポートは無理かもしれないですね」

　該当人物が実在したかどうかも、調べるのはむずかしいかもしれないという。ただ成瀬道夫名義のパスポートは外務省に記録があるはずだからと請け合ってくれた。社員証についても、なんとかできるだろうという。

　品物とノートをコピーしたいというので応じると、芦田はソファからひと苦労して立ち上がり、しばらくして戻ってきた。

　原本を返しつつ、芦田はコピーしたものに目をやって感心した口調になった。

「ノートを拝見すると藤巻さんは刑事だなと、あらためて実感しますね」

「は」

「いや。文章がね。警察の報告書にそっくりだから」

　ほめられたのかけなされたのか、よくわからなかった。仕方なくあいまいに微笑んでみせた。

「本業でもないことをお願いして、申し訳ありません。ほかに頼める人がいないので」

よろしくと頭を下げ、費用はいくらほどか尋ねた。

「それはいいですよ。必要経費だけはいただきますが、藤巻さんの依頼ならいつでも」

「しかし、それでは」

芦田が右手を前に出して制した。

「では、興味をそそられたということにしましょう。じっさい、認知症になって置き去りにされた老人が、他人名義の身分証明書を複数隠し持っていた。背後に犯罪の臭いもする。その老人がいったい何者なのか、誰でも知りたくなる。ましてや娘さんに頼まれたのなら、あなたとしても引き受けたくなるでしょう」

「お恥ずかしいかぎりです」

「とはいえ、赤の他人の過去を調べようなんて、刑事だったからこそかもしれませんがね」

「まあ、暇ですから」

その返事に、芦田は意外そうな顔をした。

「暇なら、この二十年ずっとあったでしょう。なぜいまになってこういったことに首を突っ込もうと考えたんですか」

一瞬、とまどった。

認知症一歩手前と診断されたのが理由といえば、たしかにそうだった。十年後の姿を「門前さん」にだぶらせたからでもある。これが最後の「仕事」だと言い聞かせもした。

しかし、それを正直に口にしたくなかった。言えばまた余計な話を打ち明けることになってしまう。

「なんというか、ボケ防止に頭の体操とでもいうか」

苦笑を浮かべた芦田は信じていないようだったが、それ以上問い詰めてはこなかった。

「では、一週間時間をください。それであらかたわかると思いますが、さらに時間がかかるようだったら、ご連絡したときにまた」

「わかりました。よろしくお願いします」

返されたノートと身分証類をズック袋に入れると、立ち上がって頭を下げた。

事務所にいたのは三十分ほどだったが、ドアを一歩出ると、身体が冷えきってしまったらしく、さきほどまでの暑さがかえって心地よく感じられた。

四

結果的に、事態のほうが先に動いた。

水曜日の昼過ぎ、派出所に勤務している三浦《みうら》巡査が顔を出した。

ここに来てからずっと顔を合わせているから、二十年以上もハコ番をしている。もう五十近いはずだ。出世などまるで考えていないのだろう。

「毎日暑いですね」

受付窓口を叩いて開き、顔をのぞかせた。

三浦巡査には刑事をやっていたことを教えていたが、ＯＢだからといって別にへりくだることもなく、単にマンションの管理人として接してくれていた。地域の防犯関係の連絡などで、たまに管理人室に姿を見せる。経験上、警察の人間はあまり信用しないことにしているが、この男は例外といっていい。

「入ってよ。麦茶くらいしかないけど」

「いや、おたくのマンションの山口《やまぐち》タカさんから連絡があって」

管理人室のドアを開いて三浦を迎え入れようとして、息をつめた。

もう一人、三浦の後ろに私服の男が立っていた。三十前後らしい男は三浦を押しのけて前に出ると、目礼して警察手帳を提示した。

「府中署生活安全課の五十嵐《いがらし》といいます。このあたりで押し買いの被害が何件か起きてましてね。山口さんというかたからも事情をお聞きしたいと思いまして」

用心深そうな細い目が、じっと視線を向ける。

二ヵ月ほど前に都内で押し買いの被害が出ているから注意してほしいと回覧板を回したのを覚えていた。それがこのあたりにまで拡がってきたらしい。

不用品を買い取るという電話の口車に乗せられてしまうと、いかにオートロックのマンションでも入り込めてしまう。なにしろ住人が呼びつけるのだから。

「それ、いつのことですか」

尋ねると、五十嵐の視線が、あとはまかせると言いたげに三浦に向けられた。

制帽を取って禿《は》げ頭をのぞかせながら、三浦巡査がこたえた。

「一週間くらい前らしいんですが、本人も日にちをよく覚えていないらしくて」

管理人室を空けていた日ならちょっとまずいなと思いながら、ふたりを案内するために歩き出した。

「何号室でしたっけ」

エントランスまで来ると、三浦に唐突に尋ねられた。

それまでわかっていたと思っていたのに、何号室か出てこない。

「ちょっと待って」

管理人室に駆け戻り、部屋番号を確認した。五〇四号。五階の四号室だ。

「暑いから、頭ぼうっとしちゃいますよねえ」

戻って行くと、制帽で顔を扇《あお》ぎながら待っていた三浦がそう言って笑った。

「まったくね」

認知症一歩手前というのは、最初のうち周囲からそんな風に見られるのかと思いつつ答え、じろじろあたりに視線を向けていた五十嵐に詫びると、インターホンに番号を入れて相手を呼び出した。

玄関ドアが開き、中に入って右側にあるエレベータに乗り込む。

「そういえば、事故のときはどうも」

部屋番号を忘れたのをごまかすつもりで、話を持ち出した。軽自動車に追突されたとき、現場に駆けつけたのが三浦だった。

「たいしたことなくてよかったですよ。行ったら藤巻さんが頭かかえて倒れてるんで、びっくりしました。もう大丈夫なんですか」

心底から心配しているようだった。

「一週間コルセットでしたがね。いまはなんともない」

「そりゃよかった。住人から信頼されてるんですから、まだまだ頑張ってもらわないと」

苦笑でごまかすしかなかった。

五十嵐は視線をそらして黙ってやりとりを聞いていた。

やがて五階について、先に立って出た。部屋の前まで来ると、呼び鈴を鳴らして三浦が中に声をかけた。

ドアがゆっくりと開き、小柄な山口タカが補聴器をつけた顔をのぞかせた。すでに八十半ばをすぎた老婆で、一人で暮らしている。

身寄りはなく、月一回ケアマネージャーが訪問していた。顔色はよかった。

「あら、管理人さんまで」

五十嵐が名乗ったあと、その横にいたのを見つけ、恐縮したように頭を下げてきた。

それから一時間ほど、事情聴取につき合った。

住人のことを監視にならない程度に把握しておくのも、管理人の仕事だ。むろん、ドアの前までの話で、部屋の中まで詮索はしない。

ただ、老人の一人暮らしの場合、部屋が乱雑になっていないか、なにか困っていることはないか、そういったことを知っておく必要もあった。ケアマネージャーから毎月報告は受けていたが、じっさいに部屋にあがって様子を見るほうがわかりやすい。

老人の一人暮らしには２ＬＤＫは広すぎるのか、家財道具はぽつりぽつりと置かれているだけだ。むろん、きちんと整理されていた。体調も悪くはなさそうだった。

本来なら連絡した山口タカに五十嵐と三浦巡査のふたりで事情聴取すべきだろうが、「押し買い」の被害となればマンション全体の問題でもある。五十嵐がそう言うので、キッチンのテーブルでおこなわれた聴取に、山口タカの許しももらって同席させてもらった。

典型的な手口だった。

不用品があれば買い取りたいという問い合わせの電話がかかってきて、そんなものはないと断っても、あなたの知り合いに買い取ってほしい人がいるかもしれないから、一度家にうかがって買い取りシステムの話を聞いてほしいとねばる。根負けして家に招くと、システムの話はそっちのけで金目のものを物色し、これも買うあれも買うといい出し、断っても居座る。仕方なくわかったと答えると、安く買いたたかれてしまう。

マンションに現れたのは若い男で、置いて行った名刺には大手の買い取り業者の名前が刷り込まれていた。

山口タカは、どうしても手放したくなかった指輪を持って行かれ、返してほしいと電話を入れた。しかし、名刺は架空のもので、そんな男は実在しないと言われてしまった。

そこで警察に相談したということらしかった。

耳の遠い相手のせいもあり、やりとりに手間がかかった。おまけにくどいほど五十嵐は男の特徴を聞き、それをメモしていた。

やっと聴取が終わると、五十嵐は残念そうに口を開いた。

「指輪は返ってこないかもしれないですね」

「駄目ですか」

山口タカは悲しげに肩を落とした。

「まあ、やってみます。近くで似たような被害があれば、男を特定できるかもしれませんから」

部屋を出てエレベータで一階に戻るとき、住人にやたらと中に知らない者を入れないように注意を喚起してほしいと五十嵐から依頼され、エントランスのところでふたりと別れた。

押し買い注意の回覧板を作ることに決めて管理人室のドアを開くと、そのとたん、違和感が起きた。鍵をかけて出たつもりだったが、自信はない。ついそこまでという意識で、かけなかったかもしれない。

たったいま鍵を開けずにそのまま入ったのだから、かけなかったのだ。

どちらにしても、何者かが侵入した気配があった。

事務室にある防犯カメラのモニターを戻して確認したが、死角をわかっていたらしく、姿は映っていなかった。

しかし、管理人室に盗みに入るなどというのは、よほどの酔狂《すいきょう》者だ。手練《てだ》れの空き巣なら、そんなことはしない。

そこで、はたと気づいた。

あわてて部屋にあがり、机に目をやった。

引き出しのひとつが、わざとらしく大きく飛び出しているのに気づいた。

そこには大山利代から預かってきたズック袋が入っている。

引き出しに飛びついて引っ張り出してみる。

血の気が引いた。

ズック袋はなくなっていた。

管理人室から離れた隙に何者かが持ち去ったのは明らかだった。

もっとも、管理人室を留守にすることなどざらで、いつでも忍び込めるはずだった。あえて聴取に付き合っていた時間帯を狙ってやり、盗んだことに気づかせている。

磯田が電話で口にした一件がよぎった。

「門前さん」の指紋照合を依頼した結果、警察の上層部がなにごとかに気づき、探っているらしい。

岐阜県警が直接警視庁に命じるはずもない。とすれば、もっと上の何者かが動き、「押し買い」の被害があったことに乗じ、五十嵐を派遣し、聴取に立ち合わせているあいだに、ズック袋を盗み出したのかもしれない。確実に足止めするようにしておいて、さらに盗んだ形跡をはっきり残している。

警告ということだろうか。

これ以上「門前さん」について調べ回るなというメッセージであることは、あきらかだ。以前接触してきたライターの男も、警察関係者ではないのか。

いや、それらは単なる思い過ごしで、たまたま三浦巡査が来たときに、警察とは無関係の何者かが盗んでいった可能性もないわけではない。しかし、そう言い聞かせても、納得は行かなかった。

そのとき、さらに大事なことに気づき、まさかと思い、その上の引き出しをおそるおそる開けた。

安堵の息が知らぬ間に漏れた。

そこにしまってあった「いわゆる門前さんの件について」と表紙に記したノートは残されていた。「犯人」は引き出しを下から探していき、目的のものを見つけたので、それ以上は触らなかったのだ。

もっとも、それを目にしたところで、無関係と判断したに違いない。「門前さん」という名前は施設内でしか通用していないのだから。

ノートさえあれば、パスポートや学生証の必要な部分はコピーして貼ってあるから、実物がなくともかまわなかった。

しかし、ここに置いておけば、存在を気づかれてまた忍び込んでくるかもしれなかった。

とっさにノートを服の下に隠し、スニーカーを履くと、管理人室を出た。周囲に監視の目がないのを確認し、素知らぬふりで歩き出す。いないあいだにまた入り込んでも、ノートは見つからない。

そのまま中河原の駅をまたぎ、「ファッションサロン・アダチ」へ向かった。

「あれ。きょうは水曜だぜ」

いつものように商売道具の椅子に座っていた主人は、顔を見たとたん手にした競馬雑誌を振って見せた。

「きょうは馬券じゃない。頼みがあって来た」

「ほう、クルーカットにする決心がついたとか」

椅子から立ち上がり、指で鋏の真似をした。

「悪いが、そっちでもない。預かってほしいものがある」

服の下からノートを引きずり出した。

「なによ、それ」

「大事なノートだ」

手元にあったタオルを投げてよこした。

「汗、拭いてよ。預かるのはいいけどさ」

受け取って顔を拭った。

「違うって。ノートだよ。汗で濡れてるのそのまま受け取れってか」

見ると、たしかに汗まみれになっていた。緊張して汗みずくになっていたようだ。

ざっとノートの「汗」を拭き取ってから、手渡した。

「中を見るのは構わないが、他言無用だ」

受け取った主人は表紙に書いてある文字を何度か口の中で繰り返し、中を開かないまま胸をそらした。

「よくわからんが、大事なものなんだな」

「ああ、警察がなにか企んでいるようだ」

「ほう」

父親が三億円事件の重要参考人として勾留されたことをかなり恨んでいる安達は、意地悪そうな笑みを浮かべた。

「そうか。それじゃ」

撫でつけた薄い髪の毛に片手をやりつつ店内を見回し、さっきまで腰かけていた椅子のクッションの下にすべり込ませた。

「これでいい」

「おい、大丈夫なのか、そんなところで」

「いつも座ってるからね。ほしけりゃどかしてみろって」

主人が請け合うなら任せるしかなかった。

「で、どうする。少し鬚でもあたってくか」

そんな暇はないと口にしかかったが、すぐ出て行けば怪しまれる。

結局伸びてもいない鬚を剃られ、髪の毛にはシャンプーもしてもらうはめになった。

「ま、預かり賃だな」

当然のごとく主人は料金をふんだくった。

堂々と店から出て行ったときには、四時半を回っていた。

そこから携帯で大山利代の店に電話をかけた。預かっていた品物を盗まれたことは、正直に告げておくべきだと考えたのだ。

しかし、呼び出し音は鳴っていても、誰も出ない。何度かかけ直したが、無駄だった。

嫌な予感があった。

携帯を切り、ひとつ大きく息を吸い込み、様子をうかがう。

勘がにぶっていなければ、尾行はいないようだ。そのまま駅へ向かい、改札を入った。まだ会社の帰宅時間には間があるから、さほど混んではいない。

武蔵溝ノ口に着いたのは五時過ぎで、まだ陽は高かった。

記憶の道をたどって、「亀屋」の前にたどり着く。引き戸を開けて二階に声をかけようとしたが、鍵がかかっていた。

隣の鞄屋に入り、前に話を聞いた女主人に目で挨拶をする。覚えていてくれたらしく、顔に笑みが浮かんだ。

「大山さん、いないんですか」

尋ねると、片手を顔の前で一振りし、立ち上がってきた。

「あら、知らなかったの。おとといの夜、親戚の人が来てさ」

はばかる声で、大山利代が連れて行かれたと告げた。

「どういうことです、それ」

たしか親戚はいないと聞いた記憶がある。

どんな人物が連れて行ったのか訊くと、女主人の顔がゆるんだ。

「背の高い、ぴちっとスーツを着た二枚目でね。甥っ子だとかいってたけど。引っ越すから、いままでお世話になりましたって、菓子折り置いてったわ」

「それで、どこへ引っ越すと言ってましたか」

「それ、訊いたんだけどね。教えてくれないのよ。施設に入るので、とかなんとか言葉にごしてさ」

男に見惚《みほ》れて聞き逃したというわけではなさそうだった。

「車で来たんでしょうね、甥っ子さんは」

「そりゃそうよ」

女主人に押されて店の前に出ると、すぐ横手の道路を指し示した。

「ここまで車入れてきてね、ほかに誰もいないから、仕方なくお見送りまでしたのよ」

九時を過ぎていて、商店街の店は飲み屋以外すでに閉めていたという。

「大山さん、どんな様子でした」

「どんなって、疲れて眠ってるみたいでね。ほら、年寄りって夜が早いし。声かけても返事しなかったわ」

「荷物は」

「え、なにもなかったみたいよ。持っていかなきゃならないような物、あんまりなかったんじゃないの」

「亀屋」の看板に目をやってこたえた。

「その車、ナンバー見ましたか」

「ああ、それはちょっと」

期待するのが無理だった。もし大山さんから連絡があったら電話をほしいと頼み、携帯の番号を教え、礼をいって駅に向かった。

大山利代が「拉致《らち》」された。

そう考えていいのだろうか。あるいは本当に親戚がやってきて、一人暮らしをしている大山利代を引き取ったのか。

おそらく前者だという確信があった。大山利代を拉致しなければならない原因は、間違いなく「門前さん」にある。だとしても、ではいったい「門前さん」の何が原因で大山利代を拉致しなくてはならないのか。

考えるまでもない。やはりそれは「門前さん」の過去にかかわっているに違いなかった。

「亀屋」の前を離れつつ、考えをまとめようとした。

大山利代の行方を探っても、無駄だろう。「拉致」した相手は、周到に準備をしている。足取りをたどっていっても、途切れてしまうに違いない。いまは「門前さん」がいったい何者なのかを突き止めることが優先事項だった。それがわかりさえすれば、大山利代を「拉致」した相手もわかるはずだ。

駅に通じる階段の下で立ち止まり、芦田に電話を入れた。

呼び出し音二回で、芦田が出た。

名乗ると、用心深そうな声音に変わる。

「なにかありましたか」

身分証の入ったズック袋を盗まれ、大山利代が連れ去られたことを告げると、芦田が息をつめるのがわかった。

「そうですか。それで、藤巻さんは大丈夫ですか」

「ええ、特には」

大して驚いた風ではないようだ。

「警察に届けた方がいいでしょうか」

「いや。それは待った方がいい」

「なぜです」

わずかに間があった。

「藤巻さん」

「はい」

「あなたの直感は鈍っていないようです」

「というと、なにかわかったんですか」

また返事をするまでに、ひと呼吸ほどかかった。

「まだ確信があるわけではありません。もう少し時間をもらえますか。月曜には必ず」

最初から一週間という約束だった。受け入れるしかない。

「わかりました。では月曜の午後にうかがいます」

「気をつけて」

「え」

言葉の意味をはかりかね、あわてて聞き返そうとした。

だが、すでに通話は切れていた。

五

落ち着かない時間が過ぎた。

なにかわかったのなら電話で話してくれればよかったのにと思ったが、電話ではまずいことなのだろうと考え直した。あるいは盗聴を警戒したのかもしれなかった。

つまり、それだけ重要なことに違いない。

ここは芦田を信頼するしかなかった。

結局、三日間もどかしい思いを抱え込んでいたことになる。

そして土曜の朝、いつものように五時に目が覚め、周辺の清掃のあと、テレビを見ながらそそくさと朝食を済ませた。ご飯に生卵をかけたものと、漬物にインスタントの味噌汁。

八月二十四日、土曜日。

ニュースで男のアナウンサーが教え諭すような言い方をする。いいか、忘れるな。間違えるな。覚えておけ。

聞いた当初は忘れはしない。だが、いつの間にかすっと頭から消え去って、さて何日だったかと考え込む。

診断された前もあとも、あまり変わりはない。だいぶ以前から、そんな調子だった。

考えてみれば、二十年前警察を懲戒免職になってからというもの、日にちに意味などなくなってしまったとも言える。

たしかアミロイドなんとかも二十年以上脳に溜まっていって発症すると聞いた気がする。因果関係があるのかどうか知らないが、ともかく二十年前に、いつ、どこで、誰が何をしようと、覚えておく必要もなくなった。

軽度認知障碍と診断されたのが、その延長なのではないかと考えたくなるのも当然だ。

そして、その先に認知症が待っている。

そういえば、味覚がおかしくなるのが症状のひとつ、と以前読んだ本にはあった。なんとなくだが、どうもちかごろ、あまり食事がうまいと感じられない。生卵をかけたご飯も、以前なら三杯食べたくなるくらいうまかったのだが。

やはり少しずつ進行しているということなのか。

そんなことを思い、ふと気づくと、箸を持った手が止まって、ぼんやりとテレビの画面を見ていた。

あわててかぶりを振り、ふたたび食事にとりかかろうとしたとき、甲高い女性アナウンサーの声が耳に入り込んだ。

「……で火事があり、焼け跡から弁護士の芦田剛さんの遺体が発見されました。遺体には首に切りつけられた傷があり、警察では殺人事件とみて……」

画面に目をやると、黒く煤がこびりついたビルの壁面が映っていた。そこが月曜に訪ねて行ったビルかどうか、数秒のことだったのでわからない。

だが、たしかに芦田剛の遺体とアナウンサーは言った。首に切りつけられた傷があったとも。

事態が把握できなかった。いや、把握はした。納得ができなかった。

いったい何が起こったのか。

あわてて別のチャンネルに切り替える。土曜の朝だから旅番組や食べ歩きのたぐいばかりで、ニュースをやっていない。

食事を中止して、携帯に流れるニュースを探した。

「深夜のビルで火災　放火か　弁護士死亡」の見出しがある大手新聞社系列の記事が目に入った。記事にはつづけて、こう記されていた。

「二十四日午前一時ごろ、三田の鹿砦《ろくさい》ビル三階から出火。消防が消火にあたり、約三十分後に鎮火したが、焼け跡から出火現場になった法律事務所の弁護士芦田剛さん（五四）の遺体が見つかった。遺体の首には刃物による切り傷があり、また出火は床に撒《ま》かれたガソリンらしきものが原因と判明。警察は放火殺人として捜査を開始した」

記事に目を通しても、本当だと信じられなかった。よくある「フェイク・ニュース」のたぐいではないのか。

そのまま携帯で事務所の電話番号にかけてみた。だが、つながらない。名刺を取り出して携帯にかけたが、呼び出し音すら鳴らない。

どうやらニュースは本当らしい。しかし、この目で見なければ信じられない。逸《はや》る気持ちを抑えつつ身支度を整えると、足早に中河原駅へと向かった。

八時前だったし、土曜日なので乗客は少ない。ちょうどホームに入ってきた電車に飛び乗り、そこで思い出した。

ゴミ清掃。

むろん、思い出したのはほんの一瞬だった。人の命とゴミの清掃とどちらが大事か、問うまでもない。

しかし、なぜ芦田が殺されなければならないのか。

たしかに長年弁護士をやっていれば、恨みを持つ者もいるはずだ。芦田の場合は、特に多いかもしれない。だが、そんなトラブルにタイミングよく巻き込まれたわけではないだろう。

おそらく、原因は「門前さん」だ。

まさかとは思う。だが、「門前さん」にかかわる調査をしたこと以外に原因は考えられなかった。

電車に揺られながら、血の気が引いていくのがわかった。

「門前さん」が原因であるなら、芦田を巻き込んだあげく、死に追いやってしまったことになる。

どう言い訳しても、責任は重大だった。

ただ、芦田が殺されたという実感が、まるでない。と同時に、「門前さん」の過去に、人の命を奪うに見合うほどの意味があるという点にも実感が持てなかった。

その一方で、頭の醒《さ》めた部分では事態を冷静にとらえていた。

芦田が殺されたのなら、「門前さん」に関して、知られてはならない重大な何かを探り出したからということになりはしないか。

「まだ確信があるわけではない」と芦田は電話で言った。確信はないが、推測はできていたのだ。

では、その推測とは、なにか。

それを他言しないように口封じをされたのだ。

知らぬ間に舌打ちをしていた。

なぜあのとき、言ってくれなかったのか。殺しただけでなく事務所へ放火したのは、確信となる「なにか」を消し去るためだったとも考えられる。

つまり、芦田は「物証」を得たのではないか。それが焼失せずに残っている可能性は、あるかどうか。

周囲の乗客がいっせいに席を立った。

驚いて見回すと、南武線は終点の川崎に着いていた。

あわてて立ち上がり、京浜東北《けいひんとうほく》線のホームへ高架で移動する。乗り継いで三田へ向かうより川崎に出て京浜東北線で田町《たまち》から歩く方が近いと考えて、南武線に乗り換えたのを思い出した。

十五分ほどで田町に着き、そこから日比谷通りへ出る。

土曜日の午前中ということもあって車の行き来は少ない。普段なら通勤客があふれているのだろうが、人通りもほとんどなかった。

ついこの前訪ねたビルの前にたどり着くと、入り口のところには規制線が張られ、制服警官がひとり立っていた。

三階の窓から炎が吹き上げた跡が黒く煤けているのがはっきりとわかった。

そこはたしかに芦田の事務所に違いない。

芦田が殺されたのは、事実だ。

膝に震えがきた。そのときになって、やっと実感が湧いた。同時にその死に対する責任の重さも。

道端に寄り合ってこそこそと話をしてはビルを見上げている近所の者らしい集団が目に止まった。膝の震えを抑え込んで近づいて行き、つとめて平静を装って尋ねた。

「なにがあったんですか、ここ」

「火事ですよ、火事」

小柄な中年男が声をひそめて答えた。

「弁護士さんが殺されたんだって」

べつの若い女がつづけた。

その五、六人の集団が口々に話した内容をまとめれば、いままでもたまに右翼の街宣車がスピーカーでがなり立てたりすることがあり、迷惑していたという。

「あの弁護士さん、危ない事件引き受けてたっていうしね」

「危ない、というと」

中小企業の社長といった感じの男の言葉に尋ね返すと、面倒臭そうに答えた。

「社会の敵みたいなやつらの味方して、弁護やってたんだ」

「敵、ですか」

つぶやくと、聞き返したわけでもないのに、男は言い捨てた。

「具体的に知ってるわけじゃないし、噂ですから」

「なるほど。じゃ、犯人はそれが気に入らなくて」

「かもしれんよ」

「警察も、そう見ているんでしょうか」

「さあ、どうだか」

場所からして、三田署に帳場が立ったに違いない。

だが、行っても部外者に話などしてくれないだろう。それに、先日の一件も引っかかっていた。「門前さん」の隠し持っていた身分証類を盗んでいったのが、警察関係者である可能性はぬぐえない。

ビルを見上げていると、日比谷通りから男がひとりふらりと曲がってきた。その男の顔に見覚えがあるような気がした。スーツにネクタイはありふれているが、一度会っているような。

誰だったか。ひとりでにビルから男に視線を移し、じっと見てしまっていたようだ。

相手は視線に気づき、一瞬にこやかに目礼してくると、なにかやるべきことを思い出したように、わざとらしくはっとして見せ、くるりと背を向けて日比谷通りに戻って行った。

本能的にあとを追っていた。

通りに出て曲がった方角に目をやったが、すでにその姿は見えない。

あきらめて田町駅へ引き返す。

いまはあやふやな記憶を手繰り寄せるより、芦田の件が重要だった。これで「門前さん」に関する一件は探索の道を絶たれてしまったのだ。

芦田が殺された件がまったく無関係ならともかく、「門前さん」の過去を調べた結果殺されたのだとすれば、犠牲を出しただけで振り出しに戻ってしまったことになる。

まるで証拠を隠滅して回っているような。

ふと、そんな言葉が頭をかすめた。

そう、一連の動きの背後に、「門前さん」の過去ばかりでなく、その存在を消し去ろうとする意思が感じられる。しかも、警察がそれにかかわっているとしたら。

もしかすると、また虎の尾を踏んだのか。

そんな嫌な予感をかかえたまま、田町から川崎に戻った。

乗り込んだ電車はかなり混んでいて、その乗客が一斉に川崎で降りた。

ちょうど昼時で、電車が走り去ったホームは乗客たちの人いきれであふれた。残り少ない夏休みを満喫しようとするのか、あるいはなにかイベントでもあるのだろう。改札へ向かう階段まで、ぞろぞろと人がつづく。

南武線に乗り換える客もかなりいて、その流れに従いつつホームの端を歩いていった。

やがて大宮行きの電車がホームに入ってくるというアナウンスがあり、客に注意をうながした。

そのとき、強い力で背後から肩のあたりを押され、わずかに踏みとどまった。が、すぐさま右足をすくわれ、気づいたときにはホームの下に落ちていた。

反射的に受け身の体勢をとっていたらしく、レールにあたった左腕に熱さがあるだけだ。

非常ベルがけたたましく鳴り、見上げると客の視線がいくつも見下ろしていた。

地面の震動とともに、警笛とブレーキ音が響き、電車がホームへ走り込んできたのに気づいた。止まりそうには見えない。

あわてて立ち上がり、ホームの縁に手をかけたが、ホームの下がくぼんでいるので足のとっかかりがない。自力ではどうにもならず、何度か足が空をかきむしった。

鳴りつづける警笛が力を奪う。

そのとき、ごつい右手が目の前に突き出された。

「つかまれ」

かがみこんだ若い男がひとり、ホームから腕を差し出していた。サングラスをかけている。

左手をホームの縁から離し、男の手を取ろうとすると、先に男が左手首をつかんだ。身体が軽々と引き上げられようとして、ほっと安堵した瞬間、その動きが途中で止まった。

どうしたのかと目をやると、男の顔が耳元に近づけられた。

「このまま、突き落とそうか」

声は、たしかにそう囁いた。

なにを言っているのか、とっさに理解できなかった。つかまれていた手首にねじられるような痛みが走る。

「これ以上調べ回るな。さもないと娘もやばいぜ、藤巻さんよ」

そこでやっと気づいた。この声は地下鉄で後ろから押されたときと同じものだった。

顔を見ようとしたが、男の顔は耳元にある。腕をねじられ、足はとっかかりのないまま宙吊りにされた形だ。腕を振りほどけば、また線路に落ちる。

「どっちだ」

ブレーキの甲高いきしみが、すぐ近くで聞こえた気がした。

「わかった」

思わず返事をしたつぎの瞬間、放り投げられる感覚があって、ホームへ俯《うつぶ》せに倒れ込んでいた。

足元で電車がかなりの速度で通り過ぎる気配があった。

いまさらながらどっと汗が出た。

「じゃあ、よろしくな」

男が肩のあたりを二度ほど軽く叩いた。顔を上げると、野次馬をかきわけて立ち去ろうとしている姿が見えた。

ジーンズに黒のTシャツ。身長は百八十センチほどか。上体ががっちりして逆三角形の体型だった。

非常ベルはいつの間にか止まり、やっと駅員が駆けつけた。

「大丈夫ですか」

「すみません、ちょっと立ちくらみがして」

茫然《ぼうぜん》とした頭で答え、男の立ち去った方にもう一度視線を注いだが、もはやその姿はなかった。

ざわつく野次馬の中に、写真を撮ろうと携帯を向けてくる二、三人の者があり、別のおせっかいな中年男が正義漢ぶって、まだホームドアを設置してないなんてどうなってると、興奮気味に駅員にわめいていた。

その声を聞きながら、しばし立ち尽くしていた。膝の震えがなかなかおさまらなかったのを覚えている。

顔をはっきり見たはずだが、記憶がない。ただ、髪型はしっかり覚えていた。例のクルーカットというやつだ。

いったい何者なのか、まるで見当もつかない。

ただ、殺意だけはたしかにあった。

六

それまでの意気込みが、あっけなく喪失した。

尾行や監視に気づけなかったのは、二十年のブランクというより、衰《おとろ》えだろう。もしかすると軽度認知障碍の影響もあったかもしれない。

だが、それよりも、男の発した言葉がじわじわと胃のあたりを締めつけだした。

クルーカットの男は、はっきりと「調べ回るな」と口にした。

考えるまでもない。「門前さん」の件だ。あの男がホームからわざと突き落としておいて、助け上げたのは疑いないところだろう。

と同時に、あの男が芦田を殺した犯人なのも明白と思えた。

じっさい犯行の証拠があるわけではない。名前もわからないし、人相も髪型だけでは捜査の手がかりにもならない。ホームの防犯カメラを見れば人物は特定できるかもしれないが、それと芦田を殺害した件をつなげるのはむずかしい。

そもそも、今回の件に警察関係者がかかわっているなら、訴えても握りつぶされかねない。

ただ、芦田の件にしろホームから突き落とされた件にしろ、かえってこれ以上探られてはまずい何かがあるのが明白になったのはたしかだ。何者かが「門前さん」の過去を探られるのを阻止しようとしている。

もちろん、調べるのをやめろと言われても、引き下がるわけにはいかなかった。芦田を死に追いやった責任がある。

だいいち「最後の仕事」を中途半端なままで投げ出してしまえば、六十一年の人生をこの手で汚すことにもなる。

壁にぶち当たったら、壁のないところをすり抜けて行けばいい。

そういう処世もあるだろう。

「多少理不尽なことがあっても目をつむるのが大人でしょ。プライドのために家族を犠牲にするなんて」

元妻の投げつけてきたそんな言葉が、甦りもした。

たしかに、壁を回避すれば被害は少ない。

と同時に、「なにか」を失うのは、わかっていた。だからこそ、いままでその「なにか」を失わないために、壁にぶつかって生きてきた。

脅しというのは、一度屈してしまえば、切りがないともいえる。「たった一度だけだ」と念押しをして恐喝を受け入れたあげく、どこまでもつき纏《まと》われ、ついに相手を殺してしまうしかないところへ追い詰められ、実行に移した殺人犯など、ざらにいる。

今回の件でいえば、ここで屈してしまえば、これからあとずっと、クルーカットの影に怯えて生きていくしかなくなる、ということだ。

それはごめんだった。あと一年なのか五年なのかわからないが、認知症になるまでの限られた時間を、あんな男に怯えて生きるなどという選択は、どうあってもできるものではない。

そうなるくらいなら、あのとき川崎駅のホームで、もっとタイミングよく突き落としてもらって電車に轢かれてしまった方がましだった。「門前さん」を調べるとっかかりを失ってしまったのだから、わざわざ殺すこともないと、くだらない慈悲心を出してくれたらしい。

だから、胃のあたりが締めつけられるのは、「調べ回るな」に対してではなかった。

問題は、「娘もやばいぜ」のほうだ。

男はすべて調べ上げている。そして「おまえだけではなく、娘の身も危険にさらすことになる」と脅しをかけてきたのだ。

こうなると、あまり威勢のいいことは言っていられない。

祐美が持ち込んだ話だから、もともとは巻き込まれたわけだが、結果的に祐美まで危険にさらすことになったというわけだ。

祐美に危害が及ぶのだけは、避けなければ。

しょせん「門前さん」の件は他人事にすぎない。それを調べ上げたところで、一文の得にもならないのだ。

そう考えれば、結論は出ているともいえる。

男の命じたとおり、きっぱりと調べは打ち切る。そうすればなにごともなく、いままでと同じ日々がつづくだろう。

そして、一年から五年後には認知症に移行し、やがてすべてがわからなくなる。

いいではないか、それで。

ホームに突き落とされた日の翌日には、そう決めていた。

しかし、それでも胃のあたりのきりきりは消えなかった。今度は「調べ回るな」のほうが「それでいいのか」と責め立ててきた。

それでいい。娘の身の安全が第一だ。元妻がののしったのは、正しかった。家族を犠牲にしてまでやり遂げなくてはならないことなど、ありはしない。

そんなことを何度も何度も言い聞かせた。

それを怯えだと言われても、仕方があるまい。祐美のことばかりでなく、わずかしか残されていない生にも未練があった。

それが衰えというものかもしれない。

ところが、それがまた、「なにか」を失ってしまうような思いを抱かせるのだ。

堂々巡りもいいところだった。

すべてを忘れて頭を空にしようと、落語のCDを聞きまくっても、今回ばかりは与太郎たちも助けにならなかった。

三日間、堂々巡りがつづき、そのあいだに執り行われた芦田の葬儀にすら出向かず、管理人室から極力出ないようにしていた。

警視庁の捜査本部から事情聴取にでも来るかと身構えていたせいもあったが、結局連絡はなかった。芦田の携帯に通話記録が残っているはずだが、犯人が持ち去ったのかもしれない。実際のつながりがあったのは二十年前だから、そこまで調べるかどうかは疑問だった。

そして四日目、芦田を殺して事務所に放火したという犯人が自首して出た。祐美のことが気になって、落語を一席聞き終えるたびにメールが来ていないかと開いていた携帯に、そのニュースが流れたのだ。

あわてて詳細を見ると、犯人はかつて広域暴力団銀柳会《ぎんりゅうかい》系の下部組織にいたチンピラで、恐喝の疑いで逮捕されたとき弁護を依頼したのに芦田に拒否されたのを恨み、犯行に及んだという。芦田が事務所に泊まりこんでいるのをたしかめて侵入し、持っていた刃物で殺害し、事務所に放火したと自供している。

掲示されていた写真を見ると、いかにも安っぽい二十歳前後の丸刈りの男で、口をとがらせ不貞腐れていた。

この男が犯人だろうか。

何度考えても、納得が行かなかった。

チンピラがそもそも個人で弁護士を雇うだろうか。恐喝の疑いで逮捕されたのなら、金に困っていたはずだ。いや、依頼したのかどうかも怪しい。もし本当に依頼したのだとしても、拒否されたのなら、取り交わした文書といった証拠はないだろう。単にチンピラが言っているだけの話だ。

考えられる筋としては、チンピラが実際の犯人の代わりにムショ勤めを背負わされたという可能性だ。

むろん、そう確信するのはクルーカットの存在を知っているからだ。と同時に、身代わりを立てることができるほどの力を持った存在がクルーカットの背後にいて、その存在こそが芦田を邪魔だと考えて殺させた張本人ということになる。

虫唾《むしず》が走った。そんな卑劣な連中に屈してしまっていいのかという憤りともいえる。むろん、それと同時に祐美に危険が及んではならないという揺り戻しもあった。

結局捜査本部が解散すれば捜査は終了し、クルーカットは野放しのままになるとわかっただけのことだった。

だが、さらに三日後、堂々巡りは終わった。

持っているＣＤはあらかた三周目に入っていて、ちょうど三度目の「船徳《ふなとく》」が終わったとき、管理人室のドアがノックされた。

一週間というもの朝から寝るまでずっと落語を聞き続けていたわけで、気をまぎらわせるつもりが、それはそれでかえって苦痛になってきつつあった。

返事をしながらゆるゆると事務室に出ると、そこに立っていたのはオーナーの森だった。

「お元気でしたか」

先に挨拶されて、あわてて頭を下げた。

ぱりっとした夏物のジャケットを身に着けた森康夫は、二年前に会ったときとさほど変わらず若々しかった。芦田とは対照的にほっそりとして二枚目の部類だった。資産家のせいか、どこか浮世離れしたところがあるが、かえってそれがおおらかさと映った。

ともかくもソファに座ってもらい、麦茶を用意しようと台所に向かった。

「おかまいなく」

そう言われても、そうはいかない。

なにせ雇い主でもあるし、時機が時機だ。芦田の件で突然やってきたのは確実だ。ほかにわざわざ顔を見せる理由はない。

麦茶を持って戻り、向かいの席に腰を下ろした。

森はうまそうに麦茶を半分ほど飲むと、口を開いた。

「じつはおとといまで北海道の別荘へ避暑に行ってましてね。息子の学校が始まるから切り上げてきたんですよ。あ、これおみやげ」

思い出したようにジャケットの内ポケットから洞爺湖のキーホルダーを取り出して渡してきた。

「これは、わざわざどうも」

「まあ、それはどうでもいいんですが、帰ってきたら芦田が大変なことになっている」

「ニュースで知りましたが、驚きました」

ちらりと白けた視線があてられた。どうやら芦田に会ったことを知っているらしい。

「むごい話です。仕事柄、いろいろと恨まれていたかもしれないが、だとしても殺すことはない」

このときばかりは言葉がきつくなったようだった。だが、すぐ元の調子で尋ねてくる。

「あなた、葬儀には」

「いえ。申し訳ないとは思ったんですが、手が離せなくて」

「きのう遅ればせながら芦田の実家に行って、焼香してきました」

「そうでしたか」

「ま、弁護士をやっていれば、命を狙われる危険もある。彼も覚悟の上でやっていたわけで、残念なことですが、仕方がない」

「はあ」

「と、ここまでは前置き」

ちょっと姿勢を正して、持ってきた書類鞄から大振りの封筒を取り出した。

「じつは帰ったら、これが届いてましてね」

すっと顔の前に掲げてから、テーブルの上を滑らせてきた。

芦田法律事務所の名前が印刷された封筒だった。宛名は森康夫になっていて、横に赤字で「特別監査報告書在中」とあった。

「やつの専門が刑事なのは、友人なら誰でも知っている。だいたい監査など頼んだ覚えはない。そこではたと思い出したんですよ」

二枚目の顔に、にんまりとした笑みが浮かんだ。

「法学部の学生時代、一度だけ同じような封書を送って来たことがあったんです。そのときは請求書在中とあってね。中に入っていたのは、なんだったと思いますか」

「さあ」

「ある女性に宛てたラブレターだった。その女性とうまく行くかどうか、うまく行くとおまえが判断したら、渡してほしい。駄目なら捨ててくれ。そういう意味の一筆が添えられてました」

森は、あきれたという顔で、両手を広げてみせた。

「弁護士になってからのやつしか知らない人には、信じられないでしょう。決断を他人にゆだねるなんて、まったくあいつらしくない」

たしかに、そう思えた。黙ってうなずくと、森がつづける。

「ま、それだけ切羽《せっぱ》詰《つま》ってたんでしょう。で、判断しました。ラブレターは捨てました」

質問しろと言いたげに、間をとって視線を合わせてきた。

「なぜ、捨てたんです」

「ラブレターの相手と結婚したのは誰あろう」

森は人差し指で胸のあたりを示した。

「内緒にしていたわけじゃなかったが、つき合っていたのを、やつは知らなかったんです。ああ見えて、そんな初心《うぶ》な時期もあったわけです。ま、いまとなっては初心という言葉ほどやつに似つかわしくないものもないですがね」

「なるほど」

「で、そのときのことを思い出しましてね。またぞろ恋の橋渡しをしろというのか、と。しかし、今回は違った」

言葉を切ると、また書類鞄から封筒を取り出した。今度のはさほど大きくない。

「切羽詰っているのは同じらしいが、ラブレターではなかった」

見ると、封筒の宛名は藤巻智彦とあった。封は切られていない。

「手紙によると、あなたが何かを依頼して、その調査結果が出たらしい。ただ、それを直接あなたに送ると、途中で抜き取られるおそれがある、そこで代わりに直接手渡してほしい、と」

封筒から視線を外せないまま、低くうなった。

「森さんの判断では、今回は捨てなかったということですか」

「内容については書かれていなかったですが、なによりこれは芦田の遺言ですから」

「遺言」

森の言葉に深い重みがあった。

胃のあたりがまたきりきりといいだした。

「そう、遺言です。学生時代以来、こんなことはなかった。やつにしてみれば余程のことなんじゃないかと思います。あなたがなにを依頼したのかわからないが、やつ自身、身の危険を感じていたのかもしれない」

その予感が的中したということか。そして森がその遺言を届けにやってきたのだ。友人の死を悲しんでいるはずだが、それを押し殺してまでも。

「どうしました」

森が声をかけてきた。身じろぎもせず、テーブルに置かれた封筒を睨みつけていたらしい。

生唾を飲みこんでから、森に顔を向けた。

「わかりました。たしかにお預かりします」

預かるという言い方に森は不審げな色を浮かべたが、すぐにうなずいた。

「もちろん、中を読まずに捨てることもできます。その判断は、あなたにお任せします」

そして残っていた麦茶をひと息にあおると、両手で膝を軽く叩いて、立ち上がった。

「ま、遺言ではあるが、あなたへの警告かもしれない。封を開けることであなたの身に起きるかもしれないことを、やつは示してくれたともいえますからね」

　冷ややかな言い方ではなかった。やめた方がいいと言外に含みを持たせた調子とも受け取れた。

「それじゃ、これで」

　片手をさっとあげてドアの方に歩いていく。つられて立ち上がり、見送る形になった。

「ところで」

　唐突に振り返って、まじまじと顔を見つめてきた。

「まあ、管理人といえば大家も同然ですからね。もう少し身だしなみは整えた方が、いいと思いますよ」

　ちらっと微笑んで、ドアを開いてさっさと行ってしまった。

　思わず頬に手をあてて、はっとした。

　すぐに洗面台へ行って、鏡を覗きこむ。

　無精髭がかなり伸びていた。しかも、この一週間でかなりやつれたように見える。

　風呂にも入らなかったし、歯も磨かなかった。食事だけはカップラーメンを啜っていたが、落語のCDを聞く以外なにごともやる気をなくしていた。管理人の仕事も、ゴミ清掃車の行ったあと、いい加減に掃除をするだけで、ほかにはなにもやっていない。

　こんな無様な姿で森と接していたのかと、唇を噛んだ。

　このままでは認知症になる前に、人間が駄目になってしまいそうだなと、鏡に映った顔に向けてつぶやいた。

むろん返事はなかったが、かすかに悲しげな色がよぎったように感じられた。

それを無視して、ゆるゆると事務室へ戻る。

ひとりでに視線が森の置いて行った封筒に引き寄せられた。

これが芦田の「遺言」だ。

手に取ってそう言い聞かせると、胃のあたりがまたきりきり痛み出した。封筒を開けば、「門前さん」に関する重要な事実が判明する。しかし、それを知ったとしても、調べるのは中断できる。

思い切って封に手をかけかかる。だが、そこで止まった。

やめられるか、本当に。

知ってしまったあとでも、やめることが本当にできるのか。

もしできないのであれば、やはり見るべきではない。祐美の身に危険が及ぶ可能性を、黙認するわけにはいかない。

ひとりでに身震いが起き、封筒を元の位置に戻した。

部屋に戻り、落語のCDを物色する。よりによって「死神《しにがみ》」などという題目が目に入り、投げ出して畳の上へ仰向けに寝転んだ。

頭の中があれやこれやで一向にまとまらない。まとまらないまま、うつらうつらとしていた。

なにか夢を見ていた気もするが、急に引き戻されると同時に、この状態がずっと続くことになるのだという思いが、ふと胸をついた。

封を切らずに捨ててしまったら、芦田に対する申し訳なさに加え、後悔と喪失感に責め苛まれ続けるに違いない。クルーカットの恐怖から逃れられたとしても、代わりに背負うものがある。

そう、どちらからも逃げ出すわけには行かない。どちらかを選ばなくてはならないのだ。

胃のあたりを押さえながら、ゆっくりと上体を起こした。

時間がどれくらい過ぎたのかはっきりしなかったが、すでに部屋の中は薄暗くなり、遠くから蜩の鳴く声が小さく届いた。

もう一度事務室に戻り、封筒を手に取った。

しばしそれを睨みつけてから、厳重に封をしてあったテープを、一気に引きはがした。

もう、引き返せない。

七

昼寝の時間だから、施設の中は静まり返っていた。

ときたま呻きや叫びが遠くで聞こえたが、それもしばらくするとおさまり、また空調のかすかな音だけになる。

ベッドの脇に腰かけてから、もう三十分は過ぎていた。

施設長に電話を入れ、祐美が非番の日を聞き出してあった。確かめたいことがあるからというと、施設長はこころよく応じ、「門前さん」と二人きりにしてくれた。

森が訪ねてきた日から五日が過ぎていた。

じっと天井のあたりへ視線をあて、口をなかば開いたままの「門前さん」は身じろぎひとつしない。まばたきもほとんどないし、息すらしていないのではないかと思うほどだ。

だが、いくら「門前さん」を見ていても、答えが出るわけではなかった。

この老人が、今で言う「テロリスト」であったとは、とうてい思えない。

かつて連続爆破を実行した犯人と、目の前の老人は、まるで住む世界が違うというべきか。

しかし、芦田の「遺言」が荒唐無稽だともいえなかった。まったく見当外れの指摘をしているわけでないのは、確実なのだ。

森宛ての封筒に押された消印は八月二十三日十八時——二十四時で、殺される直前に投函されていた。

その中にあった封筒には、簡潔に調査結果をまとめた手紙と古い新聞記事のコピーが入っていた。

手紙は走り書きしたらしく、字が乱れがちだった。ただ、文面は語りかける調子で、ところどころに注釈めいた文章が挿入されていて、内容そのものは明確に受け取れた。

まずパスポートと日雇手帳についての調査結果が記してあった。

それによると、日本国発行のパスポートに記されていた「成瀬道夫」の名前はまったく架空の人物だった。ただし、パスポート自体は本物で、どういう経緯で架空人物のパスポートが発行されたのか、非常に興味深いと、意味ありげに書いていた。

また日雇手帳の「小渕誠」は実在していたが、すでに西成の路上で十二年前に死亡している。台湾政府発行のパスポートは調べなかったが、調べるまでもなく偽名であろう、それは以下に記す内容でわかってもらえるはずだという。

依頼したのはパスポートの調査だったが、芦田はそれよりも学生証に関心を持ったようだ。「中山喜一」の名前に聞き覚えがあるとつぶやいたのを思い出したが、まさに芦田の記憶力のおかげですべてがはっきりしたといってもよかった。

「藤巻さんは警察にいたから概要は知っているでしょうが、詳しいことは把握していないと思うので、背景から説明します。まずＡの新聞記事を見てください」

手紙の指示に従ってＡと赤いサインペンで書かれた記事を読んだ。

一九七五年六月二十一日付朝刊の社会面に掲載された記事だった。

「連続爆破犯誤爆か　アパート全焼　現場から死体
二十日午後九時ごろ、五反田《ごたんだ》にある結城荘《ゆうきそう》で爆弾が爆発し、火災が発生。焼け跡から男性とみられる死体が発見された。警視庁公安部では連続爆破犯が隠し持っていた爆発物を誤爆させた可能性があるとして捜査している。
爆弾が爆発した部屋は半月ほど前に大学生が入居しており、大家の話によれば学生運動をしている気配もなく、物静かな人物だったという。

警視庁公安部は五月に連続企業爆破犯を一斉逮捕したと発表したが、発見された遺体がそのシンパだったのではないかとみて、ほかにも逃亡している者がいる可能性もあるため情報提供を呼びかけている」

芦田は説明を加えていた。

「当時、学生運動の先鋭化によって連合赤軍事件などが起きたのはご存じでしょう。連続企業爆破は、それらとは一線を画した者たちによる犯行でした。警視庁公安部は威信をかけて犯人逮捕に躍起になり、この年の五月、メンバーとみなされた者たち七人を都内で一斉に逮捕しています。

各紙の報道を見てもほとんど同じで、警察発表をそのまま記事にしただけのようです。誤爆して死亡したのは単なる残党、という印象を作ろうとしていますが、Bの記事では多少話が違ってきます」

Bは続報だった。六月二十九日付朝刊。

「死体は連続爆破犯　身元確認で判明

五反田で発生した爆発事故で、焼け跡から発見された遺体が連続爆破グループのひとりと判明した。遺体は損傷がはげしく、身元の特定は進まなかったが、大家の証言で名央大学学生鴨井俊介（二八）であったことがわかった。連続爆破犯のリーダー格で、五月の一斉逮捕を免れて逃亡

潜伏していたものとみられる」

最後に「鴨井俊介」の顔写真が、不鮮明ながら載っていた。

その写真をためつすがめつ見やった。

眼鏡をかけていて、髪の毛は七三にわけられている。賢そうな学生といった印象だった。だが、耳たぶまではよくわからない。

「鴨井俊介は、このとき公安の内偵に引っかかっていたのに逮捕を免れて潜伏していた数人のうちのひとりで、最初の時点ではシンパだったなどとしていますが、実際には鴨井が主要メンバーだったことを警視庁は認めています。つまり、五月の逮捕時に取り逃がしていたことをあからさまに認めたくなかったのでしょう。

逮捕された彼らの弁護団のひとりに電話をかけて確かめたところ、鴨井俊介は個別にテロを実行していた彼らの中でもかなり積極的に企業爆破を実行に移していたそうです。

それはともかく、そうなると、鴨井俊介は死亡しており、藤巻さんの探っている老人ではないことになります。

そこでコピーのCを見てください」

一九七五年九月十日付朝刊、やはり社会面のベタ記事だった。

「逃亡の爆破犯　全国指名手配

警視庁は一連の企業爆破の実行犯のうち、逃亡中の東政大学学生中山喜一（二二）を全国に指名手配した。中山は六月に誤爆によって死亡した鴨井俊介同様、一斉逮捕時に逃亡している」

つまり、鴨井と中山は同志だったということらしい。

記事には中山喜一の写真がつけられていた。やはり真面目な学生風だったが、こちらも「門前さん」かどうか判然としない。

「中山喜一の名前に聞き覚えがあったのは、これでした。

彼は、現在も逃亡中です。逮捕された爆破犯たちのうち、三人の死刑が確定していますが、刑が執行されないのは中山が逃亡しており、公判が続行しているせいでもあります。

鴨井が爆死し、中山が逃亡している。

そして、その両方の学生証を所持した老人がいる。

このつながりは、はっきりしませんでした。ですが、藤巻さんなら、なんらかのつながりを見いだせるのではないかと思います。

さて、残されたのは社員証の件ですが、藤巻さんもおっしゃっていたように、この物品が一番古いものです。

閉鎖法人の登記簿保存は二十年であり、すでに登記簿からの確認はできませんでした。そこで大宮にある同業者組合に問い合わせ、磯部工業が実在したことがはっきりしました。

磯部工業　昭和二十九年設立。設立者磯部聡《さとし》。資本金百万円。機械・電機のパーツ等組立が専門。当初の従業員五人。昭和三十年代には業績を伸ばし、機械部門と電機部門を分け、社員五十人以上にまで成長した。だが、バブル崩壊の影響で倒産。

たまたま組合の役員が磯部聡氏の子息、つまり二代目の社長と面識があり、ご紹介いただきました。氏は聡氏から会社を引き継いだあと倒産させてしまい、目下あらたに電子機器を内蔵したおもちゃの生産会社を運営しているとのことです。お父上も九十二歳の現在、ご健在とのことで、聡氏に電話でお尋ねしました。

しかし矢部光一についてはあまり記憶がないようで、ご子息が残されていた書類を調べてくださいました。聡氏は社員思いの人物で、当時の労働者名簿、つまり社員名簿をすべて残されていたのです。いまご子息の運営する会社にも当時の従業員の何人かが勤務しているそうで、義理堅いかたのようです。

そこで矢部光一の件ですが、この人物も実在していました。磯部工業で勤務しながら、夜間高校に通っていたと記録にはあるそうです。

もしやと思って当時の爆破グループのメンバーを調べてみましたが、矢部光一という人物はいませんでした。

以上が調査の結果です。

おそらく『門前さん』と呼ばれている人物の正体は矢部光一でしょう。その矢部光一が、なぜ連続爆破犯のふたりの学生証を持っていたのか、鍵はそこにあると考えます。また、その老人が記していたというノートは、信頼のおける人物に預けている可能性が高いのではないでしょうか。

参考までに社員名簿にあったという矢部光一の本籍地を記しておきます。

芦田　拝」

そのあとに本籍地が書かれていた。

封筒を開いて一読したとき、芦田が郵送先を森にして、直接送りつけてこなかったのに納得が行った。途中で郵便の「抜き取り」をしそうな相手が動いている。

はっきり記していないが、公安関係がかかわっていると言っているのだ。

内容はというと、一読してたしかに筋道はつながったように思えた。しかし二度目に読んで、疑問がいくつもわいてきた。

爆弾テロを起こして逃亡した犯人は、「成瀬道夫」名義のパスポートを手に入れ、台湾に逃亡した。そこで潜伏していたが、なにかの理由で「林源文」として戻ってきた。

さらに「小渕誠」になりすまして過ごしていたが、阪神・淡路大震災をきっかけに「町田幸次」に成り変わり、こうして姿を現した。

その人物が本当は矢部光一だったという解釈は、可能だ。公安がからんでいるというのも、わからなくはない。

しかし、筋が通るのは、それだけだ。

指名手配中の犯人などと知らずに磯田の息子に指紋照合を依頼した結果、警視庁公安部あたりが動き出したとしても、納得は行く。

ふと、豚鼻のライターの顔が浮かんだ。

二宮なんとかといったはずだが、あの手の男が公安のメンバーだと言われれば、なるほどそうかもねとうなずける。

だが、だったらライターなどと身分を偽って周辺を探り回るだけでなく、なぜすぐ逮捕にやってこないのか。

公安が平然と法律を破り、監視対象の盗聴や就職妨害などをしているのは、知っている者からすれば常識といえる。

証拠となる身分証類を盗んだのも、大山利代をどこかに連れ去ったのも、公安の仕業だと解説されれば、これも一応腑《ふ》に落ちる。ただ、なぜそんなことをするのかがわからない。

もっとも、その疑問も矢部光一が何者なのかがわかれば、はっきりすると思えた。芦田も推測しているが、身分証類の状況から考えると、「門前さん」は、やはり矢部光一の可能性が高い。同時に、矢部もまた「テロリスト」だった可能性も。

芦田は爆破グループのメンバーにはいなかったと書いているが、警察が調べ上げたメンバー以外に仲間がいなかったとは言い切れない。

ともかくも、この三人の関係がわかれば、一連の身分証にも辻褄《つじつま》の合う説明ができるだろう。

矢部光一の本籍地を手紙に残したのだから、そこへ行ってみろと芦田は言っているのだ。そこでなにか摑《つか》めるかもしれない、と。

「門前さん」が矢部光一である確証を得るためにも、本籍地へ行く必要がある気がした。

同時に、芦田が調査結果を信頼する森に託したのと同様、「門前さん」がノートを誰かに預けているなら、それも見つけられるかもしれなかった。

矢部光一の本籍地は福島となっていた。

それを見て、三・一一のあと、「門前さん」が大山利代に行先も言わず何度も遠出をしたという話が甦った。

郷里がどうなってしまったのか心配で何度も出かけて行ったのではないかと思えた。「テロリスト」だろうがなんだろうが、故郷を思う気持ちに変わりはないだろう。

そうじゃないか、門前さん。

横たわる「門前さん」にあらためて目をやったが、返事があろうはずもない。

あきらめて、窓の外へ視線を移す。城山公園の緑が、夕陽に照らされて輝いているのが見える。もう九月になってしまったのだと、いまさらながら気づかされた。

椅子に座り直し、また「門前さん」に目を向ける。

しかし、よく逃げ続けられたものだと思う。

大山利代のように、知らぬ間に隠避していた者や扶助していた者がいたのだろう。たった一人でここまで逃げ続けられたとしたら、相当な強運の持ち主ということになる。

「失礼します」

細めた声が、スライドドア越しに聞こえ、施設長が顔をのぞかせた。さっき確認したから覚えている。田宮施設長。

「藤巻さんに呼ばれたというので、お連れしたんですけれど」

いささか困惑したように施設長が言うのと同時にドアがさらに開かれ、姿を見せた男が一礼した。

豚鼻の固太り。

思いがけない見舞い客ではあったが、いい機会ともいえた。

「呼びつけてはいませんが、構いません」

「門の外で待っていてもよかったんですが、無理にお願いしました。申し訳ありません」

二宮なんとかは施設長に頭を下げた。どうしたらいいのか迷い顔の施設長に、声をかけた。

「この人と少し話があるので、一緒にお見舞いさせます」

「大丈夫ですか」

うなずいてみせると、ふっきれたようだ。

「では、もうすぐ夕食なので、それまでということでお願いします」

田宮はそう言ってドアの向こうに消えた。

二宮は壁際から勝手に椅子を持ってきて、横に並んで座った。

「この人が、問題となっている人ですか」

覗きこもうとして身体を前に傾けた。

「ライターなんて嘘だろ。あんた、公安の営業だな」

その背中にずばり尋ねると、二宮が苦笑した。

「刑事課あたりでは、表立って動く公安の課員がそういう呼び方をされているのは知っています。しかし、だとしたら、どうします」

「公安がいまさら何を嗅ぎまわっている」

ひと呼吸置いて、声の調子が低まった。

「それを知って、どうするんです」

「真実を知りたいだけだ」

姿勢を戻すと、顔を向けてきた。

「はっきりさせておきたいのですが、この件について、藤巻さんは部外者、ということになります」

「なんだと」

「事実を申し上げているだけです。たまたまこの老人と関わり合いを持ってしまった」

「だったら、もう部外者じゃないはずだ」

二宮はかすかに首を振った。

「そうは思いません」

「あんたがどう思おうが知ったことじゃない」

しばし息を詰めてから、二宮はあきらめたように口を開いた。

「ではひとつだけお教えします。ただし、ここだけの話にしてもらいます」

「いいだろう」

「五十年ほど前、当時の警視庁は連続企業爆破犯の逮捕に躍起になっていました。これ以上野放しにはできなかった。全力をそそいで犯人グループの特定をし、一斉検挙に踏み切ったわけです。だが、主要なメンバーを数人取り逃がした。その中のひとりが鴨井です。一ヵ月後、その鴨井が持っていた爆弾を誤爆させ、死亡した。ところが、そこで捜査本部は致命的なミスを犯した」

「どういうことだ」

「誤爆して死んだのは、中山喜一だった」

　耳を疑った。

「それじゃ、逃亡しているのが鴨井俊介だというのか」

「そういうことです。捜査本部は中山を指名手配して鴨井は死亡と発表し、それで一件落着にした。しかし、五十年近く経ったいま、誰かが指紋照合をした結果、その指紋が鴨井俊介のものと一致した」

　おまえがほじくり返したんだと、二宮の目が訴えた。

「しかも、表向き中山が逃亡中で、いまだに事件は解決済みとはなっていない」

「しかし、門前さんが鴨井俊介だとわかっているなら、さっさと逮捕すればいいじゃないか」

「そうは行かない事情があります」

「門前さんの、なにがいったい問題なんだ。あんたらは門前さんにかかわって家宅侵入や窃盗、あげくに拉致も平気でやってるんだ。わかってるのか。門前さんと一緒に暮らしていた、あの人もさらっている」

興奮して名前が出てこなかった。

睨みつけると、二宮はため息をついた。

「大山利代さんのことですね。あのかたは保護下にあります。不自由はしていません。少なくとも亀屋で過ごすよりは快適かと」

「そういう話じゃない。この件では、芦田弁護士まで殺されてる」

「チンピラが恨みによる犯行ということで自首していますが」

「そんなもの信じられるか」

二宮が意外にもうなずいた。

「ですから、大山さんの安全のために、保護せざるを得ませんでした」

「どういう意味だ」

しばし口をつぐんでから、うかがうような視線を向けてきた。

「この老人が認知症になる前、ノートに手記のようなものをつけていたとお聞きしました」

「ほう」

「お聞きになっていませんか」

「知らんな」

とぼけたが、息をつめて二宮は嘘を見抜くような目をあててくると、やがて小さく首を振った。

「まあいいでしょう。そんなノートがあるというのは、大山さんの証言だけですから、ないかもしれない」

「かもしれないな」

「しかし、もしそのノートが実在するなら、それを手にした人物にも危険が及びます。とにかくこの老人にかかわった者には、身の危険がある、ということです。むろん、老人本人にも」

「待て。あるかどうか知らないが、そのノートを狙うなら話はわかる。だが、誰が門前さんを狙うっていうんだ」

その問いには答えず、二宮は肩をすくめた。

「申し上げておきますが、目下この施設は監視下にあります。それだけ危険だということです。手を引くことをお勧めするために、こうしてまかり越しました。ともかく、あなたは部外者なんです」

傲慢にも聞こえる二宮の口調に、皮肉めかしてやった。

「まったく、これで二人目だ」

「なにがです」

「調べるのをやめろと脅したやつがだ。おまけに、そいつに駅のホームから突き落とされて、殺されかかった」

すっと二宮の顔に真剣なものが走った。

「どんなやつでしたか」

「サングラスをしてたからな。顔は見なかった。ごつい感じで、百八十くらいあった。なによりクルーカットだ。お仲間に心当たりでもあるのか」

視線をそむけ、なにか考える仕草をし、再び二宮は目を向けてきた。

「その手のタイプがいないわけじゃありませんが」

「その手のタイプじゃなくとも、そういう手合いに殺しを依頼するようなやつは」

「殺し、ですか」

「そのクルーカットが芦田さんを殺した真犯人じゃないかと睨んでる」

「なるほど。そういうことなら、なおさら手を引いていただいた方がいいでしょう」

「いやだと言ったら、どうなる」

二宮はあきれたといいたげに首を左右に振ると立ち上がった。

「そのクルーカットがまた現れたときには、ご一報を。この前お渡しした名刺の番号にかけていただければ、かけつけますよ」

言い捨てて部屋を出て行った。二宮には、なにか心当たりがあるような気配があった。それが気にかかった。と同時に、ひとつわかったことがある。

公安とは別の何者かも、「門前さん」をめぐって動いているらしいということだ。

あんた、いったい何をやらかしたんだ。

「門前さん」に問いかけても、やはり答えはなかった。

八

荷物といっても、いつもの肩掛けバッグひとつ。

洗面用具と下着の着替え、それに芦田からの手紙。あとは行った先でどうとでもなる。だいいち、遠出をすると勘づかれるのは厄介だった。ちょっと散歩にでも出たのだろうと思わせておくにかぎる。

「門前さん」に面会してから決心をつけるのに、二日かかった。決めると同時に、森に電話で数日の休暇を申し出た。

「そういえば二十年間、有給休暇無しでしたね」

休暇の理由が芦田の「遺言」であるのは承知しているはずだが、そんなとぼけた答えがかえってきた。そして言ったものだ。

「二十年分、どうぞ。おみやげはいいですから」

理解のあるオーナーの手本だろう。

天気予報では台風十五号が列島に接近しているらしいが、さほど問題はないはずだ。

準備はこれでよしとうなずいて靴を履きかけ、あわてて薬を取りに戻った。あやうく忘れるところだった。だいぶ飲み忘れているが、持っていないと、かえって気になってしまいそうだ。

薬の袋をバッグに突っ込み、ふらっと管理人室を出ると、いつも行く駅前の喫茶店に向かった。

赤レンガの壁に蔦《つた》が這《は》っている古風な構えの店で「巴里」という名前が似つかわしいかどうかは、よくわからない。

店内も茶系統の色に統一され、シート席もある。三十人ほどは入れるだろう。つまらない音楽など流していないところが気に入っていた。

窓際のテーブル席に腰を下ろし、アイスコーヒーをたのむ。

約束は五時だから、そろそろやってくる頃だ。

待ちながら、また芦田からの手紙を開いて目を通していると、アイスコーヒーが来た。

ひと口飲んで、手紙に集中する。

芦田の文章には「門前さん」が矢部光一であるという確実な証拠が示されているわけではない。

ただ、二宮に聞いた話を考え合わせると、矢部が名前を鴨井俊介と変え、中山喜一と入れ替わって逃亡していたという可能性は高い。

指紋照合によって周囲がざわめきだしたことを考えれば、「門前さん」が鴨井俊介であることは確実だろう。では矢部光一の存在はなにを意味するのか。

鴨井俊介という人物がふたりいるのではなく、やはり矢部光一が鴨井俊介だと考える方が筋道は立つ。

ならば、なぜ警察には矢部光一の名前で指紋が登録されていないのか。鴨井に犯歴があるなら、実名を調べ上げているはずだ。

まだ、なにかが隠されている。

それがどういったことなのか、それを見つけようとするのだが、手紙を何度読み返しても、ぴんとくるものがない。

監視や尾行に気づけなくなった上に、勘まで鈍くなってしまったとは、思いたくなかった。歳のせいにも、病気のせいにもしたくはない。

ばらばらだったものが形を取り始めたにもかかわらず、形になりきるまでには、まだなにかが足りない。

遠出を決心したのは、それを見つけられるかもしれないと考えたからだ。

「水曜に来たんだってね」

唐突に声が頭上からかかり、あわてて顔を上げた。

デイパックを肩から下ろし、向かいの席に祐美の不満げな顔が座った。

「ああ、ちょっと様子を見に行った」

気づかれないように手紙をバッグにしまいつつ、答えた。

「なんでいるときに来ないのよ。いるときに来れば、わざわざ呼び出さなくてもよかったのに」

「これから、べつの用事でもあったのか」

「そういうわけじゃないけど」

注文を取りに来たウェイトレスにジンジャーエールを頼み、それから顔を戻してきた。

「変な人が途中から来たって田宮さんが言うし、なにかわかったのなら、隠さないでほしいわ」

「隠したりしていない。進展なしだ」

口をつぐんで、じっと視線が注がれた。

避けるつもりでアイスコーヒーに口をつける。だが、それでも祐美の目は注がれている。

「なんだ、嘘ついてるっていうのか」

少し昂《たか》ぶって睨み返した。祐美の目が横に流れ、そっぽを向いた。

「邪魔になったんでしょ」

「そんなことはない」

「言っておくけど、門前さんの件は」

「ああ、その通り。おまえが頼んできた。だから、正直に言ってる」

「どうかしら」

コーヒーのグラスを置いて、乗り出した。

「むずかしい状況になってるのはたしかだ」

「むずかしいって、どういうことよ」

言葉に詰まった。命にかかわるなどとは、口が裂けても言えない。

「だから、むずかしいは、むずかしい、だ」

「むずかしいから、おまえには関係ない。そう言いたいわけ」

「そういうわけじゃない。ただ、おまえの手には負えない」

ちょうどジンジャーエールが来たが、祐美は見向きもしない。

そっぽを向いたまま、やがてため息をついた。

「二十年前も、こんな感じだったのかもね」

唐突な言葉に、理解が追いつかなかった。

「これからいろいろと面倒なことが起きる。嫌な思いをするかもしれない。しかし、おまえには関係のないことだ。周囲にまで面倒を広げたくない」

ちらりと視線が向いた。

「そう言って離婚を切り出されたって言ってたわ。覚えてないの」

たしかに、そのようなことを口にした記憶はあった。「多少理不尽なことがあっても目をつむるのが大人でしょ。プライドのために家族を犠牲にするなんて」と元妻が口にしたのは、それに対してだったと、そのとき思い出した。

「一緒に頑張りたいって言ったけど、聞く耳持たなかったって」

「しかし、今回は次元が違う」

「次元の問題じゃないわ。犯罪がからんでいるらしいのは予想がつくけど、どうして抱え込むのよ」

「抱え込んではいない。もうおまえの手は離れてしまったんだ。これは責任問題でもある」

向き直った祐美の表情に怪訝なものが浮かんだ。

やむを得なかった。祐美の身にも危険がある可能性は知らせておくべきだろう。

「預かった身分証類を盗まれ、持ち主の大山利代は拉致された。調査を依頼した弁護士は殺された」

ひと息に告げたが、ホームから突き落とされた件は、当然黙っておいた。

あっけに取られたらしく、祐美が目を見開いた。

「それって、調べを進めると危険だってことよね」

「だからむずかしい状況だと言ったんだ」

「そんな言い換え通用しないわよ。いますぐやめて」

「そうは行かない」

「なぜよ」

「この件で人が死んでる。ここでやめたら、無駄死にになってしまう」

一瞬頬をこわばらせたが、すぐにうなずいた。

「だったら、一緒にやる」

ふと、二十年前、祐美を抱えながら真剣な表情で同じ言葉を口にした妻の顔がだぶった。

身を乗り出して、噛んで含めた。

「研修はとっくに終わったんだ。あの施設にはしばらく出入りするな」

「どういうこと」

「門前さんも、狙われている」

とたんに祐美の顔に怒りが浮かんだ。

「なによ、それ。門前さんを見捨てろっていうの」

「そうじゃない。おまえにも身の危険があるって言ってるんだ」

「だったらなおさら門前さんから離れるわけに行かないわ」

「おい」

「だってそうじゃないの。いくらなんでも、そんな人でなしになりたくない」

　人でなし。

　その言葉が、突き刺さった。娘を安全な場所に置こうとするのは、べつに批難されることではない。だが、そのために他人を危険にさらすとなれば、卑劣だと指弾されても仕方がない。いや、そんなことより、祐美に「人でなし」になってしまったのだという思いをさせることこそ罪が重いかもしれなかった。

　祐美は祐美なりに信条を持っている。それを無理やりねじ曲げさせることが正しいとは思えない。

　ぐっと睨みつづける祐美を前に、背中をソファにもたせかけた。

「わかった。悪かった。おまえのやることは、門前さんの面倒をみることだ」

　大きく息をつき、祐美が肩を少し下げた。

「わかってくれて、よかった」

　じっさい、門前さんを守れるのは、祐美だけのような気もした。

「ただ、いま話したことは、施設長や同僚には内密にしてくれ」

「いいわ」

「じつは、ちょっと遠出をしてくる」

「遠出って、どこへ」

突然聞かされたせいか、不安げな顔が向けられた。

「だから、それは聞かない方がいい。数日で戻るつもりだ」

「そのあいだ門前さんに何かあったら、どうすればいいの」

「それにかかわって、会わせておきたい人がいる」

「それって、施設に来たっていう」

「いや。違う。まあ、変は変かもしれないがな」

そのあと「巴里」を出て、「ファッションサロン・アダチ」へ向かったのは言うまでもない。

すでに店内には白々と明かりが灯っていて、あいかわらず主人は椅子に座っていた。クッションの下につい目が行ったが、そこにノートがあるかどうかわからない。

「お、いまごろどうしたの」

届いたばかりの夕刊を開いていた主人は、椅子から立ち上がりながら口ではそう言いつつ、後ろについてきた祐美に目を奪われている。

「娘だ」

「え。娘、なんていたの」

あわてて薄い髪の毛を撫でつけ、落ち着かない様子だ。

「祐美です。父がいつもお世話になってます」

横に立って頭を下げた。

「あ、いや。そう、娘さんね」

「大学生だが、いまは介護施設でバイトしてる。この人が安達さんだ。いつも髪の毛を切ってもらってる」

「いや、たいしたことは」

照れ笑いをして言葉を切った主人が、腕を取って脇へ引っ張った。

「なに、どういうことよ、これ」

ひとりでに小声になっている。

「あんたに頼みたいことがあってな」

「言っとくが、生き物は預からないことにしてる」

「わかってる。娘を預けるなら、もっと安全な場所を選ぶ」

「そりゃそうだよな」

「じつは、数日遠出をするんだ」

「ほう、珍しいね」

「そのあいだ、万が一のことがあるといけない」

「万が一って」

「万が一は、万が一、だ。娘が困ったとき、あんたに力になってもらいたい」

主人の視線が祐美の方にちらりと向けられた。

「あれか、ストーカーとか、そういうのか」

「そんなところだ」

ちょっと首をかしげていた主人が、うなずいた。

「そういうことなら、警察なんかより頼りにはなると思う」

「よろしく頼む」

主人がにんまりとして冗談めかす。

「それじゃ連絡先交換てやつをしないとな」

「待て待て。あんたからは連絡しなくていいから。あいつから連絡があったときにだけ、対処してくれ」

「なんだよ。娘がほかの男と話すのが気に入らないってか」

「特にあんただとな」

苦笑が主人の顔に浮かぶ。

「まったく。そんなに長くはないんだろ」

そう、今回の遠出は、さほどかからない。しかし、病気が発症してからは、わからない。その意味でも、主人を紹介しておくいい機会だった。

「とにかく引き受けた。で、いつ出かけるの」

「これからだ」

「急な話だな。どこ行くの」

「それは聞かない方がいい」

「なるほどね。なにやってるか知らないが、気をつけてくれ。あんな美人の娘がいるんだ」

「ところで、こないだのノートは、どうした」

「あれなら、あそこにあるが」

すっと親指で椅子を示した。

近づいて色あせたブルーのクッションを持ち上げると、たしかにノートがあった。

「これはいったん持っていく」

取り上げてバッグに突っ込んだ。

そこで密談が終わり、ふたりで祐美の前に戻った。

「何かあったとき、携帯がつながらなかったら、この人に連絡してくれ。つながらなかったら、だ」

主人がわき腹をつついてきた。

「べつにつながっても、かけてきていいから」

尻ポケットから長財布を取り出し、わざとらしく腰を曲げて名刺を差し出した。

「そこに店と携帯の番号書いてあるから、登録よろしく。あ、今度ドライブ連れてってあげよう。四駆乗ってんだよね。オフロード。一度経験すると病みつきでさあ」

ひとりで勝手にしゃべっている主人を無視して、祐美は受け取った名刺をデイパックに仕舞い込んだ。

「よろしくお願いします」

その言葉に、主人のおしゃべりが中断され、ばつの悪そうな顔になって答えた。

「そう堅苦しく考えなくていいって意味だからさ。まあ、親戚の叔父さんみたいなもんだと思って、ね」

どこかで聞いた記憶のある台詞だったが、気にしないことにした。

「なんか、面白そうな人ね」

店を出て夕暮れてきた中を中河原駅へ向かおうとすると、開口一番、そう言った。

「ああいう人間の方が信用できるんだ」

「へえ。覚えとくわ」

一歩先を軽い足取りで歩いていく姿を目にしつつ、ひと安心した。

認知症が発症したあと、祐美は祐美で身の振り方を考えるだろうが、ひとまず主人に託すことに決めておけば、後顧《こうこ》の憂《うれ》いもない。

そのあと、祐美がコンビニに寄ろうと言い出し、駅前の店に入ると、旅行に必要な品物の点検が始まった。

たかが数日だと繰り返しても、なにか足りていないものはないかと思いつくものを口にする。

その都度、いらないと否定したが、結局携帯の充電器とペットボトルのお茶、それに助六寿司を押しつけられた。充電器はたしかにあったほうが便利だったし、あちらに到着してからだと時間が遅いから、寿司もまあ、助かった。

遠出をするのが「門前さん」の調査のためであるのはわかりきっている。危険かもしれないことも、喫茶店での話で承知しているはずだ。

だからこそ、祐美はそれについて尋ねるのを避けるために、必要なものを買い揃えようとしたのだろう。

買い物を終えて中河原駅からふたりで府中本町駅まで行き、そこで下宿に戻る祐美を見送った。

最初のうち祐美の方が見送ると言い張ったが、無理に先に帰らせた。祐美にも尾行がつくかもしれないと用心したのだが、それは口にしなかった。

「風邪とかひかないでね」

ドアが閉じる直前に、祐美は真剣な眼差しでひとことだけ声を投げかけてきた。

その表情が、どことなく元妻にだぶった気がした。

祐美を乗せた南武線が見えなくなり、尾行がついていないと確認してから携帯の電源を切り、武蔵野線のホームへ移動した。

まだ暑さのわだかまる夕刻のホームは土曜のせいもあって乗客があふれていた。当然だが、ホームぎりぎりに立ちはしないし、周囲への注意も怠らなかった。

やがて電車がホームにすべり込み、ドアが開いた。

乗り込んだが、座席はあらかた埋まっていて、ドアの横に立った。発車の合図とともにドアが閉まり、ゆっくりと動き出す。

そのとき視線を感じ、ホームにじっと佇んでいる男と目が合った。

ありふれたスーツにネクタイ姿だったが、たしかに見たことのある男だった。

大学のエレベータで一緒になった男。芦田が殺された事務所を見上げていたとき目礼してきた男。どれも同じ男だったと気づいた。

だが、気づいたときには、すでにその姿は後ろに走り去っていた。

第三章　犯罪当事者

一

長旅をするつもりは、毛頭なかった。

新幹線で福島駅に到着したときには午後九時を回っていて、そのまま駅近くのビジネスホテルに泊まった。ホテルの夕食は終わっているというので、助六寿司は正解だった。

翌朝は八時にホテルを出て、まずは目的地までバスがあるかどうかたしかめた。

矢部光一の本籍地は福島県篠原《しのはら》町三六—三七。

帰還困難区域が一部含まれる町で、津波の被害もかなり受けたと聞いていた。

旅行案内所で訊くと、太平洋岸までの高速バスは通っているという。ただ本数は少なかった。

篠原町は、そこから常磐線で南下しなくてはならないが、これは途中までで途切れていて、途切れた地点の少し手前が目的地だった。

「住人は戻ってるんですか」

「三年前に避難指示は解除されてますが、ほとんど戻ってないと思いますね。帰還困難区域もかかえてますし」

案内所の中年女性は険しい顔つきで声を低めた。

篠原町住民の消息に関しては、町役場が再開しているから、そこに尋ねてみるしかないとも言われた。

「でも、あそこは半分くらい亡くなったか行方不明ですから」

期待しない方がいいと言いたげだった。

だとしても、ともかく行くだけは行ってみる必要はある。

バスの発車時間まで一時間あまりあったので、喫茶店に入ってノートにこれまでの経緯を思い出しながら書き込んだ。

身分証類が盗まれ、大山利代が拉致されたこと、芦田弁護士が殺されたこと、そしてホームから突き落とされたこと。

さらに芦田の「遺言」から、「門前さん」が矢部光一の可能性があり、矢部は鴨井俊介と名前を変えて連続爆弾テロを引き起こし、なんらかの理由で同じ爆弾テロ犯人の中山喜一と取り違えられてしまい、死亡したとみなされていること。

事実を列記したあと、現役のときにしていたのと同じように、疑問点を記した。

「一、四十年以上も逃亡を続けられたのは、協力者がいたからではないか。『門前さん』を狙っているのは、その協力者か。
一、海外逃亡したのに、なぜ戻って来たのか。なにか目的があったのではないか。
一、そもそも『門前さん』が連続爆破犯なのであれば、なぜすぐに逮捕しないのか。泳がせておいて、背後にいる人物あるいは組織を一網打尽にするつもりか。
一、状況証拠では『門前さん』は矢部光一だと考えられるが、なぜ鴨井俊介と名前を変えたのか」

最後の疑問を解く鍵は、「門前さん」の書いていたノートにあると思っていた。なにを書いていたのかはわからないが、おそらく矢部光一であることを証明できる唯一の証拠になるだろう。

さらに、これらを総合して考えると、もうひとつ疑問が出てくる。

「一、警察関係者は『門前さん』＝矢部光一の存在を消そうとしているのではないか」

だからこそ、身分証類を盗み、大山利代を連れ出した可能性は、否定できない。二宮は「安全のため」などとおためごかしを口にしたが、それを鵜呑《うの》みにはできなかった。

もし存在を消そうとしているなら、ノートを探し出し、処分するつもりだろう。

しかし、そうなると、またもうひとつ疑問が湧く。

「一、なぜ『門前さん』＝矢部光一の存在を消さなくてはならないのか」

そのあたりにまだ明確ではない「なにか」が隠されているような気がする。

そこまで書き記して、ふいに薬を飲み忘れていたのを思い出した。

バッグから錠剤を取り出してコップの水で飲み込み、ノートを閉じた。

このあと、なにが待っているのか、予想もつかなかった。「門前さん」のノートを探すといっても、空振りに終わるかもしれない。そうなれば、「門前さん」が矢部光一と同一人物である証拠はないことになる。

ため息をついて、喫茶店の窓から外を見やった。

日曜日の朝でもあり、ちらほらと人が行き来しているだけだし、八年前の傷跡はあまり感じられない。よくある地方都市といった雰囲気だ。唯一「がんばろう福島」と書かれている看板があるくらいだろうか。福島駅は内陸部に位置しているから被害そのものが少なかったのかもしれないが、表面上は平穏に過ぎているように見えた。

むろん、被害を受けた住民個々の傷は癒《い》えていないに違いない。

忘れてはならない記憶というものはあるのだ。

それはなにも被災した者だけの話ではない。誰もが忘れてはならない記憶だ。

そのことを心に止めて店を出ると、開店してすぐの書店に入って福島県の地図を買い込み、バス停へ向かった。

十時十五分発相馬《そうま》行きのバスは定刻に発車し、国道一一五号を東へ走っていく。乗客は年配の男女がほとんどで、地元の人間ばかりだった。観光客らしき姿はない。行き交う車の数も多くはなかった。

市街地を抜け、左右に耕作地が広がる地域をすぎると、やがて山が迫ってきて、長いトンネルを抜けた。ところどころに停留所があり、数人が乗り、数人が降りた。

曇り空のせいもあって、風景が徐々に色褪《あ》せていく印象がある。

午後一時近くにやっと相馬に到着した。

駅周辺は昔ながらの町並みが続いていたが、少し海側へ進むと、そのあたりは新しい造成地になっていた。それが津波で街が押し流されたことを物語っている。海岸から二・五キロの内陸まで津波が押し寄せたと聞いた。

太平洋がその向こう側に広がっていたが、いまは静かに凪《な》いでいる。

高台から海を見ていると、遠くに立った人影がひとつ、煙草をふかしながらじっと様子をうかがっているのに気づいた。よそ者への警戒感があるのかもしれなかった。まさか私服刑事ではあるまい。

人影を無視して駅に戻った。

まだここから常磐線で南下しなければ篠原町には着かない。

運行が再開して三年の常磐線に乗り込む。車両は一両で乗客は地元の人間とおぼしき者ばかりだ。しかも十人ほどしか乗っていない。

左手に太平洋があるはずだが、線路は少し内陸部を走っていくから、ときどきのぞく程度だ。それよりも、津波のあとに整地された場所が白っぽい地面をさらけ出しているのが目立つ。

窓を少し開けると、すでに秋めいた冷たい風が吹き込んで心地よい。

風に吹かれつつ流れていく風景に目をやっていると、ふと、あの日どこでなにをしていたのか、思い出していた。

それは特別な一日ではなく、単なる金曜日の午後だったはずだ。

管理人の仕事は午前中に終え、ぼんやりとテレビのワイドショーを見ていた。

するとゆらっと来た。

さほど大きいとは思わなかったが、それが長く続くうちに大きくなってきた。タンスが倒れ、事務室のコピー機が滑って行ってソファに当たった。

まずいと思って飛び出したときには、いったん揺れは収まった。だが、そのあと波状的に揺れが来て、マンションの住民も外に飛び出してきた。

火の始末は大丈夫か、住民の安否を確認すると同時に触れて回った。それからマンションの建物に被害がないか確認し、管理人室に戻ってテレビに目をやり、大変なことになっているのを理解した。

巨大な津波が東北地方の太平洋沿岸を襲ったのだ。場所は忘れたが、津波が防波堤を乗り越え、街を呑みこんでいく様子をヘリが上空から中継していた。

そればかりではない。原発が制御不能に陥ったのだ。

岐阜には日本で二ヶ所しかないウラン鉱山のひとつが東濃地区にあり、研究所なども設置されていた。

だから消防や警察でも一応の知識は持つように指導されていた。

冷却水が使用できず暴走を起こし、核物質が溶けて容器の底に溜まってしまった状態がメルトダウンと呼ばれることも知っていた。おそらくそれが起きたのだ。

ウラン鉱床でも掘り出した残土がウラン濃度の高いものだと、それを放置しておけば勝手に核分裂が進み、放射線を撒き散らす点では、同様だ。

それからは一晩中テレビをつけっぱなしにしていた。

歩いて帰宅してきた住民が夜中すぎまでいて、そちらの方も気がかりだったが、原発がどうなってしまうのか、それが問題だと思っていた。制御不能となれば、放射性物質は飛び散りつづけ、汚染が広がって行く。

そのあいだにも余震はつづき、テレビは東北の太平洋沿岸を襲った津波の様子を各地から伝えていた。

夜が明けても原発の状況は不安定だった。津波の被害状況もまだはっきりとしない。

だが、確実に放射性物質は飛び散った。それがどれほどのものか、目に見えないだけに不安はつのった。

テレビでは「専門家」と呼ばれる学者が、事故発生直後に「原発事故は交通事故より確率は低い」などと馬鹿なことを口にしていた。交通事故はその場から事故車を撤収させればそれで終了だが、原発事故は放射性物質を撒き散らす。比較対象にもならない。いまだに尾を引いているのを見れば、一目瞭然だ。

いや、そもそも原発が何なのかを知らない者もいた。それが電力を生み出していることすら、だ。

もっとも、当初は計画停電などといって騒いでいたが、時間が経つにつれ、直接被害を蒙っていない者たちの大半は記憶を風化させてしまっていることを考えれば、原発がどういうものか知ろうが知るまいが、同じともいえた……。

うつらうつらしつつ、そんなことが頭をめぐっていたらしく、気づくとつぎは篠原町だとアナウンスが告げていた。

スピードが落ち、左に太平洋、右に住宅が建ち並ぶ地域に入ると、そこが駅だった。

残っていた四人の乗客は全員そこで降りた。

路線は通じていても、これ以上先に行く者はいないということらしい。買い出しに行った荷物を背負ったふたりの老婆と、作業服を雑に着込んだ中年男は駅からてんでばらばらに歩いていく。

無人駅だから、案内板を見るしかない。

町役場を探すと、駅から五百メートルほど山側にあった。

まだ午後三時にもなっていないが、鈍色の雲と冷たい海風がすでに秋だということを実感させる。

新しく作られた舗装道路を上がって行くと、街全体が見渡せた。おそらく盛り土をしてかさ上げをしている途中なのだろう。遠くに重機が何台か見えた。

避難地区だったせいか、工事はやっと始まったばかりのようだ。

道の端に点々と設置されているのは線量計らしく、黄色いデジタル数字が忙しく変わっていた。

丘の上まで来ると、そこに町役場はあった。プレハブで急ごしらえしたのは明らかだ。看板にも「篠原町仮役場」となっている。

引き戸を開けて入って行くと、すぐ手前にカウンターがあり、敷地は二十坪ほどしかなかった。男女合わせて五人しかいない。

「こんにちは」

訛《なまり》を隠した口調で愛想よく挨拶をしてきた事務服姿の若い女性が、カウンターのところへ立ってきた。

事情を詳しく説明する手間を省き、認知症になっている人物の身元が矢部光一らしいので、その親族に会いたいと告げた。

女性はちょっと迷った顔になった。

「お待ちください」

そう言って後ろにいた防災服姿の男のところへ向かい、こそこそと話をしている。すぐに男が立ちあがり、カウンターへ来た。

「どういったご関係のかたですか」

五十過ぎらしい男は、あからさまによそ者を見る目つきだった。

「施設から頼まれて、身元を調べています。矢部光一さんの親族のかたにお会いできればと思って」

「矢部という苗字の家は一軒しかないんですが、この前の津波でみなさん亡くなられたはずです」

九十六歳の主人と息子夫婦、それにその娘がいたというが、全員逃げ遅れて津波の犠牲になったという。

「そうでしたか。矢部さんをよく御存じのかたは、いらっしゃいませんかね」

「まだ大半は戻ってきてませんからねえ」

男は何人かの顔を浮かべているらしかったが、やがて思いついたらしい。

「よく行き来してた家で、戻ってきてるのは、加藤《かとう》さんか」

机についていたほかの職員に尋ねるように振り向くと、初老の男がうなずいた。

「加藤さんがいちばん仲よかったっぺ」

初老の男がこたえ、さらにつけ加えた。

「光一ってのは、東京行って行方不明になった光一かね」

「行方不明になったんですか」

尋ね返すと、男がカウンターのところまで出てきた。

「ずいぶん前の話だよ。親父から聞いただけで本人は知らねえけど、東京行ってしばらくしたら音信不通になって、どうなったかわからねえまんまって」

「たぶん、その人です」

すると男はあからさまに嫌そうな表情になった。

「あんまり突っつかねえでちょうだいよ。昔の話なんだし」

「はあ」

「ここも津波や汚染で大変なんだからさあ」

そう口にしたものの、加藤という家の場所を教えてくれた。老夫婦が戻ってきているという。

「海べりの家は津波でやられたけど、丘の上の家は無事だったから、そこに戻ってるんだ」

礼をのべて役場を出ると、教えられたとおりに道を進んだ。

たしかに丘の上にある家は津波の被害は受けていないようだったが、住民が戻ってきていない家屋はすでに屋根に穴があき、窓ガラスも破れ、周囲は雑草に覆われていた。イノシシや野生化した犬猫が住処にしていたものもあるようだ。

やがて青い屋根の家が見えてきた。二階建てでこぢんまりとした家だ。ひと目でほかの家とは違い、手入れがされていた。

玄関で声をかけると、すぐに返事があり、白髪の女性が現れた。

名乗って用件を告げていると、奥からやはり白髪の男性が出てきた。

ふたりに用件を説明し、話を聞きたいと申し出た。

「ま、どうぞ」

夫にあがるよう促され、居間に通された。部屋はきれいに片付いている。

「ここへ戻ってきて、最初のお客さんですよ」

向き合って腰を下ろすと、にこやかな表情の夫はまずそう口にした。それからぽつぽつと矢部家のことを話し出した。

「矢部さんとこは、残念でした。しかし、こうなってしまうと、かえってよかったのかもしれない」

篠原町は戦前から半農半漁の寒村だったが、町になった一九六〇年代半ばころ、原発誘致の話が持ち上がった。その結果町が二分され、反対派と賛成派は互いに反目をするようになったという。

矢部家や加藤家は、賛成派だったらしい。

「当時はひどいものでした。地縁血縁が強いから、なおさらでね。町民だけじゃなく、外から人が入り込んできて。当時はまだこどもだったけれど、こども同士でもいがみあって。結局親から子に、しこりは受けつがれてしまっています」

話すうち、夫の顔に苦々しいものが浮かびだしていた。

要は岐阜の産業廃棄物処理場の建設と、規模は違うにしても、同じことのようだった。町議会議員の買収や、双方のいやがらせやいざこざが頻繁にあったという。

「原発が来れば、町は潤う。いい生活ができる。本気でそう信じていましたけど、賛成派のそんな言葉が、いまじゃそらぞらしい」

結果的に誘致は延期となり、いったん対立は沈静化したらしい。それを再燃させたのが、三・一一だった。

「もし誘致が決まって原発が作られていたら、どんなことになっていたかわからない。おまえらは町を全滅させるところだったんだ。隣からのとばっちりでさえ、こうだ。言い返せないですよ、汚染のことを考えればね。いまだに震えが来ます。避難解除になったとはいっても、安全だからって言われても、それを信じられますか」

にもかかわらず戻ってきたのは、そうするしかなかったからだという。

「原発は安全だ、汚染なんか大したことないって言っていた人間が、逃げ出せますか。残りの一生をここで怯えて生きていくしかない。帰還困難区域あたりでは土地の買い上げみたいなことをしているらしいですが、ここは解除になってますし」

それは一種の責任感というものかもしれなかった。だが、この問題で、住民が責任を負うべきなのかどうか。

どう返事をしていいか迷っているところへ、奥さんが茶を淹れて来てくれた。

夫婦ふたりのぶんは急須から注いだ。

「お客さまには、これで」

そう言って差し出されたのは、ペットボトルのお茶だった。

汚染しているかもしれない水で茶は出せないという。

誰もが加藤夫婦のような選択をしているわけではないだろうが、こういった生活をさせてしまっている原因におのずと怒りが起きる。

平然と茶をひと口すすってから、夫は矢部家について話し出した。

「矢部さんとこは漁業をやっててね。まあ、食うや食わずだった。そこへ原発の話が持ち上がって、最初は反対してたんですよ。海が汚されるって。でも、漁業権を買い上げるって話になった。いくらだったのかは知らないが、目の玉が飛び出るような額だったんじゃないですかね。津波で亡くなった九十過ぎの父親が、賛成に回ったんです。矢部光一というのは、その息子で長男だったはずです。二人兄弟で、次男が家を継いだわけですが、長男のほうは集団就職の連中にまぎれて家出してしまったらしい」

「となると、この土地に身寄りは、もう」

「ええ。いないわけです。ただ、漁業が中心ですからね。家族のつながりは強いですよ。矢部さんとこも、遠戚だっていう人が東京から遺体の捜索によく来ていたし」

その言葉に、ぴんときた。

「遠戚の人ですか」

「震災のあと、避難解除になるまでは立ち入りできなかったですが、何度もね」

はやる気持ちを抑えて尋ねた。

「墓は、どちらにあるんでしょう」

「墓は津波にやられなかったんで、無事です。墓石が倒れたりしたまんまになっているのもありますが」

ここから西へ少し行った崖の上に集落の墓が集まっているという。

「そこに津波で犠牲になった四人も入っています。その遠戚の者だという人がねんごろに弔ってましたよ」

壁にかかっている時計は五時に近いが、暗くなる前に行ってこられるだろうと踏んだ。

話を聞かせてもらった礼を言い、ついでに今夜どこか泊まれるような民宿はないか尋ねた。ここに泊まってもらってもいいがと言う夫へ、そういうわけにも行かないと丁重に断り、駅前に一軒だけ民宿があると教えてもらった。妻が電話をかけてくれ、今夜の予約を取ってくれた。

「賛成派だった者がやってるんです」

夫は言い訳のようにそうつけ加えた。

加藤家を出て少し戻り、坂道の途中から舗装されていない道へ右に曲がった。

しばらく緩い上り下りがつづき、虫の声に囲まれつつ雑木林を抜けると、海風が顔に当たってきた。崖の上に出たらしく、三百メートルほど先に黒や灰色の石が蝟集《いしゅう》しているのが見通せた。

そのさらに先に、太平洋がある。雲が垂れ込めた空の下で、うねりがでてきたのか、白波が少し立っている。

道なりに進んでいくと、三百基ほどの墓石が吹きさらしの中に肩を寄せ合うようにして立っているのがはっきりわかった。

墓石と墓石のあいだにある通路に入ると、不思議と風が弱まる。一基ずつ名前を見ていくうち、周囲が薄暗くなってきた。曇っているから暮れるのも早い。

たしかに倒れたままの墓石もあった。というより、そちらの方が多い。避難したまま戻ってきていない家のものだろう。

思ったよりも暗くなるのが早かった。風も開襟シャツ一枚では震えがくるほどになってきた。それを我慢し、せかされるように名前を見ていくと、やっと矢部家の墓が見つかった。

東北でよく見られる黒御影石で、他の墓ほどの大きさはなかった。「矢部家之墓」と彫られた墓の周辺には雑草が伸びてしまっている。

墓石の横腹に、昭和の初めから亡くなった者の名が、戒名とともに彫られていた。かがんで目を凝らすと、昭和五十五年に母親らしき女性が亡くなっており、そのつぎに平成二十三年三月十一日の没年が四つ並んでいた。が、光一の名前はない。失踪から七年で死亡宣告は出るが、家族は届けずにいたのだろう。まだどこかで生きていると信じて。

立ち上がって周囲を見渡しつつ、確信した。

おそらく、「門前さん」は「東京の遠戚」と偽《いつわ》ってここに来ていたのだ。そして、津波で亡くなった一族を弔った。顔を見覚えている者もいたかもしれないから、なにかしら変装めいたことをし、誰にも気づかれずにやるべきことをやった。

やはり、「門前さん」は矢部光一なのだ。

だが、その証拠となるノートは、どうなったのか。

家は津波に流されてしまい、一族は絶えた。それを承知で書いたはずだ。思い余って書き残しておこうとしたことがあったからこそ、ノートにそれをしたためた。

それを信頼のおける人物に預けたのではないかと芦田は推測していたが、一族のほかに信頼できる人物がいないと矢部本人が考えたとしたら。

つい足の先にある石板に目が落ちた。骨壺を収める穴を覆っている石板はセメントづけされていない。

西の空がひと筋夕焼けめいた色を残しているが、もはや足元は暗い。

一瞬迷ったが、それを振り払った。

バッグを横に置き、かがみこんで石板に手をかけた。力を入れつつも慎重に横にずらしていく。かなりの重さだった。少しずつ鈍い音を立てて、石がずれていく。

なんとか中を覗けるだけの空間を作った。

だが、よく見えない。いくら祐美でも懐中電灯が必要になるとは考えもしなかっただろう。

携帯のライト機能を使って目を凝らすと、かろうじてぼんやりと白い骨壺が並んでいるのが見えた。奥の方にもあるようだ。壺に書かれた文字までは読み取れないが、一番手前に四つ並んでいるのが、津波で犠牲になった四人のものだろう。ひとつは壺が小さかった。

その四つの骨壺の真ん中に、なにかが挟まっているように見えた。

手を突っ込んで探ってみた。ひんやりとした壺に手が触れると、ちょっと背筋に震えが来たが、なんとか挟まっている物に手が届いた。ぬるりとした感触が伝わる。

思い切って引きずり出した。

泥にまみれていたが、それは厚手のビニール袋だった。

逸る思いを抑え、まず泥をティッシュで拭った。半透明の袋から出てきたのは、プラスチック製の書類入れだった。

その中にあったのは、果たして大学ノート。

「矢部光一記す」と表紙にあった。

それからもうひとつ。大ぶりな手帳のようなものが、こぼれ出た。

ビニール製のアルバムケースだった。中に何枚か写真が収められている。ぱらぱら見て行くうち、一枚の写真が目に止まった。いや、釘づけにされたというべきか。

その写真には制服を身につけた男が写っていた。耳たぶをたしかめるまでもなく、写真の下に名前が刷り込まれていた。

「埼玉県警巡査・矢部光一」

二

予約しておいてもらった民宿は「しのはら」といった。

遅かったですねという主人にあいまいな返事をし、寒気がするから風呂も食事もいいと断り、部屋に入った。

じっさい墓地に一時間ほどもいて身体は冷えてしまっていたし、別の意味でも寒気がしていた。

敷いてあった布団にもぐりこみ、明かりのもとであらためて墓穴から取り出してきた品物に目をやった。

アルバムに収められていた写真は、全部で十枚。年代順に並べてあるらしく、最初のほうはモノクロのものだった。

両親と弟の四人で写っているものが、最初にあった。家の前で撮られたらしい写真だった。矢部光一は小学校の上級らしく、私服に制帽姿で、口を引き結んでいる。

二枚目もまた親子四人で、光一は中学の制服をつけていた。口を引き結ぶのは、癖らしい。

つぎの一枚は矢部ひとりで写っている。海を背景に、水着姿のもの。それから体育祭らしき背景に友人五人と写っているものが二枚あった。

ここまでがモノクロで、そのあとの二枚は工場の制服をつけ、同僚たちと談笑しているカラーのスナップ。胸の文字までは読み取れないが、それが磯部工業であることは間違いない。

つぎに現れたのが、「埼玉県警察学校卒業写真」と題字のある大型の写真だった。どこにいるのかたしかめると、一番後ろの列の右から五番目にいた。口を引き結んでいるのが目印だった。昭和四十二年一月とある。

そして「埼玉県警巡査・矢部光一」の写真がつづく。公的に写したものではなく、どこかのスタジオへ行き、記念のつもりで撮影したらしい。

そして最後の一枚になる。これは水や泥にまみれたらしく、かなり傷んでおり、写っている人物の中に光一はいなかった。ただ、最初の一枚と同じ場所で撮ったもので、老人と中年の夫婦に、小学生らしい女の子が写っていた。

アルバムを閉じ、頭を整理する。

矢部光一が鴨井俊介と名乗っていたとすると名央大学に入学したのが昭和四十三年の四月だから、一年余りで警察官を辞めたことになる。

しかし、おそらくそれは表面上のことで、それ以降も警察官だったのではないだろうか。

大学生として潜入し、学生運動の内部調査をする。

そう考えれば、連続爆破犯であると同時に警察官であるという存在に納得が行くし、潜入のために矢部光一の存在を消したのだという理屈も成り立つ。

「失礼します」

襖《ふすま》の向こうから声がかかり、急いでアルバムとノートを布団の中に隠した。

民宿の女将が顔をのぞかせ、気さくな笑みを浮かべた。

「風邪でもひいたらと思って、甘酒作ったから」

「すいませんね。いただきます」

盆を手に入ってきて、テーブルに茶碗を置いた。酒の匂いが鼻をついた。そのまま帰るかと思ったが、テーブルの上を拭いたりしている。

「お客さん、東京からですか」

「ええ」

「仕事かなにかで」

愛想はいいが、探る気配があった。

「矢部さんの関係者について、調べてましてね」

どうせ加藤夫婦からあれこれ聞いているのだろうと思いつつ、正直に答えた。

「ああ、矢部さんのね。親戚のかたってのが、ここにも何度かお泊りいただいて」

「ほう。どんな人でした」

「去年の夏ごろいらっしゃったあとはお見えになってませんけど、無口なかただったなって」

そこでちょっと手を口に持って行って笑った。

「あ、ごめんなさいねえ。具合よくないのに」

「いや、まあいいですよ。一晩寝れば元気になる」

「だといいですね。それじゃ、ごゆっくり」

愛想笑いをたたえてやっと立ち上がると、出て行った。

布団から這い出してテーブルの甘酒をひと口すすった。

酒を断っていたせいか、じわりと身体に染み込んでいく感じがした。じっさい風邪をひきかけているのかもしれない。

茶碗を手に布団に戻り、今度は「矢部光一記す」と書かれたノートを開いた。

青のボールペンで文章が書き込まれているのは十数ページほどで、残りは白紙のままだった。かなり書き損じ部分や誤字を直したりしたあとがあったが、なにかを書きかけてやめたようなところはなかった。几帳面な字で、まだ意識はしっかりしていたようだ。

大学ノートを上にめくっていく形で縦書きをしている。書き方が同じだったので、好感が持てた。

「どうやら認知症になりかけているらしい」

記述は、その一文から始まっていた。

「もしやと思って認知症に関する本を隣の古本屋で買って読んだら、ことごとく症状があてはまった。まだひどくなっていないが、早晩悪化することはまぬがれないだろう。

何日か茫然としていた。それから、こう思った。

この一生は一体なんだったのか、と。どこで間違って、こうなってしまったのか、と。

後悔がおそってきた。誰にも事実を知られないまま、死んでいくことに耐えられなくなった。

そこで、ともかくも、すべての記憶が失われてしまう前に、最低限のことだけは記しておきたいと考えた。懺悔や告白ではない。ただ、どういう一生を送ったのか、それを記しておきたいのだ。

家業を継ぐのが嫌さに東京に家出をしたのは、十五のときだった。

ちょうど原発誘致で町が割れ、親父が反対に回っていたころだ。

実家が網元ででもあればいい暮らしができたかもしれないが、船を借りて漁を細々としている実家を継いだところで、先は見えている。それなら原発を誘致して、もっと金儲けできる仕事につき、食うや食わずの生活から抜け出す方が、よほどいい。

親父にそう言うと、殴られた。

それが家出のきっかけだった。

いまから考えれば他愛もない話だ。

だが、東京に来ても、そう簡単に金を稼げるわけはなかった。

なんとか大宮で仕事を見つけて働き出した。電化製品のパーツを作る工場で、機械いじりは好きだったし、夜間高校に通わせてくれるというのも魅力だった。学校では疲れて居眠りばかりしていたが、それでも楽しかったのは本当だ。

警官になろうと思ったのは、あるときデモを見たのがきっかけだった。生活に困ったことなどないような坊ちゃん嬢ちゃんが御託をわめいていい気なものだと思った。

原発誘致に反対する学生たちが町に乗り込んできて、推進派たちをやりこめていたのを見ていたせいもある。

理想だけでは飯は食えない。

風のたよりで親父が原発反対から賛成に変わったという話を知って、それ見ろと思ったものだった。

結局は金に目がくらんだのだ。それを悪いことだとは思っていない。生きていくためには、仕方がないことだ。

不愉快だったのは、親父のようにころりと態度を変える者ではなく、食うのに困ったことがないくせに理想ばかり口にする連中だ。

あとで知ったが、苦学生と呼ばれる者もかなりいたのだが、そのときはそんなことに気は回らなかった。デモ隊と機動隊が衝突し、学生たちが警棒で殴られていくのをいい気味だと思った。

ああいう甘ちゃんを殴ったら、どんなに気持ちがいいだろう。

馬鹿げた話だが、それが警官になった理由だ。

あんな連中が社会で勢力をつけたら、たまったものではない。

本気でそう思っていたのだ。

高卒の資格で埼玉県警の任用試験を受け、あっさりトップで合格した。

十ヵ月、警察学校で学んだあと、大宮署管内の交番に勤務することになった。

そのとき、初手柄を立てた。昭和四十二年の夏、二十歳のときだ。

銃砲店に盗みに入った男を逮捕したのだ。被害はなかったが、男に事情を聞くと、銃器を学生運動の連中に売りつけるつもりだったという。

単なるデモならまだいいが、武装するとなれば、問題だった。それを阻止するためにも、何らかの手を打つべきだと、身分もわきまえずに上申書を書いた。

それが県警本部長の目に止まったのだろう。しばらくして本部に異動となった。

着任の当日、本部長室に呼び出されたとき、そこには県警本部長がひとりで待っていた。

ちらちらと黒目が動き、値踏みされているような気持になった。

警察を辞めてもらう。

ソファに向き合って座ると、開口一番、そう本部長は告げた。

なにを言いだすのかと思った。

大《おお》野《の》邦《くに》夫《お》本部長は、警察庁から出向してきていたキャリアで、野心に燃えているとは聞いていた。それが部下に警察を辞めろというのは、どういうわけか。

きみは定時制高校卒業にしては、優秀だ。身元調査も問題はない。だから選ばれた。

大野本部長が、手にした履歴書を縦に破った。

きみはいまから矢部光一ではない。これから話すことは、極秘事項だ。上層部のさらにごく一部しか把握していない。いいかね。

確認をとるように尋ねられ、うなずいてみせると、言葉をつづけた。

じつはきみに名前を変えて名央大学へ入り、学生運動をしている連中の動向を探ってほしいのだ。

耳を疑った。そんなことをしてばれたらどうなるのか、不安も起きた。

敵陣営に潜入することが昔からよくあることだというのは知っていたが、警察がそんなことをするとは思ってもいなかった。それが法的に許されることなのかどうか、判断もできなかった」

思った通りだった。こんなことが明るみに出たら、警察への非難はまぬがれない。だからこそ、事態収束のために公安が動いているわけだ。

もちろん、矢部光一が書き残した文章の内容がすべて真実と決めつけることはできない。だとしても、大枠で嘘はないように思えた。

記述はさらにつづく。

「上申書だけでなく、それ以前の経歴もあらためて確認し、学生運動に嫌悪感を持っているのだと判断し、抜擢されたに違いない。

大野本部長は前例を持ち出した。

ロシア帝国の秘密警察は、革命運動をしている集団に何人もの人間を潜入させ、そのうちのひとりは皇帝爆殺をその手でおこなったのだ、と。日本でも、戦前には同じような潜入者が銀行強盗を指揮したこともある、と。

そして、こんなことも言った。

軍は、現状に不満があるとき、クーデターを起こして都合のいい社会を一気に作ろうとする。しかし、警察はそんなことはしない。警察は、現状に不満があれば、社会そのものをコントロールする。治安の維持という任務には、そういう側面もある。

あとで知ったが、わざとテロなどを引き起こして政情不安をあおり、それに乗じて警察による治安維持の強化をはかる手段を考えていたらしい。『緊張の戦略』と呼ばれる手法で、のちにイタリアで同様の計画が実行されたのが発覚している。

きみにはその一翼を担ってもらいたいのだ。

ここまで打ち明けたのだから、断れはしないぞという口調で、本部長は告げた。

同じようにリクルートされた者がほかにもいたのかどうかは、知らない。だが、そのとき人生の歯車が狂ったのだ」

その通りだと思う。矢部光一が「門前さん」となって現れることになったのは、ここがスタートだ。

「それから三ヵ月、極秘の訓練を受け、翌年、形だけ受験をして名央大学に合格した。

最初、学生運動の活動家に接触はしなかった。逆に、そういった活動に距離を置いている学生といった素振りで、向こうからオルグを仕掛けて来るのを待った。

名央大学でも学費値上げをきっかけに運動が活発化し、一般学生も巻き込まれ出した。それに乗じてあるセクトから接触があり、まったく疑われることなくグループに加わって行った。

日大闘争、安田講堂の攻防、神田カルチェラタン。成田にも行った。

大きな活動があるたびに、先頭に立って学生をあおり、徐々に信頼を勝ち取っていった。内ゲバで頭を叩き割られたこともある。

そのあいだ、定期的に連絡員とも接触した。落ち合う場所は、つねに変わった。銀座松坂屋《ぎんざまつざかや》の屋上、葛飾《かつしか》の名画座、矢切《やぎり》の渡し船、川崎競馬場、その他その他。

時間が必要な打ち合わせのときには、帰省するという名目で長野の松本《まつもと》にあった旅館で落ち合った。

急を要する場合には、わざと逮捕された。二十三日の逮捕・勾留期間を『完黙』で押し通したという形で釈放されれば、それだけ信頼も増した。当然、そのあいだ活動方針について打ち合わせをしていたわけだが。

打ち合わせや連絡は、基本的に学生の活動をどの方向に導くか、が主題になった。当局からの要望と、活動状況とのすり合わせだ。

しかし、騒乱罪が適用されたのはたった一度、新宿《しんじゅく》騒乱のときだけで、運動は七〇年代に入って退潮して行った。

学生側が自滅していったともいえる。

そこに出てきたのが連合赤軍だった。武装闘争を明確に打ち出したのが、大野のいう『コントロール』ゆえかどうかは知らない。ただ、当局としては歓迎すべき展開だったのは間違いない。

連合赤軍によるあさま山荘事件は、警察力を示すいい機会だった。

ただ、その後発覚したリンチ事件までは警察にも予測がついていなかったのだろう。一気に連合赤軍も崩壊し、あとが続かなかった。

爆弾テロを引き起こせないか。

そのころ、打ち合わせで、そういう指示が出された。

それまでの全学連とは一線を画した集団を組織し、爆弾テロで社会を不安に陥れれば、治安維持強化につながるという計画だった。

武装化の危険を上申書にしたためた同じ手が、爆弾テロを行うなどとは思ってもみなかったが、結局は実行することになった。

実行者は、表向き一般人を装って生活をし、それまでの学生運動のように集団化せず、デモもしない。

それが当局の要望だった。

つまり、『危険な人物』は日常生活の中に潜んでいるのだと思わせようとしたのだ」


時系列が混乱しているところもあるようだが、書かれている内容は、おおむね間違いではないだろう。

あっさり書いているのも、時間が諸々の余計な部分を洗い流してしまったからだとは思う。

ただ、学生運動のメンバーとなって潜入するのだから、神経を使ったに違いない。半分は進んで警察に協力したのだとしても、発覚したら存在を抹殺されかねない立場に置かれたことになる。むろん、そのことは自覚していたのだろうが、そういう状況に追い込んだ者に対する怒りは、なかったのか。

矢部の記述は、そのあたりの心情を書かないまま、淡々と進んでいく。

「まず、それまでの学生運動に幻滅した面々を探し出しては仲間にしていった。と同時に、爆弾製造も進めた。機械いじりは得意だったから製造はすべてやったが、その設計図と必要な薬品類は連絡員が調達してくれた。

当然だが、人の命を奪うのが目的ではない。

爆弾はそれなりの威力を持っていたが、一般人に恐怖を植え付けるのが目的だから、爆破対象は人のいない記念碑や施設だった。もちろん、ただの記念碑や施設ではない。

最初はＡ級戦犯を祀《まつ》った施設、アイヌ民族を『支配下におさめた』とする記念碑といった、いわば日本帝国主義の象徴的なものが対象だった。

これらの標的はメンバーそれぞれが提案し、全員同意の上で実行に移された。

やがてその対象は企業にも向けられていき、ついには誰が言いだしたのか、『日本の支配者たちに死を』という話になった。

任務を命じられたとき、本部長が口にしたロシア帝国時代の話を思い出した。潜入者は革命運動を指導し、ついには皇帝の爆殺までおこなったのだった。

連絡員にその計画を話すと、しばし考えたあと、うなずいた。

いいところに目をつけた。計画は進めてくれ。ただし、実行直前に中止になるようにしてほしい。

じっさいには決行されずとも、あとでそういった計画があったということが発覚すれば、それはかなり『効果的』だというのだ。

結局鉄橋に設置した爆弾の時限装置が誤作動を起こすようにしておいて失敗はさせたが、計画があったという事実は残った。

同時進行で企業の爆破も続けられたが、六度目の丸《まる》の内《うち》での爆発のとき、指示が出た。

連絡員はこう言った。

いままでは地方や小さな施設が多かった。しかし、今度は都心の真ん中だ。ここで大きな花火をあげれば、恐怖心も左翼への拒否反応も一気に高まる。

だから爆薬の量を多くしろというのだ。

それが失策だったのは周知の通りだ。予想より大きな被害を引き起こし、死者も二十人出してしまったのだ。

被害者を出さず、『日常生活の中に危険人物がいる』という恐怖心をあおるだけと知らされていたのに、死者が出た。

上層部でどのようなやりとりがなされたのか、この件の発案者の責任はどうなったのか、そのあたりははっきりしない。

だが、犠牲者が出るように仕向けたのに違いないと思う。ただ記念碑や施設を爆破するだけでは、一般人に恐怖を植えつけるには不足だと考えたのだろう。

じっさい、丸の内での爆破事件を境に、それまでさほどでもなかった批難が起こった。

警察はなにをしているのか、さっさと凶悪な犯人を捕まえろ。

その声が起きるのを待っていたに違いない。

恐怖と反感を国民に植えつけたのだ。あとはメンバーを見事に警察が逮捕すればいい。

一斉逮捕が決定したとき、連絡員は雑魚の数名は逮捕せず、逃亡させると言った。

おまえが逮捕されてしまえば、いままでのように証拠不十分で釈放になったとしても、マスコミが追ってくる。おまえは逮捕されてはならない。しかし、おまえだけが逃亡したとなれば、メンバーが疑うに違いない。だから、おまえも含めて数人は逃がす。

そういう話だった。

そして昭和五十年の五月、一斉逮捕がおこなわれた。

指示された通り五人ほど逃亡させた。そのうちのひとりが、中山喜一だ。

それからひと月ほどして、潜伏していた五反田のアパートを探し出した中山がやってきた。

今回の一斉逮捕はおかしいというのだ。情報がどこからか漏れたに違いない、と。さらにこう言った。

一斉逮捕の半月ほど前、じつはあんたを池袋《いけぶくろ》の文芸坐で見かけたんだ。小屋に入って行こうとしていたよ。声をかけるのはどうかと思った。なにかあたりを警戒しているようだったからね。しかし気になって、あとを追って小屋に入った。

見られたのだ。連絡員との接触を。

血の気が引いたが、そんなことは知らぬげに中山は冷静な声でつづけた。

あんたは一番前の席に座っていたが、映画を見ている様子はなかった。ちなみにその日かかっていたのは『ダラスの熱《あつ》い日《ひ》』だ。そうだったよな。しばらくすると、すぐ後ろの席に誰かが座り、あんたとこそこそ話をしているようだった。二階席にいたんで、聞こえはしなかったがね。十分くらいだったか。話を終えたらしく、男が先に出て行った。ケネディがダラスに到着したところで、これから起きる悲劇を見たかったが、それよりも出て行った男をつける方が大事だと思えた。

その男、どこへ行ったかわかるか。馬鹿まるだしで、まっすぐ警視庁に入って行ったよ。

中山は、言い終えると、ナイフを取り出した。

イヌが。

吐き捨てて飛びかかってきた。

やむを得なかった。立ち向かっていき、揉みあっているうちに中山を刺していた。しばらくもがいていたが、やがて胸からほとばしる血にまみれて、中山は死んだ。

動転してどうしたらいいのか、しばし呆然としていたが、とにかく身元が発覚するのはまずい。とっさに思いついた。

中山を鴨井俊介としてこの場で死んだことにしてしまえばいい。

すぐさま身体検査をして、身元のわかるものを取り去った。

あのとき、なぜ鴨井俊介の学生証を中山に持たせなかったのかといえば、正直なところ動転していたからだが、それからずっと持ち続けるとは思ってもいなかった。

ともかく、それから隠し持っていた時限爆弾をふたつ、一時間後に爆発するようにセットして、中山の死体をその上におおいかぶせ、アパートを出たのだった」

身体がほてり、頭の芯がしびれてきたのは、甘酒のせいではない。

捜査本部が鴨井と中山を取り違えた原因は、これだったのだ。

矢部の記述によれば、そのあとすぐに連絡員と接触し、事情を説明したようだ。すると、死亡したのが鴨井俊介であると捜査本部に誤情報をリークする、おまえはしばらく国外に離れろと命じられたらしい。そこで「成瀬道夫」名義のパスポートが発給されて台湾に逃亡したのだ。当時国交を断絶した直後ではあったが、だからこそなおさら台湾は都合がよかったのかもしれない。

つまり、大野邦夫は矢部の犯行を隠蔽《いんぺい》し、その結果、矢部光一の存在も完全に消えたのだ。

台湾での生活は資金も出ていたらしく、海外に潜伏しているぶんには、何の問題もなかったようだ。

にもかかわらず、なぜ日本に舞い戻って来たのか、そのあたりのことも、ノートには書かれていた。

「昭和が終わったと聞いたとき、学生運動などはるか昔の話になってしまったと思った。

そう思うと、日本がひどく恋しくなった。

潜伏の資金はわずかだが定期的に送られてきたし、言葉も長年居ついていれば、多少は通じるようになる。だが、気持ちは落ち着かない。人間同士の心の通じあいというものがない。人を殺しておいていまさら何をと思うかもしれないが、罪を問われることでさえ心の通じあいのなせるわざだ。いまさら責任がなかったなどと言うつもりもない。どんな仕打ちが待っていようと、とにかく日本に帰りたいという思いがつのっていった。

それが決定的になったのは、国際電話をかけたせいだった。

いま実家がどうなっているのか、気になっていなかったわけではなかったが、それまで連絡を取ってみようなどと考えたことはなかった。長年異国で潜伏し、弱気が出たのだともいえる。

オペレーターに実家の電話番号を告げ、しばらく待つと、若々しい女の声が応じた。

あわてて切った。

あとから考えると、それが弟の嫁だと推測できた。

親父やおふくろがどうしているのか、弟夫婦にはこどもがいるのか、生活は成り立っているのか。

訊きたいことが頭にあふれた。

だが、矢部光一はすでに存在しない。いまさら家族の前に出ても、いったいなにをしていたのか説明すらできない。いや、事情を説明などしたら、それだけで身の危険がある。

家族に会うことは決して許されないだろう。

だが、それでも日本に戻りたかった。誰かと心を通わせたかった。

独断で、台湾を離れた。

約束では、ほとぼりがさめたら帰国させてくれるという話だったし、もうじゅうぶんほとぼりはさめたと思った。日本に戻って頼めば、新しい身分を用意してくれるはずだとも、信じていた。

そこで『林源文』名義の偽造パスポートを闇ブローカーから手に入れて日本に入国し、すぐに連絡を入れた。

だが、思惑は外れた。

あわてて接触してきた若手の連絡員は、かつての経緯も知らず、杓子定規《しゃくしじょうぎ》に台湾へすぐに戻れと告げた。

はいわかりましたなどと素直に帰れるわけがない。いや、帰るべき場所は日本だ。

相手は聞く耳を持たなかった。

以後、連絡を取ろうとしても、取れなくなってしまった。

あとで知ったことだが、その時期、かつてキャリアとして埼玉県警に出向していた大野邦夫は警察庁の警備畑を歩み、ついに警察庁の次長にまで出世していた。そんなときにかつて学生運動をコントロールするために潜入者を使ったなどという事実が明るみに出れば、失脚は免れない。

しかも、連続爆破事件を引き起こし、死者まで出したのだ。

いや、考えてみれば、そもそも『緊張の戦略』じたいが、大野の出世の手段だった。

使い捨てにされたのだ。使い捨てにされたのだ。使い捨てにされたのだ。

何度でも書き残してやる。

使い捨てにされたのだ。

いや、気づかなかった方が間抜けなのかもしれない。社会をコントロールする側にいるとばかり思い込んでいたが、最初からそんな場所になどいなかったのだ。唯一人、すべてを動かしていたのは、出世した大野邦夫だけだった。

次長にまで出世し、参議院議員にもなった大野は、そのときどきで敵対する陣営が致命的なミスを犯し、それに乗じてのし上がった。だが、大野を知っている者から見れば、それらはすべて緊張の戦略の応用だった。敵陣営内部に送り込んだエスと呼ばれた『協力者』によってミスを引き起こさせたのだ。敵対する者や集団が複数であっても、同様だ。手を汚さずに、相手を潰す。内実を知らない者が見れば、何もしていないように見えるわけだ。

そうやって、大野は勢力を拡大した。そして多くの者を使い捨てにしたのだ。

すでに使い捨てにしてしまった者に、大野が情けをかけるはずもない。場合によっては口封じをされてしまう可能性だとてある。

身の危険というより、無力感が起きた。

もはや台湾には戻りたくない。

となれば、せめて大野の目から姿を隠して生きていくしかない。

東京では顔を見知っている者もいるかもしれないから、大阪の西成へ行き、そこで新しい身分を手に入れた。ドヤなら戸籍を買うことくらい簡単だった。『小渕誠』という男から戸籍を買い取り、日雇い労働でしばらく生活をした。

あとの人生をほそぼそと西成で生きて行けばいい。

たしかにマスコミに洗いざらいぶちまけてやろうと思ったこともある。ただ、そうなると中山喜一をこの手で殺したことも告白しなくてはならない。胸を張って大野の犯罪を告発できる立場にいたわけではない。だから罪を抱え、沈黙したまま消えていくのがふさわしいのだ。

そう思っていた。

しかし、連中は放っておいてくれなかった。

大野邦夫の指令が出たに違いないと思っているが、監視者らしき人間が目につくようになった。いつ過去を暴露するかわからないと疑っていたのだろう。暴露するつもりなどないと訴えたところで、大野が信じるはずもない。

酷薄な監視の目にいつもさらされているくらいなら、いっそ抹殺してもらったほうが楽だ。せめて監視だけでも振り払えればというのが、当時の思いなのはたしかだった。

一九九五年は年の初めから神戸の建設現場に泊まり込みで働いていた。飯場の朝は早い。五時には現場に行く準備を始めなくてはならない。一月十七日も、そうだった。

トラックで出発し、高速に乗り入れようとしたときに、地震が起きた。

仲間とともにあわててトラックから逃げ出すと、高速道路が地響きを立てて倒れて行くのが、つい目の先に見えた。ビルが崩れ落ち、横倒しになる。

そのあと、どうしていたのか、あまり記憶がない。

気づくとトアロードをさまよっていた。仲間とは、はぐれていた。落下物にでも当たったのか、左腕がしびれて動かない。見ると血まみれで、骨折しているようだった。住民が悲鳴をあげている。ところどころで火災も起きているらしく、まだ夜が明けきっていない薄闇の中で橙色《とうしょく》の炎がちらちらしていた。

ふと見ると、目の前の瓦礫の中に、半ば埋もれている死体が何体もあった。まだ生きているのではないかと思うほどに生々しいものばかりだ。

そのうちの一体に目が引き寄せられた。服装で男の死体とわかった。落ちてきたコンクリートの塊かなにかで顔が潰されていた。息絶えているのは確実だった。

そのとき、中山との一件がよぎった。

この男に成り代われれば、監視を振り払うことができる。

そう思ったと同時に、男の身体をまさぐっていた。上着の内ポケットに財布があった。中には現金が十万ほどと、免許証があった。

『町田幸次』という男だ。年恰好も似ている。

ただ服装が、日雇いの『小渕誠』にしては立派すぎた。日雇手帳を服のポケットに入れておいても、かえって怪しまれるに違いない。中山のときと、そこだけは逆だった。

免許証と財布を手に、そのまま急いでその場を立ち去った。いまから『町田幸次』だと言い聞かせながら。

震災の混乱で監視の人間も死んだかもしれないし、このまま行方がわからなくなったとすれば、次長もあきらめるだろう。

救護所で左腕の怪我を手当てしてもらい、その日のうちに神戸を離れた。

あの年は混乱の年だった。

三月にはカルト教団による地下鉄サリン事件が起きたが、おそらく当局は事前に察知していたはずだ。

その前の年に長野の松本で起きたサリン事件も犯行を予測していたに違いない。あのときは無実の者が犯人ではないかとメディアで騒がれ、バッシングを受けもした。それでも知らんぷりだった。

カルト教団を壊滅させるために、地下鉄サリン事件という大きな事件を引き起こすまで、犯行予測をしていたにもかかわらず、放置していたのだ。それが常套的なやり口なのは、内情に通じた者にとっては当然だった。

すべてはコントロールだ。

連中は『神』になった気でいる。事件を起こすか起こさないかは、情勢の判断で決定される。

だが、さすがに大地震まではコントロールできなかった。

おかけで監視の目を逃れられたのだ」

阪神・淡路大震災以降、大野邦夫は矢部光一が死亡したと見なしていたのだろうか。となると、寝た子を起こしたことになる。

苦い思いが走った。いいように使い捨てられた矢部は、身をひそめて静かに生活をしていた。それなのに、ふたたび公安が動き出したのは、そもそも指紋照合など依頼したからだ。

後悔の念とともに、さらにページを繰った。

「川崎にやってきたのは、別に何かしらの意味や思いがあったからではなかった。都心に入れば発見されてしまうかもしれないとは思っていたが。

あちらこちらを転々としたあと、怪我が癒えて、たまたま川崎に流れ着いただけだ。そこで大山利代に出会ったのも、一緒に生活するようになったのも、なりゆきだ。

だが、利代がかつて大学で運動をしていたときに恋人だった女によく似ていたのは本当だ。

同じ名央大学の文学部生で、学生運動に接触する前から恋仲になっていた。『政治になど関心がなく、女といちゃついている学生』というカムフラージュに格好ではあった。しかし、そのうちに情が移った。本気になっていた。

やがて活動に加わり出すと、その女は学生運動などやめてくれ、退学してどこか田舎へ行って農業でもやろう、ふたりでひっそり生活しようと懇願した。

本当は、そうしたかった。

だから、一度だけ足を洗いたいと連絡員に告げたことがある。

すると、意向を伝えてみると連絡員はこたえた。

女が対立セクトに襲撃され、一週間苦しんだあげくに死んだのは、そのすぐあとのことだった。

怒りが爆発した。連絡員も怒りとともにけしかけてきた。

恋人をあんなにされて黙っているのか。対立セクトを殲滅《せんめつ》しろ。

むろん、言われるまでもなく、報復した。

しかし、あとから考えれば、あれは警察がわざと彼女を襲わせたのだ。時期からして、それは間違いない。それに気づかなかったのは、愚かというしかない。

それに気づいたとき、もはやこの道から逃げられないと実感した。怒りをぶちまけ、組織を先鋭化させるしか、恋人を失った悲しみを癒す方法はなかった。

その女に、利代は似ていた。もしかすると、出会ったのは運命だったのかもしれない。

あのとき失ったものを、いま取り戻せるのではないか。

前夫を亡くし、黙々と酔っ払いの相手をしつつ生きている女。

傍目《はため》にはまったく違うと映るかもしれないが、そこにしか居場所がなく、それを不満とも思わず生きている。

陰謀や策略などとは無縁の存在が、かつての恋人とだぶったのだ。

利代のことを守ってやろう。そう思い、一緒に暮らし始めた。

『亀屋』の仕事は、楽しかった。小さな店だったが、それを切り盛りし、人並みの生活を送れるようになった。心の通じあいがたしかにあった。

もう昔のように他人を陥れるような真似をする必要もない。

一生を通じて、この二十数年が、いちばん幸せだったともいえる。

生き直すことができたと言えばいいか。

利代には感謝するしかない。独りでいつづけていたら、きっと精神的に参っていたのではないだろうか。

このまま歳を取り、死んでもいいと思うようになっていった。

しかし、そうはいかなかった。

また大地震が運命をうごかした。

三月十一日の地震が起きたとき、すでにできあがっている常連の客が三人ほどいた。たいてい昼を回ると、常連客はやってくる。その代り夜は九時で終わりだ。

最初は小さな揺れだったが、しだいに大きくなり、客たちはあわてて店の外にコップを手にしたまま逃げ出した。『亀屋』が潰れるのではないかと思ったのだろう。

腰の抜けた利代をカウンターの中でかばい、揺れが収まるのを待った。店が潰れるならそれまでと覚悟を決めていたが、かろうじて店は形を保ち、いったいどこが震源なのか、棚の上で落ちずにいたテレビをつけた。

岩手、宮城、福島。

画面上の地図の沿岸部分に赤い線が引かれ、それが点滅していた。

アナウンサーの緊張した声が、津波がやってくるまで時間がない、できるだけ海岸線から離れろと繰り返していた。

それからずっと、店に戻ってきた客とともに、各地から送られてくる生中継の画面に目を釘付けにされていた。

篠原町。

唐突に発せられたアナウンサーの言葉に、はっとして画面に目を向けると、『二十メートル』の津波警報が出ていた。

懐かしい名前が、こんな形で目の前に示されるとは思ってもいなかった。家を捨てて逃げ出したとはいえ、胸が締めつけられた。

家は海岸の近くにあったから、どうなっているのか、そればかりが頭を占めた。

そのうちに原発が危険な状態だというニュースも流れ、放射性物質がかなり漏れ出したと告げた。

すぐにでも篠原町へ行きたかった。

だが、交通は寸断され、駆けつけるわけには行かなかった。

一週間待って、利代と店の片づけをなんとか終えたあと、水素爆発をした原発を避けるように福島市経由で相馬へ向かった。

津波は相馬町を壊滅させていた。常磐線は不通で、そこから篠原町までは行けなかった。汚染で篠原町の住民には緊急避難命令も出されていた。

それから何度も足を運ぶうち、やっと篠原町は避難解除になり、遺体の捜索にも加わった。父親と弟夫婦、それにその娘。四人とも家とともに津波に呑みこまれて死んだ。家そのものが沖へ流されてしまっていたから、遺品はほとんど回収されなかった。

ただ、家のあった付近の泥の中から、写真が一枚見つかった。家の前で撮った写真だった。父親と弟、初めて見たその妻と娘。四人がカメラに向かって微笑んでいた。

そこに矢部光一は写っていない。

こうなるとわかっていれば、せめてまだ生きているのだということだけでも伝えておきたかった。悔いが残る。

埋葬のとき墓石の横腹を目にして、その思いは強くなった。失踪したにもかかわらず、死亡宣告をしていなかったのだ。

捨てたと思っていた家族が、生きていると信じて帰りを待ってくれていた。

なぜ一度でいいから、篠原に帰らなかったのか。

いくら後悔しても、もう元には戻れない。

家族だけでなく、篠原町も同じだ。

もはや、昔の篠原町はない。津波だけならまだしも、汚染のせいで町が元通りになることはない。

誘致は立ち消えになりはしたが、原発は安全で町を豊かにするといって『篠原原発』ができ、それが制御不能になっていたらと思うと、おぞけが走る。誰かの利益のために、町民はいいように『コントロール』されていただけなのだと気づいているだろうか。

金を儲けて、いい暮らしができる。

たしかに、一面ではそうかもしれない。しかし、本当に『金を儲けていい暮らしをしている』のは誰か。

人生を踏みにじられた者は、もっと怒っていい。

そこで、同じような愚を犯す者がないようにとの思いから、この記録と矢部光一が何者だったかを証明するものを墓に納めることにしようと決めたのだ。

警察に使い捨てられ、踏みにじられた人生を送った人間がここにいたのだという証しを、残したかった。

こうして文章を書いていても、うまく日本語にならなかったり、言葉がなかなか出てこずに苦労した。

物忘れも多い。記憶があいまいになってきてもいるし、そもそも生きる意欲がなくなりつつある。

おそらく、あと一年もせずに意識は混濁してしまうだろう。

後半生をともに過ごした利代に面倒をかけてしまうことが、いまは申し訳なくて仕方がない。

結局正体を明かさないまま終わることも、済まないと思っている。

しかし、利代が唯一の家族であることに変わりはない。

苦労をかけさせたくないから、どうしようもなくなったら、どこかの施設に捨ててほしいと言ってある。

それは野垂れ死にに近いかもしれない。だが、怖いとは感じない。ただ、寂しい。

そんなとき、ふと、考える。

記憶がポロポロとこぼれ落ちていってしまい、なにもわからなくなる直前、最後に残される記憶は、いったい何だろうか、と。

それこそがその人間の生きた証しでもあるように感じられる。

いったい何が最後に残るのか、それが唯一の不安だ。

二〇一八・六・二二　矢部光一記す」


翌朝、民宿「しのはら」を出たのは、午前七時前だった。

常磐線の一番列車に乗るためだ。

朝靄《あさもや》がまだ消えやらず、気温もかなり下がっていた。

来たときに同乗していた中年男ひとりと、これも同じ老婆がふたり一緒に乗り込んだだけで、列車は走り出した。先に乗っていた客はいない。

町を離れるにつれて靄も消えて行き、潮の香りとともに、太平洋がちらちらと輝きを見せ始める。

もっとも、視線はそちらに向けていても、意識は膝の上に抱えたバッグにあった。そこには矢部光一の書き残したノートと警察官であった証拠の写真が収まっている。

ノートの記述をすべて信じるわけではないにしても、いままで起こった諸々の出来事に一本筋が通ったと思えた。

と同時に、矢部光一の無念の思いも、伝わった気がした。

家業を継ぐのが嫌だっただけで、家族を嫌っていたわけではない。町が原発誘致で割れ、賛成派に回ったために、反対運動に乗り込んできた学生たちに嫌悪を抱いた。そして警察官となり、リクルートされたことが、それ以後の運命を左右することになった。

心ならずも中山喜一を殺してしまい、台湾に逃亡せざるを得なくなっても、やはり日本に戻ってきたいという思いは残されていた。

新しい身分を与えてもらえると信じて戻ってきたにもかかわらず、大野邦夫はそれを拒否しただけでなく監視までつけた。

連中が現在も「門前さん」を監視するだけで逮捕に踏み切らないのは、その延長にあるからだ。

二宮の言った「身の危険がある」というのはごまかしにすぎない。いわば生き証人である矢部が死ぬのを待っているのだ。何かまずいことでもされてはたまらないといったところか。

矢部にしてみれば、いい面の皮だ。

だからこそ、「門前さん」つまり矢部は最後の抵抗としてノートを書き記し、それまで隠し持っていた身分証類を「亀屋」に残した。

そもそも警察官の指紋は、死亡が確認されると廃棄される。それまでは退職しようともデータベースに残される。指紋照合を依頼した時点で、それが矢部光一の指紋だと確認できたのは、少なくとも公安筋が矢部は死亡していないと見なしていた証拠だ。

だが、いまそれを証明できるのは、ここに持っているノートとアルバムの写真だけだ。当然、公安はそれらも処分しようと考えているだろう。

だからまず、この物品をどう扱うか、が課題だった。

ほかにも課題はある。

ノートに記してあったように社会を「コントロール」する立場にいると錯覚していたのは、たしかに矢部の若さゆえの愚かさだろう。途中で気づいたとしても、引き返せないところに来ていたのも、同情はできないが、理解はできる。

しかし、まず最初の「社会を警察の都合のいいようにコントロールする」という発想が問題だ。

その結果潜入者を仕立て謀略めいたことを仕掛けることになり、矢部はその犠牲になったのだ。

当時、学生運動をしている者の中にはエスがかなりいたから、警官が大学生となって潜り込んだ例もあったことは想像に難《かた》くない。ただ、その手で実際に犯行を行わせるところまで進めるというのは、警察の暴走にほかならない。

その馬鹿げたことを考え出したのが、当時埼玉県警の本部長であり、のちに警察庁の次長にまでなった大野邦夫というわけだ。

この男をこのままにしておいていいのか、どうか。

さらに、まだわからないことがある。

クルーカットの男とその背後関係が、この一件にどうかかわっているのか、だ。芦田弁護士を殺してまで、矢部光一の身元調べを阻止しようとした理由がまだはっきりしていない。

そして最後に、この事態をどう収束させるのが一番いいのかという課題が残っている。

もちろん、「門前さん」にとってという意味だ。

矢部光一と「門前さん」がまったく別人だったことにしてしまえば、公安は手を引くだろう。

しかし、それが「門前さん」にとっていい結果なのか、どうか。

違うに決まっていた。

手記にはあからさまに書かれていなかったが、誰にも知られず消え去ってしまっていいと考えるなら、「亀屋」に身分証類を残すはずがないし、ノートにわざわざ過去の経緯を書き残すこともしないはずだ。

それを見つけて代わりに訴えてほしいと、託したのだ。

そして、それに選ばれたからこそ、こうしてここにいるのだ。

三

来たときと逆のコースをたどって福島駅に着くと、駅ビルのおみやげコーナーに向かった。べつにどれでもいいのだが、ついみやげとしてふさわしそうなものを選ぼうとして迷ってしまう。すぐ開けてもらうためには、やはり菓子類がいい。

「れも」と名づけられている菓子が目に止まった。漢字で「檸檬《れもん》」と書いて「れも」と読ませるらしい。クリームチーズをレモン風味で焼き上げたものと説明がある。

十二個入りをひとつ買った。配送かと訊かれたから、持ち帰りだと答えて包んでもらった。黄色い包みで、まさにレモンだ。

それを手にタクシー乗り場に向かった。だが、個人タクシーが見当たらない。駅前から少し外れた街路で待っていると、数分で一台走り込んできた。手を挙げて停め、乗り込む。

「どちらまで」

いやに顔の間延びした五十がらみの運転手が帽子をかぶり直しつつ訊いてきた。

一万円札を五枚差し出し、料金台の上に置いた。運転手の目がそれに吸い寄せられる。

「前払いです。きょう一日貸し切りにしてください。これじゃ足りませんか」

「え。いや、これならじゅうぶんですが」

戸惑いがちに答えた運転手をせかした。

「じゃ頼みます。このあたりの名所をざっと回ってもらえれば」

「は。名所ですか」

「名所でなくても、少し駅から離れてぐるぐる回ってくれれば」

「まあ、そりゃ回れってことなら」

考え考え、運転手は車をスタートさせた。

背後をたしかめたが、監視者はいないようだった。

万が一を考えれば、これからやることは知られない方がよかった。

しばらく走ると繁華街が途切れ、住宅地が広がり始めた。

「近くにコンビニはありませんか」

尋ねると運転手はすぐさま応じ、何度か道を曲がってコンビニの駐車場に車を入れて停めた。

「ちょっと待ってて」

言い置いて、店に入った。

コピー機で矢部光一の記したノートとアルバムの写真をすべてコピーしたあと、必要な文房具とペットボトルのコーヒーを二本買い、タクシーに戻った。

運転手はなにかまずい状況に巻き込まれたのではないかという顔つきで運転席に座っていた。

乗り込んで、後ろからコーヒーを一本差し出す。

「あ、どうも」

用心深そうに受け取った。

「一服しましょう。すぐ出なくてもいいので」

「はあ」

「べつに悪いことをしてるわけじゃありません。迷惑をかけるつもりもない」

「いただきます」

ぼそっと答え、運転手はペットボトルを開けてひと口飲んだ。運転手の名前と写真が掲げてあるのに目をやってから、つづけた。

「小島《こじま》さん、家族は」

わずかにためらいがあったが、小島は答えてきた。

「高校生の娘がひとり。女房は津波でね」

「そうですか。悪いことを聞いた」

「いえ。お客さんは」

「同じようなものですよ。娘がひとり」

「じゃ、奥さんはやっぱり津波で」

「いや、病気で亡くしました。娘は大学生」

「そうですか。大学くらいはと思ってるんですが、タクシーのあがりでは生活費にかつかつで」

「でも、娘さんがいるから励みにはなるでしょう」

「そりゃもちろん。あいつまでいなくなったら」

小島は肩をすくめて見せた。

その言葉を噛み締めた。

「そろそろ行きますか。台風も来ているようだし」

「いや、ちょっとここで荷造りをしたいんで、それが終わったら」

「わかりました。じゃ、外で煙草吸ってきます。終わったら教えてください」

見られてもべつに構わなかったが、小島はそう言うと運転席から出て行った。

コンビニで買い込んだ文房具を取り出す。

福島駅に戻ってくるバスの中で、昨日からの経緯とわかったことを忘れないうちに記しておいた「いわゆる門前さんの件について」と、矢部の残したノートとアルバムを茶封筒に入れて、まず密封した。

それから「れも」の包装を開いて箱の中にある菓子を取り出した。

少し厚みがあったが、箱の底にちょうど封筒が入った。その上に菓子を戻して、ふたたび包装した。ここまでやらなくともよかったかと、滑稽《こっけい》さにちょっと苦笑が漏れた。

コピーのほうは同様に茶封筒に入れ、バッグに突っ込んだ。

さらに、さきほど買った厚めのノートを二冊、別の茶封筒に入れ、封をして送り先を書き込み切手を貼る。宛て先は芦田法律事務所とした。

コーヒーをひと口飲んでから、小島に合図をした。

「で、つぎはどうします」

運転席に乗り込んだ小島が尋ねる。

「ひとつお願いがあります。これを宅配で送ってもらいたい」

黄色い包みを運転席に掲げた。

「ここで待っていますから、控えを持ってきていただければ」

間延びした顔が、じっと目を向けてきた。

「そんなに信用して、いいんですか」

刑事時代から、人を見る目はさほど衰えているとは思えない。

「少しでも疑っていれば、こんなことは頼まない」

視線を見返し、声に力をこめた。やがて小島は小さくうなずいた。

「わかりました。お引き受けします」

「ありがとう」

森の住所を書いたメモを渡し、少し遠くにある宅配受付の店で出してほしいと頼んだ。もし戻ってきて、ここにいないようなら、待っていてほしいともつけ加えた。

タクシーを降りると、すぐさま小島は走り去った。

コンビニの前に立ち、白紙のノートが入った茶封筒を手にして人を待っている風を装った。携帯の電源を入れずに耳にあて、しばらく小声で話すふりをした。

それから封筒を手にしたまま、あたりを歩いた。郵便ポストがあるなら、そこに入れてしまえばいいし、なければまたコンビニに戻って出してもいい。

住宅地の中に点々と田圃があり、刈取りにはまだ早い稲穂の緑が揺れている。遠目にオレンジ色がぽつんと目に入った。田圃の向こう側だ。

あたりの気配をうかがいつつ、そちらへ向かう。

やはりポストだった。

素早く茶封筒を口に突っ込み、その場をゆっくり離れる。

コンビニに戻ると、小島は先に来て待っていた。

「はい、これ」

乗り込むとすぐに配送の控えを手渡してきた。

「助かりました」

「で、おつぎは」

「公衆電話のあるところをお願いします」

「公衆電話、と」

考えつつ、車をスタートさせた。多少「共犯関係」を面白がっているようでもあった。

五分ほど走り、幹線道路のラーメン屋の横にタクシーは止まった。

そこに緑色の公衆電話があった。携帯では盗聴の可能性もあるから、ここからかけるしかない。

呼び出し音三回で森が出た。

「有給休暇は、いかがですか」

相変わらずの調子だった。

「有意義に使わせてもらっています。じつはいま、おみやげをお送りしました」

小島に渡された控えを見ながら答えた。

「ほう。キーホルダーですか」

「洋菓子です。それと、芦田弁護士が文字通り命がけで調べてくれた事実をもとに突き止めた成果も、箱の底に同封しました」

「箱の底ね」

わずかに笑った気がした。

「で、どうしろと」

「明日のうちには届くと思いますが、しばらく預かっていただきたいと思います」

「中身は、見てはまずいんでしょうね」

「見ないほうがいいと思います」

「で、預かるのはいつまでですか」

「まだはっきりしません。ただ、万が一の場合、マスコミに渡していただけると助かります」

「万が一、というと」

「死んだりした場合」

「死ぬって、あなたがですか」

「はい」

しばし黙りこくっていたが、やがて声が届いた。

「お菓子は食べちゃって、いいんですよね」

「もちろん」

「じゃ、あなたのぶんは残しておきましょう。賞味期限が切れる前には、取りにきてほしいですね」

　できればそうしたいと答えて、電話を切った。

　その場で伝票の控えは破り捨て、ふたたびタクシーに乗り込む。

「つぎは、どうしますか」

「駅の近くまでお願いします」

　駅まで行ってしまうと、すぐに小島のタクシーを特定されてしまう恐れがあった。そのあたりを承知したらしく、小島は駅から三百メートルほどの繁華街にタクシーを停車した。

「このあたりでいいでしょうかね」

「助かりました。ありがとう。ここまでで結構です」

「じゃ、五千七百六十円」

　くるりと振り返り、一万円札四枚を膝に押しつけて来た。

「いや、そういうわけには」

　間延びした顔がにんまりした。

「四千円ちょっとはチップとしていただきますから」

「しかし」

「配送料もその中から出しときます」

小島の視線に打たれ、四万円をポケットに入れて、頭を下げた。

「あなたのタクシーに乗れてよかった」

「そう言っていただけると嬉しいです。お気をつけて」

別れを告げ、走り去るタクシーを見送ったあと、駅へ向かった。

ぽつぽつと雨が降り出して、駅に着くころには本降りになった。かなり天候の変化が早くなっているようだ。

ホームで待っているうちに、雨がときたま強く降りつけ、駅舎の屋根を叩く。台風が接近してきたのだ。早いところ戻ったほうがいい。

入線してきた「つばさ」に乗り込み、空いた座席を見つけて腰を下ろした。台風のせいか、自由席でもがらがらだった。車両にいる客は十人程度だった。

待つ間もなく発車し、見る間に福島駅を離れた。

同時に車窓に雨がぶつかり、急に天候が悪化したのがわかった。アナウンスが、台風の影響で運行時間に遅れが出るかもしれないと告げている。

ほんのわずかな付き合いだったが、小島と交わした会話が頭に残っていたのか、ふと祐美の声が聞きたくなった。連結部へ行って電話をしようと思い、二日ぶりに携帯を取り出し電源を入れかけた。

とたんに手にした携帯が奪い取られ、空いていた隣の席に荒々しく男が腰を落とした。

「世話焼かせてくれたな」

言葉が出なかった。身体じゅうからじっとり汗がふき出すのがわかる。

がっしりしたクルーカットは、きょうはジーンズにジャケットを着こんでいた。サングラスはかけていない。

「どうした。ここに現れたのが、そんなに驚くことか。あんたのことは、ずっと監視してた。動かせる手駒がかなりいるんでな。矢部の墓で何か見つけたらしいという知らせも入っている」

そこで伸びをひとつしてから、またつづけた。

「もっとも、個人タクシーをつかまえてどこかに消えたときにはまいったぞ。まあ、帰るためにはどのみち福島駅には戻ってくると思ってたがな。裏をかこうとしたのかもしれないが、おおかた証拠になるノートやらを手に入れて、それを気づかれないようにどこかへ隠したか、送りつけた。そんなところだろう」

図星だった。だが、どこに送ったのかは知らないようだ。

息を整えた。顔をしっかり見るのは、これが初めてだ。頬骨が高く、白目がち。顎がしゃくれていた。三十前後だろう。身体は鍛え上げられている。

「驚いて声が出ないのか」

視線をあててきて、クルーカットがあざけった。

「まだお前の名前を聞いていなかったなと思って」

「知ってどうする」

「呼びかけるときに困るだろう」

「好きにしてくれ」

「じゃあ、クルーカットさんよ」

「なんだと」

「クルーカット。そう呼び習わしている」

「そうかい。で、なんだ」

「芦田さんを殺したのは、お前だな」

ほんのわずかか、間があった。

「さあ、どうかな。もしそうだったら、なんだっていうんだ」

「銀柳会の下っ端が自首してる。お前の身代わりになったんなら、お前も組員かと思ってな」

「違うね。ときどき仕事を頼まれるだけさ」

「芦田さんを始末する仕事もか」

「知らないな」

あくまでとぼけるつもりらしい。奥歯を噛みしめてから、睨みつけてやった。

「全部、暴露してやる。警察官が連続爆破犯だったってことも、大野邦夫のことも」

大野の名前を出したとたん、残念そうな笑いを浮かべ、クルーカットは頭を左右に振った。

「あんた、そこまで知ってるって口にするのがどれだけまずいことかわかってるのか。かわいそうに」

「殺すってのか」

「そのうちそうなるだろうが、いまじゃない。まさかここでやるわけには行かない」

それはそうだ。こんなところで殺せば、逃げるに逃げられない。

「おもしろくないだろうが、東京までご一緒することになる」

「そのようだな」

前方から見回りのために車掌が入ってくるのがシート越しに見えた。

「無駄な抵抗は、やめといたほうがいい」

クルーカットは釘を刺した。

もちろん、列車の中で騒ぎを起こすわけには行かない。黙って車掌が行き過ぎるのを見送った。

間を置かずに、今度は車内販売が入ってきた。カートを押している若い女性は、さほど声がかかるのを期待していないようだった。

「東京までは時間がある。なんか飲むか」

クルーカットが尋ねてきた。

黙って首を振った。

「酒はまずいよな。ノンアルにでもするか」

一人で勝手に呟いていたが、女性に声はかけなかった。

するとすぐ後ろの席から男の声が起き、ノンアルコールのビールをふたつ買ったようだった。

販売員が行き過ぎると、座席の上から缶ビールを持った手が突き出され、クルーカットは無造作にそれを受け取った。後ろにいる男が仲間なのは間違いなかった。

プルトップを開けてひと口うまそうに飲むと、クルーカットが鼻で笑った。

「さて。それではそろそろ持ち物検査を始めようか」

四

南多摩駅に着いたのは、午後二時過ぎだった。

黒塗りのワンボックスカーがロータリーに待ち構えていて、乗るよう命じられた。後部部分には車椅子が一台収容できるように作られている。

雨と風がいちだんとひどくなってきているのに、そんなことは気にもならないようだった。

車で待っていたのは運転手ひとりだけで、この男は秘書らしき物腰だった。

「それじゃ行ってくれ」

後部座席にクルーカットと一緒に収まると、車は「南多摩特別養護老人ホーム」へ向かって走り出した。

新幹線、中央線、南武線とずっと、名前も知らないクルーカットとふたりで電車に揺られてきたのは、なんとも気分の悪いものだった。新幹線の中で仲間がいるのはわかっていたし、もしかすると仲間はひとりだけではないかもしれない。

もちろん逃げようと考えてもみた。だが、真相を知るためには、逃げていては話にならない。

こうなれば、行くところまで行くしかない。

そう思い決めていた。

バッグを漁《あさ》られ、茶封筒に入れてあった矢部光一のノートと写真のコピーはクルーカットの手に渡った。当然、原本がどこにあるのか、それを探し出そうと考えるだろう。

それを口にするまでは、とりあえず殺されない。

「東京に着いたあとも、つき合ってもらうことになる」

ざっとコピーに目をやったあと、クルーカットは電話を一本入れ、戻ってくるとそう言った。

どこかへ拉致してから、原本のありかを吐かせるつもりだ。だが、それだけではなかった。

「その前に施設へ行ってもらう」

「門前さん」も一緒に連れていくというのだ。

新幹線が東京に着く直前、祐美に電話を入れろと命じられた。「門前さん」の親戚が見つかったので、いまから引き取りに行く、と。

従うしかなかった。

車輛の連結部分に連れて行かれ、祐美に連絡を入れさせられた。

いまどこにいるのか、携帯の電源をなぜ切っていたのか、二日間どこに行っていたのかと立て続けに届く質問を押しとどめ、クルーカットの命じた通りに告げた。「門前さん」の親戚が見つかったことに驚き、すぐに施設長にも報告すると言った。

電話の向こうで応じる祐美がなにかしら異変に気づいてくれないかと思ったが、無駄だった。電話を終えると携帯はまた取り上げられてしまった。

あとは施設を監視下に置いているという二宮の言葉を信じるしかない。なにか異状を認めれば、動くはずだ。

だが、そこまで二宮を信用していいものかどうか。

横風にときたまあおられつつ、やがて車は施設の前にたどり着いた。スピードを緩め、門を入って行く。新幹線の中で一緒だったクルーカットの仲間は、ここまではついてきていないようだ。

門を入ったのを合図に、クルーカットが唐突に宣言した。

「言うのを忘れていたが、娘さんも一緒に来てもらうことになる」

一瞬、言葉が出なかった。

「待て。そういう話じゃなかったはずだ。門前さんだけを」

「考えればわかるだろう。この一件にかかわったやつは連れてこいというお達しでな」

「娘はなにも知らない」

「あんたがひとつも話していないって保証はない」

思わず拳《こぶし》を握っていた。だが、飛びかかるだけの意気込みは削がれた。クルーカットはジャケットを開き、そこにサバイバルナイフがあるのを示した。

「いいか。娘には甥っ子が引き取りに来た、介護の方法を教えてほしいから同行してもらいたい。それで通すんだ」

車寄せにワンボックスカーが停まると、施設長が小走りで玄関に出てきた。

ぴたりとクルーカットが背中にへばりつく形で降りていき、笑みを作ってうなずいて見せた。

「藤巻さん、ほんとうにありがとうございました。なにからなにまで」

施設長は感激のあまり涙ぐみそうな顔をしている。

「こちらが門前さんの甥の」

クルーカットを紹介するふりをしてわざと言葉を切ってやった。

「岡本《おかもと》です。このたびはお世話になりまして」

抜けぬけとこたえた。

「どうぞこちらへ。ロビーで待ってもらってますから」

施設長にうながされてロビーに向かうと、車椅子の「門前さん」と祐美の姿があった。足元には小ぶりの手荷物がひとつ。

椅子から立って近づいてきた祐美が安堵の色を浮かべる。

「お帰り」

「ああ。さっき戻った。で、こちらが」

「岡本です」

「どうも」

祐美の挨拶はどことなく警戒する気配があった。ちらりと視線を走らせてくる。作り笑いを続けているのを見て取り、祐美も作り笑いを見せた。

「門前さん」はいつものように視線を宙に漂わせ、周囲の状況など理解してはいないようだ。身元が矢部光一とわかってから初めて顔を合わせたことになるが、やはり「門前さん」は「門前さん」だ。

「どうぞ。声をかけてあげてください」

祐美がクルーカットを「門前さん」の前に導く。

「叔父さん、迎えに来たよ」

大柄な身体を前かがみにしたクルーカットの背中を間にはさんで、祐美へ「気をつけろ」と口を動かして見せた。

素早く察知したらしく、指でＯＫと合図が返ってくる。

突然、そのとき「門前さん」が低く唸り声をあげた。

祐美がクルーカットを押しのけ、様子をみる。

「どうしたのかな。ふだんは静かなのに」

上体を震わせていた「門前さん」はすぐに落ち着いた。人を見る目はまだある、ということか。

困惑した表情のクルーカットと目が合い、顎を突き出してやった。

「ともかく、いろいろありがとうございました」

ばつが悪そうにクルーカットが施設長に頭を下げた。すると施設長はためらいがちに口を開いた。

「あの、どうでしょう。台風が来ているようですし、今夜は岡本さんもこちらにお泊りになって、出発は明日にしては」

「いや」

クルーカットの声が、ことさら強く響いた。それに気づいたのか、背筋を伸ばしたクルーカットはにこやかな顔になって、つづけた。

「ああして車椅子を載せられる車も用意して来ていますし、明日は仕事もあるので」

そこまで言われれば、施設長も無理強いはしなかった。そういうことなら暗くなる前に出発したほうがいいと、かえって急きたてた。

祐美が車椅子の背後に回ると、見はからったように、介護の基本がわからないので担当だった祐美にも一緒に来てもらいたいと、クルーカットが施設長に頼んだ。

「行き先は、どちらなんですか」

「昭島《あきしま》のあたりです」

本当なのかどうか、怪しいものだった。だが、昭島ならさほどの距離ではない。施設長はうなずいた。

「構いませんけれど、祐美さん、行ってもらえるかしら」

断れと目で合図したが、祐美は素知らぬふりでうなずいた。

「もちろん、うかがいます」

きっぱり答えると、「門前さん」を乗せた車椅子を先に玄関へと移動させていく。危険だとわかっていても、最後まで「門前さん」とともに行動するつもりだと言いたげだった。

「そうか。昭島か」

ひとりごとめかしてつぶやいてやったが、クルーカットは平然としていた。

玄関に出ると、すでに祐美は車椅子のまま「門前さん」を車の後部に乗せ終わり、待ち構えていた。

クルーカットは祐美に助手席へ乗るよう指示し、来たとき同様、後部座席にクルーカットとともに収まった。

「行ってくれ」

運転手に命じると、すぐさま走り出す。玄関で見送っていた施設長の姿が遠のいた。

まだ暗くなるには早い時間だが、行き交う車はライトをつけている。雨と風で視界がひどく悪い。

「岡本さんよ。台風はどうなってるか、ラジオが聞きたいな」

車が国道二〇号に乗ると、そう頼んだ。

運転手はバックミラー越しにクルーカットの許可を得てから、ラジオのスイッチを入れた。

台風十五号は今夜関東を直撃するが、すでに関東一帯に暴風雨と洪水の警報が発令され、崖の崩落や倒木に注意しろと繰り返し告げていた。沿線の鉄道とバスは軒並み運休。

「まずいな。こんなときに管理人がいないってのは」

つい、つぶやいていた。多摩川が氾濫《はんらん》でもすれば、おおごとだ。

「どこかで降ろしましょうか。帰ってもらってもいいんですがね」

それが冗談なのはわかっていたが、できることならそうしたかった。必要な情報を聞いたと思ったのか、運転手はさっさとラジオを切り、さらに車を走らせた。

交通量そのものは普段より少なかったが、スピードを出せないので、なんとか昭島付近まで進んだのが五時近くだった。だが、そこで止まらない。さらに一六号に入って入間《いるま》まで来てしまった。

「昭島じゃないんですか」

それまでじっと助手席で警戒し硬くなっていた祐美が、口を開いた。

「申し訳ないですが、もう少し先です」

もし「行方不明」にでもなって施設長が警察に届けたら、アシがつくのは確実だ。馬鹿正直に行き先を施設長に答えるはずがなかった。

すでに入間を通り過ぎ、飯能《はんのう》から日高《ひだか》方面に向かっている。それまでの平地から勾配のある道路へ入った。

住宅が少なくなり、木々が左右の視界を阻むようになった。そのせいでいっそう周辺が暗い。

そのころになって、やっと二宮のことを思い出した。もし、この動きを察知していれば、なにかしらの動きがあってもおかしくないが、施設を監視していると言ったのは、嘘だったのか。

そう思うと、無性に怒りが起きた。

いつの間にか道は舗装道路から砂利道に変わり、相変わらず勾配のある道をあがっていく。

「ほら、見えてきました」

木々が途切れると、一本道の先に別荘らしき建物が一軒、ぼんやりと明かりを灯していた。そこで道は行き止まりになっている。

「ああ、そうだ。携帯をお持ちなら、貸していただけますか。もしなにかあったらご連絡して相談したいので、連絡先の登録をしておきます」

クルーカットが前に座っている祐美に声をかけた。

「赤外線登録できないんですか」

「バッテリーが切れてしまってるんです」

そう答えられて、しぶしぶ祐美はポケットから取り出した携帯を手渡す。

クルーカットは受け取った携帯の電源を切り、ジャケットのポケットにしまい込んだ。

「もうすぐです。台風のせいで時間を食いましたから、きっと待ちわびているでしょう」

「どなたか待ってらっしゃるんですか」

「そう、依頼主とでもいいますか」

祐美の問いに、クルーカットは楽しげに答えた。

もちろん祐美に通じるはずもなかった。

「携帯、もういいですか」

返してくれという意味で、祐美が後ろを振り返った。

「すみませんが、お帰りになるまで預からせていただきます」

祐美の顔がしかめられた。黙って言うことを聞いておけというつもりで首を振ってみせた。

車はルーフのある駐車場に入り、停止した。十台以上は停めるスペースがあり、黒塗りのベンツと同じく黒のレクサスが一台ずつ先に停められていた。普段はなにかの会合に利用している建物なのかもしれない。

ちょうど雨が小止みになってきていた。もっともいっときのことで、また雨風が強まるはずだ。台風は今夜関東を直撃するのだ。

祐美に「門前さん」を車から降ろしてもらうのを待って、クルーカットが玄関にうながした。運転手はそのまま車に残った。

クルーカットが呼び鈴を押したが、なかなかドアが開かない。薄暗くてはっきりしないが、かなりの豪邸のようだ。

「門前さん、具合悪いのか」

車椅子の前に回り、「門前さん」の額に手をやって心配そうな顔をしている祐美に尋ねた。

「上着、貸して。こんな山奥に来るなんて思わなかった」

たしかに平地より気温が低いようだ。台風のせいもあるだろう。上着を脱いで手渡した。祐美が寒いのかと思ったが、上着を「門前さん」の上体にかけ、首回りを何度か押さえた。

「車には酔わなかったみたい。でも、疲れてるのはたしか」

「そうか。すまないな。こんなところまで」

祐美と「門前さん」へ半々にあやまった。

すると、祐美がきつい表情でクルーカットを睨み上げた。

「いったいどういうことなんですか。あなた、ほんとに親戚なの。携帯も返してほしいんですけど」

クルーカットは薄笑いを浮かべた。

「もう少しすれば、わかります。そうあわてずに」

その言葉に重なって解錠された音がして、玄関ドアが横に開いた。スライドドアになっているようだ。中にいる相手と目を見交わしたクルーカットは、先に入れと手を振った。

祐美が先に「門前さん」を押していく。

「あ、よかった。バリアフリーなのね」

短く祐美がつぶやいた。つづいて入って行くと、たしかに玄関先から段差がないまま奥に通じていた。

中から解錠したのは、丸刈りで二十歳過ぎらしい男だった。黄色いアロハを着て軽薄そうに見せていたが、耳がギョウザになっている。柔道をつづけていると、耳がギョウザのような外見になるのだ。警官の中にはよくいるが、あるいはこいつも警官か。

「お疲れさまでした」

丸刈りアロハは直立して上体を少し折ると、クルーカットにそう声を発した。

「金塚《かねづか》さんは」

「お二人とも集会所でお待ちです」

「二人だと」

「大野先生がいらっしゃって」

クルーカットが舌打ちをした。

「なんでわざわざ」

丸刈りアロハは肩をすくめた。

「本人なのかどうか、この目でたしかめたいとか」

答えて「門前さん」に視線を走らせた。

「なるほどな。疑り深い先生だ」

苦笑したクルーカットが先に立ち、奥へ導く。

茶系統で統一された広い通路の左右にはドアがいくつもあり、普通の居住空間と変わりなかったが、そこを抜けると大ぶりのスライドドアにぶつかった。

「ここだ」

開かれたドアの向こうは、五十坪ほどの道場らしき作りになっていた。天井が高く、設置されたいくつもの蛍光灯が部屋全体を青白く照らしていた。左側の壁面は外からの出入りができるように全面ガラス戸になっているらしく、いまは半分ほどカーテンで遮られていたが、暗くなった外がのぞいている部分には雨が叩きつけていた。床はリノリウム張りだ。ここが集会所らしい。

椅子やテーブルといった調度はなかったが、奥の壁面に神棚が祀られていた。銀柳会の関連施設だろうか。

部屋の真ん中あたりに車椅子に乗った老人と、その横に四十がらみの男がひとり立っている。

「遅かったな」

胴間声《どうまごえ》をあげた四十がらみの男が金塚だろう。ひと目で筋者だとわかる。銀柳会の幹部、若頭といったところか。

「こちらへ来い」

つづけて車椅子の老人がしわがれた声を発した。

それが大野邦夫であることは、明らかだった。

五

警察にいたときの上層部の顔なら、たいていはまだおぼろに頭に残っていたが、この顔は見たことがなかった。おそらく次長になるまで公安畑を歩み、姿をさらさないようにしていたのだろう。

近づいていくと、その顔がはっきりした。

ぎょろっとした目が、相手の視線を撥ね返すように光っている。白髪は油気がなく立ち上がり、頬がたるんでいるせいで唇が大きく見えた。八十半ば、おそらく「門前さん」より十歳ほど上だろう。車椅子ということは歩行に困難をきたしているということだ。絣《かすり》の着物に袴《はかま》をつけている。

　これが大野邦夫か。

睨みつけつつ、あらためて思った。

矢部光一の人生を好き勝手に振り回し、挙句に用済みになると蜥蜴《とかげ》のしっぽ切りよろしく捨て去った男だ。ほかに何人もそういう目に遭わされた者がいるに違いない。

誰も信用できず、常に警戒の色を目に浮かべ、神経質そうにちらちらと眼球を震わせている。

「なにをもたついてた」

　金塚が、クルーカットを睨んだ。

「申し訳ありません。この天候でして」

　するとふたりのやりとりをよそに、大野の目が「門前さん」に向けられた。

「聞くまでもないが、この男か」

「はい。近くでご確認を」

　大野は金塚に合図し、車椅子を前に移動させると、「門前さん」の前で止まった。真正面から向き合う形になった。

　身体を乗り出し、しばし凝視していたが、そのあいだも「門前さん」は目の前にいるのが誰かさえ理解できず、視線をあらぬ方に向けている。

　やがて大野は車椅子に身体をもたせかけ、大きく息をついた。

「五十年近くも経てば、顔も変わる」

だが、続けてこう命じた。

「右の耳の裏側を見ろ。そこに小豆ほどの黒子《ほくろ》があるかどうか」

金塚が前に出てきて「門前さん」の顎を摑み、無理やり首を左側に向けた。

覗きこんだ金塚は、すぐに大野の方へ顔をやって、うなずいた。

手摺りに乗せていた大野の手に力が入ったのがわかった。

「間違いない、矢部だ」

声におののきが混じったようだった。

しばし「門前さん」に驚きの目をあてていたが、様子をうかがうつもりか、上体を乗り出した。

「久しぶりの対面だというのに、何もわからなくなっているわけか」

その声にも「門前さん」は反応しない。ただぼんやりと目を下に落としている。

「恨み言のひとつでも聞かされると思っていたがな。こんな死にぞこないのために、余計な手間をかけさせられた」

その声に応じ、金塚が動いた。

「あ、ちょっと。なにすんの」

車椅子の後ろにある握り手を持っていた祐美の手を振り払い、金塚は「門前さん」を移動させ、大野の後ろへ連れて行った。

追いすがろうとする祐美の腕を摑んでとどまらせた。

「それで」

祐美の剣幕など気にも止めず、金塚はさらにクルーカットに視線を向ける。

「これです」

クルーカットはジャケットの内ポケットからふたつに折った茶封筒を取り出した。矢部光一の記したノートと写真のコピーだ。それが金塚から大野へと渡った。

大野はすぐさまそれらを取り出し、眼鏡をかけると仔細に読みふけりだした。ときどき低く唸り、鼻で笑った。

やがて眼鏡を外し、コピーを金塚に手渡しつつ、「門前さん」に向かって吐き捨てた。

「馬鹿者が、こんなものを書き残しおって」

コピーを受け取った金塚は、神棚の下に置いてあった大きな銀盆を持ってきて床に置き、燃えやすいように何度か両手で紙束を雑に潰してから、その上に載せた。

取り出したライターで端のほうに火をつける。青白い炎がやがて橙色の大きな揺らめきに拡がって行き、大きく燃え上がった。さほどかからずに、大半が燃え尽きてしまった。

それに目を注いでいた大野が、灰になったのをたしかめると、顔をクルーカットに向けた。

「それで、原本はどこだ」

「どこかに隠したか送りつけたようですが、こちらへ連れてきてから聞きだそうと思いまして、まだ」

その言葉に、大野の濁った目が向けられてきた。意地の悪そうな薄ら笑いが、あからさまに浮かんだ。

「おまえか、余計なことをしたやつというのは」

気圧されそうになるのを踏みとどまり、こたえた。

「あんたにとっては余計なことかもしれんが、矢部光一にとっては大事なことだ」

「くだらん御託を聞くつもりはない。さっさと原本のありかを教えろ」

「教えられないな。なぜそれほど矢部光一の件にこだわるんだ。すでに認知症になって何もわからないんだ。放っておけばいいじゃないか」

大野は不快げに顔をしかめた。

「矢部の一件が明るみに出ると、立場上困ることになる」

「そいつはかえってよかった。原本は安全な場所に保管して、万が一のことがあったら、マスコミに流れるようにしてある」

目に怒りの色があらわになり、たるんだ頬がこわばった。

「正義漢ぶるな」

一喝が飛んだ。老人とは思えない声だった。

「おまえも昔警察にいたそうだからわかるだろう。秩序というのは、犯罪をただ取り締まっていれば維持できるわけではない。秩序というのは、つねに作り出していくものだ」

「あんたのお説は矢部のノートで読ませてもらったが、どうにも承服できない。そのために警察官を使って爆破事件を起こしたのなら、まったく逆じゃないか。悪いが渡せないな」

「馬鹿な男だ」

大野が吐き捨てると同時に、クルーカットが進み出た。

「死なないように手加減しないとな」

楽しげな顔が、近づいた。

その瞬間、すっと横合いから金塚が祐美を羽交《はが》い絞めにして引き離したのに気を取られ、身構える余裕を失った。

拳がうなった。

左目に白い光が走り、痛みで顔がゆがんだ。間を置かずに脇腹が突き上げられた。胃がせり上がり、そのまま床に跪《ひざまず》いた。息がしばし止まった。祐美の悲鳴が遠くで聞こえた。

「なんだ、これくらいでギブか」

襟を摑まれて引き上げられる。肘が右顎に入った。

身体から力が抜け、また床にずり落ちた。

「ノートはどこだ」

金塚の声が呼びかけるような調子で尋ねた。

息を詰めて、首を振る。

「これじゃ話にならねえな」

クルーカットの声が離れていく。

顔を上げて大野の方に目をやったが、まだ左目の焦点が合わない。

「殺してしまっては、話にならん。おい」

大野がクルーカットになにかを命じたようだった。

とたんに短い悲鳴があがった。

「こっちを見ろ。見えるか」

クルーカットの声がつづいた。

胃のあたりを押さえつつ目をやると、クルーカットが祐美の首に腕を回し、サバイバルナイフを光らせているのが少しずつ見えてきた。

「娘の命と、ノートと、どっちが大事だ、え」

金塚がからかうような声をあげた。

やっと左目の焦点が戻り、いまにも泣きそうな顔が向けられているのがわかった。

膝が震えた。

「待て。娘はなにも知らない」

かろうじて声を絞り出した。だが、口がうまく回らない。

「知ってるわよ」

祐美がもがきながら叫んだ。すでに恐怖を抑え込んだのか、泣きそうな表情ではない。何があっても諦めないといった目が見返してきた。

「いまの話聞いていれば、見当つくわ。あんたたちは門前さんを利用したのよ。いいように使って、いらなくなったから捨てたのよ。それで邪魔になったから殺そうとしてるのよ」

前置きもなくクルーカットが祐美の頬を打ち、「門前さん」の足元に倒れ込んだ。

「よせ」

怒鳴ったつもりだったが、うめき声に近かった。

祐美の髪の毛を摑んで上体を引きずり起こしたクルーカットは、ふたたび祐美の咽喉元《のどもと》にサバイバルナイフをあてた。

「さっさと教えねえと、やばいぜ」

金塚のあざける声が飛んだ。

怒りが身体を震わせる。両膝をついたまま、立ち上がれない。知らぬ間に両手を握りしめていた。

寒気を感じるのに、身体は汗にまみれている。

混乱しつつ、「門前さん」に目を向けた。首をうなだれ、視線が床に落ちている。この人を見捨てるわけには行かない。だが、祐美は。

視線を移すと、祐美の目とぶつかった。頬を震わせながらも、涙のたまった目を見開いて、小さくうなずいた。

いや、祐美を犠牲にもできない。まだ父親としてなにもしていないではないか。

どうすればいい。

ともかく、まずは立ち上がらねば。

そう思って、身体をゆるゆると起こしていった。唇を切ったらしく、床に血が点々と飛んでいた。

顎を手の甲で拭ってから、両拳を構えた。

「娘を、返せ」

一歩前に出て、怒鳴った。まだはっきり言葉にならなかった。

「懲りねえらしいな」

クルーカットの鼻で笑う声がした。

ふらつきつつも、さらに一歩。

「よし、そこまでだ」

あらぬ方角から声が飛んだのは、そのときだった。

声のする方に目をやると、さきほど集会所に入ってきた入り口に、四人の男の姿があった。丸刈りアロハ男が三人の前に突き飛ばされ、顔から床に倒れた。

よく見ると、あとのふたりの男を従えて立っていたのは、二宮だった。

「全員、動くな。ここは包囲した」

六

ガラス戸が開かれ、突風とともに五人の男たちが集会所に姿を現したのは、同時だった。

カーテンが強風であおられ、どっと冷気と雨が吹き込んできた。

五人の男たちはばらばらと駆け寄り、距離をとって身構えた。

その場にいた誰もが、なにが起きているのか把握できずに茫然とした。だが、クルーカットだけは祐美を突き倒し、ナイフを構えた。

二宮が背の高い男とともに足早に近づいてくる。もうひとりは丸刈りアロハを押さえつけるため、その場に残った。

背の高い男がクルーカットの近くに立って手帳を提示した。

「警視庁公安部だ」

その声を耳にし、二宮の姿を探した。

「おい、これはいったい」

「黙っていてください」

横をすり抜けて行こうとする二宮に尋ねようとして、なんとか口が動いた。だが、肩を軽く叩かれて口を封じられた。先に前に出ていた男に合流した二宮が、大野の正面に立つ。

「事情をお聞きするため、大野邦夫さんにも同行願います」

丁重に二宮が言うと、睨みあげた大野は一声怒鳴った。

「無礼者」

「無礼は承知の上です。この家屋も家宅捜索させていただきます。場合によっては犯人隠避容疑がかかると思っていただきたい」

「ナイフを捨てるんだ、西川《にしかわ》」

　背の高い男が説得する調子でクルーカットに、いや西川という名前らしいが、その西川に向かって言った。

　だが、西川は左右に目を走らせ、状況を理解しようとしているだけで、動こうとしない。

　それを見て取った二宮が、西川の前に立った。

「調べはついている。西川温《あつし》。元陸自レンジャー部隊にいたが、除隊して大野さんに拾われた。いまは銀柳会で始末屋をやっていて、芦田弁護士の殺害も引き受けた疑いがある。かなり余罪もありそうだな」

　西川が怒りを抑えるようなうなり声を漏らした。

　二宮は、さらに大野と金塚の方に顔を向けた。

「ところで、ここへ乗り込むにあたって、ひとつ権限を与えられていましてね。大野さん、あなたがここにいる西川とは無関係だと明言されるなら、あなたには犯人隠避の容疑も殺人教唆の容疑もかからない」

　告げられた大野の目が見開かれた。金塚と西川の視線は、大野に向けられている。

　しばし沈黙がつづいた。

　強風とそれにまじった雨が吹き込み、ときたま家全体が揺れる。

　大野は顎をうごめかし、考えをめぐらせているようだ。

　やがて大野の口から、短く声が起こった。

「知らん」

「なんです。聞こえませんが」

二宮がわざと訊き返した。

「知らん。こんな男は、見たこともない」

大野は西川から顔をそむけ、平然と吐き捨てた。

「わかりました。では、しかるべく」

二宮は大野に軽く一礼すると、ふたたび西川に向き直った。

「今後取り調べでなにを口にしようが、おまえは強盗目的で芦田法律事務所に侵入し、見つかったために芦田氏を殺害し放火した。そういうことになる」

うなりをあげて風が頭上を駆け抜けた。

茫然としていた西川が、身体をひと震わせして怒鳴った。

「違う」

「なにが違う」

「あれは」

唾を呑みこみ、西川は大野と金塚を睨みつけた。

「あれは、なんだ」

西川の咽喉が上下した。

「あの弁護士は、やれと言われたから、やったまでだ」

「誰に」

「決まってるだろう」

「知らんぞ。そんなことは」

遮るように金塚がわめいた。

「お笑い草ですね、大野さん。あなたがしらを切ったから仲間割れが生じかかっている」

二宮の言葉に、大野は首を振った。

「知らんと言ったはずだ。さっさと逮捕して出て行け」

つぎの瞬間、身構えていた西川が大野めがけて走り込んだ。金塚がとっさに大野を守るように立ちはだかり、スーツの内側に手をいれた。

銃声が一発轟《とどろ》いた。

だが、あっさり銃弾をかわした西川は、金塚の右手に切りつけ、そのまま流れるようにナイフを一閃させた。

悲鳴が起き、金塚は顔を両手でおおい、足を滑らせて倒れ込んだ。指の間から血が流れる。

西川はそれで収まらなかった。素早く落ちている拳銃を取り上げ、仰向けに倒れ込んだ金塚の胸に一発撃ったあと、すぐさまそれを二宮たちに向けた。

金塚はすでにこと切れていた。血だまりがその周囲に広がっていく。

西川は二宮たちを牽制しつつ、ナイフを手に大野の前に立った。

「馬鹿者が。おまえひとりのせいで、すべてをぶち壊す気か」

大野の声はさすがに堂々としていた。だが、西川は声を震わせた。

「そりゃないぜ、先生よ」

「人にはそれぞれ身の丈に合った使命がある。おまえにはおまえの使命がある。そういうことだ」

「そんなことで納得できるかよ」

「だったら、好きにしろ。殺すならさっさと殺せばいい。そうなれば、すべてはおしまいだ。おまえひとりが身を捨ててくれるなら、悪いようにはせん」

大野は目を見開き、西川を見上げている。半身になって拳銃を向けている西川の横顔が強ばる。

「どうした。自衛隊を追い出されたお前を拾ってやった恩人を殺せるのか」

大野の自信に満ちた表情に、不敵な笑いが浮かんだ。

西川の手が一瞬振り払われ、血しぶきが飛んだのは、つぎの瞬間だった。

驚いたような表情が大野の顔に浮かび、咳き込むような声が途中で途切れた。西川が横に振り払ったナイフが、大野の咽喉を切り裂いていた。

車椅子にのけぞった大野は、真横に切り裂かれた首から黒い血しぶきを上げた。血だまりが風にあおられ広がって行く。

痙攣《けいれん》がやみ、大野の身体がぐったりと椅子に埋もれたのをたしかめた二宮が怒鳴った。

「西川、殺人の現行犯で逮捕する」

その声に、肩を怒らせて息を荒くしていた西川が振り返った。

「なんだと」

「おまえはたったいま、人を殺したと言っている。芦田弁護士をいれれば、三人だ」

「だからなんだよ」

目にはありありと殺意があった。と見て取る間もなく、西川が「門前さん」の隣に倒れていた祐美に走り寄って首をかかえ、ナイフを突きつけた。左手の拳銃は相変わらず二宮たちに向けられている。

「無駄なことはやめろ」

二宮がうめいた。

「無駄かどうか、やってみなけりゃわからない。悪いが捕まるつもりはない」

祐美の愕然とした目が、見つめてきた。

「大丈夫だ。安心しろ」

ふらつく足で二宮の横に飛び出し、確信はなかったが、そう声をかけるしかなかった。だが、まだうまく口が動かない。

西川は祐美を引きずるようにして少しずつ回り込み、死体になった大野が乗っている車椅子を盾にしようとしている。

「車を用意するんだ。藤巻さんよ、あんた運転できるよな」

「ああ」

「じゃ、一緒に来てもらおう」

「だったら、娘を離せ」

「駄目だな。ふたりとも来るんだ」

手出しするなというつもりで、接近しかけた二宮たちを押しとどめた。

「わかった。言う通りにする」

「だったら早くこっちに来い」

一歩ずつ、慎重に近づいた。

そのとき、ひときわ強い突風が来た。雨で滑りやすくなっている床に足をふんばり、しばし耐える。

と、風が吹き去った瞬間、西川の後ろに止まっていた車椅子が勢いをつけて動き出し、西川の下半身にぶつかっていった。

ブレーキをかけていなかったのだと思う間もなく、「門前さん」は車椅子からころげ落ちた。

銃声が一発、天井に向かって轟いた。

同時に、体勢を崩した西川から祐美が腕を振り払い、駆けだすのが見えた。

反射的に動いていた。だが、もどかしいほど動きが鈍い。

西川が逃げる祐美に追いつく一歩手前でなんとか両脚に食らいつき、ともに倒れ込んだ。拳銃が手から落ちて滑って行く。

「てめえ」

怒鳴る声を耳にし、拳銃に手を伸ばそうとした。だが、それを西川が蹴り飛ばし、同時にナイフを構えて飛び込んできた。それをかわし、ナイフを奪いに行こうとした。

それがまずかった。

力でかなうはずがないとわかっていたのに、無謀だった。床の上で揉みあいになったと思ったとたん、左の脇腹にちくりと冷たい痛みが走った。目の前が暗くなり、そのあと激痛が身体を突き抜け、なにか叫んだようだった。

視界が戻ったときには、床に仰向けに倒れていた。

刺されたのだと理解したのは、そのあとだ。

あたりに視線を走らせると、西川が腕を取られ、確保されているのが見えた。祐美がしゃがみこみ、課員のひとりに介抱されている。

「大丈夫ですか」

つい頭の上に二宮の顔が現れ、誰にともなく叫んだ。

「救急車だ。早く」

そうだ、「門前さん」はどうなったか。

思い出して見回そうとしたとたん、目の前がすっと暗くなり、意識がなくなっていた。

七

傷はさほど深くなかったようだ。

刑事時代もふくめて、いままで一度も刺されたことなどなかったから、どれほどのものか見当もつかなかったのだ。

とはいえ、飯能にある総合病院に運び込まれ、手術に四時間ほどかかったという。

麻酔が切れてベッドで意識を取り戻すと、医者がやってきて、急所を外れていたからよかったものの、あと一センチずれていたら危なかったですよ、などと慰めとも脅かしとも取れる説明をした。

殴られた左目は打撲で済んだが、右顎は奥歯が一本がたがたになっていて、抜くしかなかった。

祐美は精神的にまいっていたが、西川に殴られただけで、ほかに怪我はなかった。二日寝込んだらしいが、それからは施設に出ているようだ。強靭な精神力は、若さゆえかもしれない。

意識を取り戻して三日目に、一度見舞いに来てくれた。

そのとき少し話をして「門前さん」のことも聞いた。

施設に戻ってから熱を出してしまい、具合がよくないという。たぶん吹き込んできた風雨でずぶ濡れになったせいだろう。

そう思ったから、「門前さん」の看病に力を尽くしてくれるよう祐美には頼んだ。

祐美も、あのとき車椅子が西川を突き飛ばしていなかったら、車に乗せられてしまい、逃亡の途中でどうなっていたかわからない、いまここにいられるのは「門前さん」のおかげだと心底から言っていた。

まったくその通りだと思う。

突風にあおられたにすぎなかったとはいえ、まさに「門前さん」が意思を持って車椅子を動かしたような気になったものだ。

床屋の主人安達も、祐美から連絡が行き、怪《け》しからんことにふたりで一緒に見舞いに来た。

「いやあ、大変だったねえ」

安達は口ではそう言いつつも、祐美を乗せて自慢の四駆でドライブできたことのほうが嬉しそうだった。

勝手なことはするなと安達に忠告したが、通じたかどうかわからない。

そのせいもあるのか、じくじくした痛みが数日つづいていたが、それもなくなって、祐美は三度目にはひとりで来てくれた。

頼んでおいた落語のCDを何枚か持ってきてもらい、それを祐美の携帯プレーヤーで日がな一日聞きつづける日々が、また何日かつづいた。

そのあいだに、大野邦夫が死亡したというニュースが報じられた。

軽井沢の別荘で心臓発作によって死亡。八十三歳。政界に通じ、長年影響力を持ち続けていた、だそうだ。

すべてをなかったことにして丸く収めようとする意思がどこからか働き、そういうことになったようだ。

見慣れない人物がやってきたのは、さらにその日から一週間目の午後のことで、ちょうど「酢《す》豆腐《どうふ》」の途中だった。口はなんとかまともに動かせるようになっていた。

「二宮さんのご命令でうかがいました。桜井《さくらい》と申します」

ベッドの脇まで来ると、直立して一礼した。四十前後の男だ。

最初気づかなかったのだが、そう言われて顔を見直し、はっとした。思わず横になったまま、指差していた。

「あんた」

「は。なにか」

「いや、何度か会ってるはずだ」

姿勢を戻しつつ、首をかしげる。

「そんなことはないと思いますが」

大学のエレベータ、芦田の事務所の外、府中本町駅。ほかにもあったかもしれない。とにかく、記憶が頭をかけめぐった。

「ありふれた顔ですので」

桜井と名乗った男は苦笑した。あくまでとぼけるつもりらしい。たしかにありふれた顔ではあるが。

そ知らぬふりで、手にしていた果物の詰め合わせを顔の前に掲げて見せた。

「二宮さんからです。花という柄ではないとおっしゃいますので」

言って枕頭台の上に置いた。

「公費か」

「いえ、私費です」

「そういうことならもらっとこう」

傷口はやっとふさがったばかりだが、内臓を傷つけたわけではなかった。花よりはましだ。

「二宮さんは今回の報告書を取りまとめるのにかかりきりでして。あらためてうかがうと」

桜井は椅子を持ってきて座った。

「いや、来なくていい。あの顔を見るだけで嫌なことをいろいろ思い出しちまう」

指で鼻を突き上げて見せると、桜井にも通じたらしく、短く笑った。

「では、そのように伝えます」

「ああ、好きにしてくれ。で、何だ、用件は。ただお見舞いに来たってわけじゃあるまい」

「二宮さんとしては、今回の件をあなたにご理解いただく必要があるとお考えのようで、事情をご説明してくるようにおおせつかっています」

「待てよ。まずあんたや二宮が何者なのか、そこをはっきりさせてくれないか」

少し考えるらしい間があってから、こたえた。

「警察関係の職員、ということでご納得いただけませんか」

「そんなことは、わかってる。個室は高いからそろそろ大部屋に移りたいと言っても、病院が許さない。なぜだと訊いたら、警察関係のほうから頼まれてる、だそうだ」

「そのようです」

「ほかの患者たちにあれこれ話されちゃまずいってことだろ」

「話し相手がほしい、ということでしょうか」

「あんたらがどこの誰か教えろと言っている」

「見当はついていらっしゃるのでは」

「警視庁公安部。おおかた三課だろ」

二宮たちが乗り込んできたとき、公安部だと声を上げたのは覚えていた。

桜井は答えないまま、作り笑いを浮かべた。

「それで、何をご説明いただけるんだ」

身体を前かがみにして、桜井は声を低めた。

「絵解きといえばいいでしょうか」

「絵解きね」

「ただし、ここだけの話ということで」

そいつは約束できない。そう言いかけたが、黙ってうなずいてやった。桜井は説明を始めた。

「すべての始まりは、大野邦夫です。この男は、かつて警察庁次長にまでのぼりつめた人物です。彼は埼玉県警に出向中、学生運動への潜入捜査を積極的に推進していました。それがエスカレートし、潜入者に犯罪行為をおこなわせていた。そのうちのひとりが矢部光一だったのはご存じと思います。大野は出向から呼び戻されるための業績を必要としていた。そのために一線を越えてしまった」

「点数稼ぎだったってのか」

「最初は、おそらくそうだったと思います。結果的に次長まで行ったわけですからね。しかし、いわゆる緊張の戦略が非常に有効な方法だと気づいた大野は、妄想をいだいた」

「社会をコントロールし、秩序を作るというやつか」

「そうです。手始めに警察庁内部で、その考えに賛同する者を集め、勉強会と称して定期的に集まっていたようです」

「いつのことだ」

「三十年ほど前ということです。しかし次長が率先してそのようなことをしているのは、警察庁の良心的な者から見ればとんでもないことだった」

「当たり前だ」

「良心的」という言い方がひっかかったが、それには触れなかった。

「そこで次長更迭《こうてつ》の話が出たそうです。結果的に大野はその前に警察庁を辞め、参議院選挙に打って出て当選します。すでに警察庁内部だけでなく、大野は財界や政府筋にもつながりを持っていたようです。議員になったことで、さらにそのパイプは拡がった。大野本人は一期六年で引退し、その後表舞台から姿を消します。いわゆるフィクサーとして政府筋や財界と裏社会とのパイプ役になっていった」

「コントロール、か」

つい口をついていた。

「まあ、そうです。いまどき緊張の戦略でもありませんが、それの応用編とでも言えばいいでしょう。裏社会、特に銀柳会を利用して政府筋を思うように動かす、あるいはその反対に政府を動かして裏社会を利用する。その仲介者とでもいう立場です」

時代は変わっても妄想は変わらなかったということらしい。銀柳会といえば全国規模の組織暴力団だ。経済やくざもかなり抱えている。おおかたどちらにとっても利用価値はあったわけだ。

「つまり、コントロールはうまくいっていた。ところが、そこへ突然現れたのが、矢部光一だった、と」

桜井がうなずいた。

「旧悪を暴露されると、現在の大野の立場まで明るみに引きずり出されてしまう。それは阻止しなくてはならない。そこで銀柳会を使って探らせた」

その銀柳会が子飼いの西川を動かしたということらしい。

「やつはもともと大野が始末屋として銀柳会に送り込んだ男だそうです。藤巻さんを監視するうち、芦田弁護士に調査依頼したのを知り、事務所に忍び込んでどこまで調べ上げたのか、証拠でもあるなら処分するよう大野に直接命じられていたようです。ところが深夜に忍び込んだところ、芦田弁護士が泊まっていて、争っているうちに殺してしまったと自白しています」

「嘘っぽいな。たしかに芦田さんは事務所に泊まりこむことが多いとは言っていたが、だったらそれを承知で乗り込んだんじゃないのか」

「そのあたりは取り調べで明らかになると思いますが、身代わりを立てて自首させたのを考えると、最初から殺すつもりだった可能性はあります。ともかく大野の旧悪が暴露されると、さまざまな方面に迷惑する者がいるのはたしかでしょう」

「特に政府筋に、か」

　桜井は肯定も否定もしなかったが、その態度そのものが肯定しているともいえた。

「問題は大野のような人物が裏社会との接点を持ち、政府筋や財界を思うように操ろうとしたことです。警視庁を始め各道府県警にシンパもいるらしく、今後内部調査を開始し、厳正な処分をおこなうことになります」

　そこで言葉を切った。互いに視線を向けたまま暫《しば》しの間があり、気づいたように短くつけ加えた。

「以上です」

「おい。それで終わりか」

　桜井は意味を理解しかねているようだ。

「そんなとってつけたような説明で納得すると思うか。大野にだけ責任おっかぶせて終わりにするわけか」

「そういうつもりではないのですが、二宮さんからは、そうお伝えするようにと」

「偽物に注意、にならないようにしてもらいたいもんだ」

「なんです、それは」

「偽物を売りつける連中ってのは、こう持ちかける。偽物には注意してください、それに引き換え、これは本物ですってな。どっちも偽物ってことさ。典型的な詐欺の手口だ」

「なるほど。しかし、それとどういう関係が」

「こうしてベッドで横になってつらつら考えてみると、公安も大野にそっくりだって思えてきてな」

「どういうところがでしょう」

「コントロールさ。そもそもあんたらの目的は、なんだったんだ」

「どういう意味ですか」

「おそらく公安は大野の動向をある程度把握していたはずだ。政府筋や財界と裏社会のあいだを取り持っていたんだからな。それを面白くないと思っている者もいただろう。そんなとき、矢部光一が現れた。それを知って、大野をつぶすのに利用できると思った。そこで大野たちに情報をわざと流した」

「なるほど」

うなずきつつ、桜井は先をうながした。

「大野一派の動きをコントロールするために、リーク情報は選択されたはずだ。施設に矢部が入っていることはリークしなかったようだが、身元を探っている者がいるなんて情報は一番にリークしたんだろう」

「そうなりますか」

とぼけた返事だった。

「ともかく大野の命令で銀柳会が動き出した。それは把握していたはずだ。だが、西川が動いているのは、把握できていなかった。駅のホームから突き落とされた話を二宮にしてやったあと、やっと西川が浮かんだはずだ」

桜井が前後関係を確認するように目を斜め上にやり、何度かうなずく。

「しかし、芦田さんが殺されたとき、あんたらには少なくとも大野が指示してやらせたとは見当がついていた。ところが、捜査本部に情報提供しなかった。西川が浮かんだときも黙っていた」

核心に迫っているらしいのは、桜井の表情が硬くなったのでわかった。

「あくまで公安部の手で決着をつけたかったってことだろ。で、まずは大野と西川が接触する場を作り上げ、そこへ仲間を引き連れて二宮がご登場という段取りを考えた」

「ほう」

「二宮たちが施設を監視下に置いていたのが本当なら、西川が門前さんを連れ出したのを承知していたはずだ。だが、阻止はしなかった。日高の山奥まで連れ去らせ、そこで大野と西川のご対面を実現した」

「面白い」

ご名答と言っているように聞こえたのは間違いではないだろう。

「うまく仕組んだもんだ。西川に門前さんが残したノートがあるとリークし、それを奪い取らせて大野のところへ運ばせる」

　わざと言葉を切って、桜井を睨みつけた。

「ただ、もっと突っ込んで考えてみると、あんたらは大野を文字通り始末したがっていたんじゃないかとも思えてくる」

「というと」

　話が不穏になりそうなのを警戒したのか、桜井は背筋を伸ばした。

「あの晩、二宮は踏み込んできたあと、大野に奇妙な申し出をした。西川など知らないと答えれば、大野を罪に問わないってな。誰の発案か知らないが、西川や金塚と大野のあいだに対立を生み出そうとした。その結果は、ご存じの通りだ。へたに大野を逮捕すれば、政府筋からスキャンダルの発覚を恐れて圧力がかかる可能性がある。それならばいっそ、という筋書きだ」

　最後のところは、声に凄みをきかせてやった。

　一瞬だが、桜井の頬がぴくりと動いた。

「手を汚さずに邪魔な者を始末させるには、どうしたらいいか。仲間割れを引き起こし、互いに潰し合わせればいい。もっとも、西川があそこまで怒りを爆発させるかどうかはわからなかっただろうから、未必の故意とでもいうのかな」

　突然、桜井が声を立てて笑った。

「推測というより、憶測ですね」

「そうだろうか」

「どちらにしても、大野が死んだことに変わりはありませんが」

「軽井沢の別荘で心臓発作でな。よくも隠蔽したもんだ」

「ご存知でしたか」

「ニュースくらい、寝てても見られる」

「あれが最善の解決法だと思います」

「誰がそう言った」

うっかりしたという表情を打ち消すつもりか、いったん口を閉じてから、視線をちょっとそらした。

「二宮さんが」

「本当の話が表に出てはまずい連中があちこちにいるってわけか」

「ご想像におまかせします」

「しかし、いままでいくらでも大野を排斥《はいせき》する機会はあったはずだ。それをしなかったというのは、それなりに警察関係者にも利用価値があったからだろう。利用価値がなくなったから、切り捨てたとも言える」

「どうでしょうか」

「ともかく、この結果はあんたたちの正義感がさせたことではない。こっちを引っ張れば、あっちがこうなる。あっちを叩けば、こっちがこうなる。あんたらはそういうゲームをしているだけだ。真相を追及するんじゃなく、ただ辻褄合わせをしているだけだ。そういうやつは、実際に生きている人間の痛みも苦しみもわからない。わからないまま、一生を終わる」

「むろん、警察関係者は大野のような者を輩出した点について、贖罪《しょくざい》せねばなりません」

なんとも見当違いな言葉だった。

呆れたというつもりで言ってやった。

「ほう、贖罪なんて言葉、知ってるんだな」

「なんなら、漢字も書けます」

またもやだ。

「あんたらの贖罪は偽善の言いかえだろ」

「そう受け取る人もいるかもしれません」

「そう受け取っておくよ。今回の一件も、あんたらにとっちゃ、どうせゲームだ」

桜井は肩をすくめてみせた。

「単に仕事をしているだけでして」

「それが怖いって言ってるんだ。仕事だからやっただけ。その仕事の中身がどんなものであっても、仕事だからという理屈で全部正当化する。大野がいい例じゃないか。考えてみりゃ与太郎と同じだ」

「よたろう、ですか」

「落語に出てくる与太郎だ。あいつらがへんてこりんになるのは、前提を間違えるからだ。あんたらも同じだ。落語のほうは可愛げがあるが、あんたらは始末におえない」

よくわからないという顔つきをしている。

「身が引き締まる思い、というのは、こういうときに使うんでしょうか」

「冗談のつもりなら、笑えないな」

桜井が機会をとらえたように座り直した。

「では冗談はこれくらいにして、きょううかがった用件はもうひとつあります。あなたが保管されている証拠の原本をお渡しいただきたいと思いまして」

どうやらそちらが本題だったようだ。

「それで果物を持ってお見舞いか」

「まあ、そうです。持っている人物については把握しています。手を回して回収もできますが、それでは藤巻さんの立場を悪くする」

「正確には、立場がない、だ」

「そうとも言います。数日はお待ちできます。ご一考願えればと」

すっと桜井の身体がベッドの上に乗り出してきた。

「なんだ」

「前もって把握しておきたいので、ノートにどのようなことが書かれていたのか、教えていただければと」

「知るか」

「やはり、復讐心というか恨みというか」

「そんなことはかけらも書いてない。人生とは何をしたかではなく、どう生きたのかが大事だという考察が綴《つづ》られている」

「ほう」

「あんたらには読んでも理解できないだろうがな」

桜井があきらめのため息とともに身体を戻した。

「できるかぎり読み取れるよう読解力をつけたいと思います」

「で、ノートを渡したら、どうするつもりだ」

「どう、とは」

「燃やすか、大野と同じように」

桜井は口をつぐんだ。

「結果的には、あんたらも門前さんを利用したんだ。そのことについてもっと責任を感じるべきだろう」

「その点は、承知しています。二宮さんにもそのように伝えておきます。では、証拠回収の件、ご連絡お待ちしていますので」

立ち上がった桜井は、思い出したように胸ポケットからメモ帳を取り出し、さらりとペンで書いたあと、それを破って渡してきた。

「漢字で書くと、こうなります」

そう言って部屋を出て行った。

たしかに、漢字は書けるようだった。

しかし、この手のやつには、なにを言っても通じないらしい。いや、図星を指されたので馬鹿のふりをしたか、どちらかだ。

むろん、証拠のノートを渡すつもりはない。

証拠を隠滅して、今回の一件を知っている者には死ぬまで監視をつける。おおかたそのつもりなのだろう。

そんなことは願い下げだ。

あとで見舞い人の名前が書かれた名簿を見たが、桜井と名乗った男は単に「警察関係者」としか書いておらず、桜井という名前も本当かどうか怪しいものだった。

ただ担当の看護師に聞くと、お付きの人がふたりいたというから、まさか二宮の部下ではあるまい。

おおかた警察庁あたりの人間だろうが、さっさとノートはマスコミに渡す方がいいようだった。


その二日後、森がやってきた。

電話で証拠品を持ってきてほしいと頼んだのだ。

「なんだか、いろいろあったみたいですね」

森はいつものようにのんびりとした調子で、こうなった事情は聞こうともしない。

前日から起き上がって病院内をうろうろできていたから、ベッドに腰掛けて応対した。

「わざわざ持ってきていただいて申し訳ありません」

「構いませんよ。はい」

向き合うと、手にしていた封筒を渡してきた。

だが、中身がない。

「あの」

「あ、賞味期限が切れたので、中身は芦田の知り合いの弁護士に渡しました。しかるべき対応をしてくれると思いますよ」

呑気そうに答えた。

まあ、手元に置くよりは安心だった。

「そうでしたか。助かります」

「明日あたり、マスコミに発表するって話です」

「ありがとうございます」

「ま、伝手は利用しないとね」

「たしかに」

「それから、これ」

上着のポケットから「れも」をふたつ取り出した。

「賞味期限が切れちゃったから、あたらめて取り寄せました。なかなかいけるので、あなたにもぜひと思って。娘さんと一個ずつ」

枕頭台に置いてくれた。果物の詰め合わせはさっさと病院関係者に分けてしまったので、もうない。

空の封筒を手に向き合っているうち、ふと森ならどう考えるか、聞きたくなった。

「この封筒の中にあったもの、お読みになられましたか」

「いえ。ただ大事な物だっていうから、右から左へ」

「そうですか。じつはある人物の手記が入ってました。その人が最後にこう書いてるんです。記憶がポロポロとこぼれ落ちてなくなっていくとして、最後に残るのはどういう記憶だろうかって」

「へえ」

「森さんなら、どう考えますか」

「なんだかむずかしそうな話ですね」

「いや、簡単に、ただ単純に、最後に残るのはなにか」

「そりゃ人によるでしょう。それに、記憶違いや思い込みもあるし。よくありますよ、ヘマしといて妻のせいだと思い込んでたり」

「まあ、そうですが」

「こんな記憶が残ったのかって、びっくりするようなものが残るかもしれないし」

「たとえば」

しばし考えてから、森は目を宙に漂わせた。

「人間の脳って、生まれてからこのかた経験したことをすべて記憶しているって聞いたことがあります。ただ引き出せないだけで、脳の中には、一生がまるまる閉じ込められているって。だから、まるっきり忘れてしまっていることが最後に残るかもしれない。はるか昔に、道でちょっとすれ違っただけで、それまで一度も思い出したこともない美人のこととかね。夏の銀座を歩いていたら、白い日傘に水色のワンピース、口元に黒子があって、涼しげな微笑みがちらっと向けられて」

「その細かさは、覚えてるってことになりませんか」

話を遮られ、森はしらけた視線を戻してきた。

「たとえばの話、ですよ。でも、意志の力でどうなるものでもないでしょう、それって」

たしかに、そうだ。森に訊いてますますわからなくなってきた。

「ただ、最後まで残るってことは、その人を形作っていた魂みたいなものってことには、なるかもしれませんね」

「なるほど」

そこいらの者が口にすれば気障《きざ》に聞こえるが、森だとどことなく納得できてしまうのが不思議だ。

「贖罪」などという陳腐な言葉でまとめるのではなく、矢部はじっと耐え続けていた。だからこそ、最後に残る記憶が何なのかにこだわっていたのかもしれない。

森が両手で膝を軽く叩いた。

「さてと。それじゃ、これからマンションに回って帰りますから。頼まれていた壊れた自転車、粗大ゴミに出して帰らないと」

「お手数かけます」

立ち上がってドアのところまで見送ろうとすると、そのドアが勢いよく開かれた。

「どうした、きょうは来ないって言ってなかったか」

尋ねかかって、息を切らせた祐美の表情に気づいた。

「さっき、亡くなったわ」

終章　残された時間

線香を手向け、両手を合わせて目をつぶった。

この十日あまりで立て続けに三度だった。「門前さん」の遺骨の前、芦田弁護士の墓の前、そしていま向き合っている元妻の遺骨が三度目というわけだ。

すでに十月に入っていた。

谷町《たにまち》にある墓地はひっそりとし、彼岸にやってきた親族が供《そな》えていった花はどれも枯れはじめ、赤や黄色や白だった花の色が墓石の黒や灰色に滲んで消えかかっていた。

むろん祐美も一緒だが、彼岸から半月以上も遅れてしまったのは、この際仕方がない。

「門前さん」が亡くなった翌日、芦田の友人である弁護士が、元警察庁次長で元参議院議員だった大野邦夫の件をマスコミに公表し、政府与党にまで混乱が起きた。

つぎの日、すぐさま警察庁長官が大野の死亡原因に隠蔽があったことで異例の謝罪をしたが、それで収まらなかった。ニュースでは会見の場面が流され、現職の長官と次長は引責辞職、あらたに次長が長官となり、警備局長だった男が次長に昇格することも伝えていた。

その画面を目にしたとき、頭に血がのぼった。

桜井正《ただし》というのがあの男の本名で、警備局長だったとわかったからだ。

なにが「二宮さんに命じられて」だ。やつこそが警視庁の公安に指示を出し、二宮を動かしていた張本人だ。

しかも、矢部光一のノートが公表されたおかげで警察庁は痛手を負ったのをよそに、一人だけ「若手の抜擢《ばってき》」で昇格である。

そうなると、病院に姿を現したのは、ノートを渡せと迫るふりをしつつ、公表をけしかけに来た可能性がある。

つまり、この一件を逆手に取ったということだろう。

画面には抜けぬけと次長になった桜井の満足げな顔が映っていたが、それが消えてからも、しばし画面を睨みつけていたものだ。

この会見の結果、警視庁も芦田弁護士殺害の真犯人は別にいるとみて再捜査を開始し、被疑者として西川温が逮捕された。むろん大野と金塚の殺人もだが、それ以外に余罪はかなりあるようだった。

それに伴い、組対四課も動くこととなり、銀柳会の本部、関係事務所の捜査もおこなわれた。

大野を通じて銀柳会との関係を疑われた政治家や官僚、財界の重鎮たちも弁明に四苦八苦していたが、もはや信用回復は無理だろう。

こうして事件そのものは解決を見た。

だが唯一の無念は、発表直前に「門前さん」が肺炎で死亡したことだ。

施設でおこなわれた葬儀には入院中で出られなかったので、祐美に託した。関係者だけの寂しいものだったという。

退院してから施設に行き、安置してある遺骨に線香を上げた。

ロビーの片隅に小さな祭壇が設けられ、身元不明人のサイトに上げてあった写真が拡大されて額におさまっていた。

そう、「門前さん」に初めて対面したのも、ここだった。

四十九日まで安置したあと、篠原町にある墓に埋葬されることになったという。また、遺骨の一部は分骨されて大山利代のもとに行くことも決まっていた。

その大山利代とも、施設のロビーで再会した。

「亀屋」から連れ去られたあと、都内のホテルに監視つきで匿《かくま》われていたそうだ。「門前さん」の最期に立ち会えなかったことで力を落としていたが、血色はよさそうだった。

弁護士に森を通じて頼み、「門前さん」の書いたノートと写真のコピーを取ってもらい、それを大山利代に手渡した。

ひとしきりノートを読み、写真に目をやっていた大山利代は、あとどのくらい生きられるかわからないが、あの人の本当の姿を知ることができてよかったと口にした。

だが、そのあとにぽつりと涙をこらえて、つぶやいた。

「でも一緒に暮らした時間も、本当だったはずです」

それは大山利代にとって唯一残された希望だったのだろう。

さらにその三日後に、芦田の友人でノートをマスコミに公表した弁護士に連れられて、高島《たかしま》平《だいら》にある芦田の墓へ参った。こちらは早々と四十九日の法要を執り行って、芦田の両親、親戚一同がいる墓に入っていた。

行き帰りの道々、その弁護士は、芦田の早逝《そうせい》を悔やみ、五十年にわたるこの国の欺瞞《ぎまん》を暴いた功績は計り知れないと、何度も繰り返した。

たしかに一面では、その通りかもしれない。だが、それはこの五十年だけのことではないとも言えた。組織や権力というものが長いあいだ続くと、暴走する者が出てくる可能性は、いつどこにでもありそうだった。

それに、そう簡単にまとめてしまっていいのかという不満もあった。矢部光一という人物が、その中でもがいていたことの重みを、もっと真摯に受け止めるべきなのではないか。

もちろん、そんなことは口にせず、黙って話を聞いていただけだが、いくばくかの不満は残った。

そしてやっとひと息つける余裕ができたときには、とっくに彼岸は過ぎてしまっていたというわけだった。

しかし、そういった経緯があったからこそ、いままで祐美に誘われても行こうとしなかった元妻の墓に参ってみようという気になったのも事実だ。

祐美に電話をして、大阪へ墓参りに行くとき同行すると告げると半ば驚いていたが、半ば喜んでもらえたのだから、まあ、よしとすべきだ。

三日後、昼すぎに新横浜駅で待ち合わせ、「のぞみ」に乗り込んだ。大阪が初めての土地というわけでもなく、観光目的でもない。新大阪から地下鉄で梅田《うめだ》へ出て、谷町九丁目へまっすぐやってきた。

市街地にある墓地だが、敷地に入ると周囲の騒音はかき消え、まだ昨夜の雨で黒いままの地面を踏んで、祐美が案内をしてくれた。

立ち止まった祐美の視線につられて目を向けると、そこには大きな墓石がひとつ立てられていた。元妻の旧姓が彫られ、そこに一族が眠っているようだ。

だが、祐美はまた歩き出した。だいいち線香も花も水桶も持ってきていない。

どうしたのかと尋ねかかると、先に口を開いた。

「あそこにはいないの」

意味を解しかねているうちに、寺の本堂へ行きついていた。

受付で名乗ると、住職が顔を出した。中年のにこやかな住職は祐美と顔馴染みらしく、お待ちしとりましたと愛想よく言い、本堂の横手にあった建物に導いた。

「預り所」と札がかかっている建物の中には、ずらりと桐箱におさまった遺骨が並べられていた。

「いろんな事情のかたがおられますよって」

住職は問わず語りに説明をする。墓がないために寺で預かってもらったり、どこの墓に埋葬するか親族でもめていたりする遺骨を預かっているという。

やがてひとつの桐箱の前で、住職は立ち止まった。

棚に俗名を書いた紙がぶらさがっている。元妻の名前だった。

「亡くなる少し前に、こうしてくれって」

横にいた祐美が口を開いた。しんみりしたものはなく、言葉を選んで訥々《とつとつ》とつづけた。

「一度来てもらって、引き取るか、そのままお墓に入れるか、決めてほしいって。それまでは何も言うなって」

「もう、三年ですな」

住職が遺骨に両手を合わせ、口の中で念仏をとなえた。

意味をはかりかねて祐美に目をやると、悲しげな視線にぶつかった。

「ずっと待ってたのよ。もう一度一緒に暮らせるのを」

目の前がゆらいだ。先に突き離したとはいえ、それを鵜呑みに妻が愛想をつかして出て行ったものとばかり思っていたのに、それが根こそぎひっくり返されてしまった。妻は愛想をつかしてなどいなかったのだ。それどころか、呼び戻されるのを待っていた。

記憶の、なんと頼りないことか。

最初大阪の大学に進もうとしていた祐美に、関東の大学へ行ってほしいと頼んだのも妻だという。あなただけでも、あの人と一緒に暮らしてほしい、と。

動揺を抑え込もうとしながらも、ただ茫然としていると、その間に祐美が火のついた線香を手渡してきた。

そして、頭がまとまらないまま、両手を合わせたのだった。

目を開いたときには、建物の中に紫煙がかなり広がっていた。

入れ替わりに祐美が線香を手向ける。

「やっと、連れて来たよ」

手を合わせたまま、つぶやいた。妻の思いを黙っていた辛さからやっと解放され、大役を果たした。声には、そんなものも混じっているようだった。

祐美が拝み終えると、住職が尋ねた。

「ほんで、どうなさいますか」

じっと祐美の視線が向けられる。

答えは決まっていた。黙って棚に近づき、桐箱を抱え込んだ。

「それがよろし」

にこやかに住職は微笑むと、あらためて両手を合わせた。

世話になった礼をのべ、「預り所」を出た。

外に出ると、すでに陽が暮れだし、涼しい風が顔を撫でた。空は白くなっている。

寺の境内から山門へ向かいつつ、しばらく黙ったまま並んで歩いていた祐美が、ふと思い出したような調子で尋ねてきた。

「お墓、東京にあるの」

「いや、ない。だから、しばらくは一緒に暮らす」

すとんと腑に落ちたらしく、うなずいた。

「そうか。そうだね」

それからちょっとおどけて両手を合わせた。

「それがよろし」

「馬鹿。罰が当たるぞ」

目を合わせて、互いに短く苦笑した。

本当は、しばらくといわず、死ぬまで遺骨を手元に置いてもいいと思っていた。

「でも、よかった。引き取らないって言われたらどうしようかって」

思わず遺骨を抱える手に力が入り、ひと息置いて声を絞り出した。

「もっと早く、こうするべきだった」

妻に泣きつくようで、先に歩み寄るわけには行かないと、依怙地《いこじ》になっていた。こうなってみると後悔ばかりが押し寄せてくる。

償いということではなく、妻の存在をしっかり受け止める責務があると思った。いまとなっては、それしかできない。だが、なにをどうすればいいのか。

考え込んでいると、祐美がまた声をかけてきた。

「ところで、話しておきたいことって、なに」

尋ねられたが、意味がわからない。

「やだな。この前電話で言ってたじゃないの。お墓参りしたあと、話しておきたいことがあるって」

そうだった。病気のことを打ち明けようと考えていたのだった。

思い出すと同時に、わかったような気がした。

記憶が失われていって、最後に残るものがその人間の魂であるならば。

「話しておきたいじゃない。もっといろいろな話をしたいって言ったんだ」

「え、そうだったかな」

「二十年近く離れてたわけだしな。おまえがどんな幼稚園児だったのか、小学校のとき、どんな絵を描いていたのか、中学や高校のときには、どんな恋をしたのかとか」

「ばっかじゃないの」

泣きそうな笑顔になった。

「それに、どんな母親だったのかも知りたい。二十年の空白とでもいうか。それを埋めたいんだ。三人で一緒に」

妻の遺骨に目をやって抱え直してみせると、祐美の横顔が歩きながらちょっと考えるようにうつむき、それからうなずいた。

「そうね。それは言えるかも」

今度は「それがよろし」とは言わなかった。

ついさっきまで、考えもしなかったことだが、妻は「門前さん」のように手記など残さなかった。

しかし、代わりに祐美を残したのだ。

それにようやく気づいた。祐美の口を通じて、三人の空白を埋めること。いま必要なのは、それだ。

「門前さん」が大山利代と「生き直した」ことと、それは似ているような気もする。

もちろん、二十年の空白はひどく長い。残された時間がどれほどあるのかも、わからない。

だが、埋めればそこに魂が宿るかもしれない。

「わたし」が消えるのは、それからでも遅くはないはずだ。

主要参考文献

「認知症・行方不明者1万人の衝撃 失われた人生・家族の苦悩」
NHK「認知症・行方不明者1万人」取材班（幻冬舎）
「認知症の人の心の中はどうなっているのか？」佐藤眞一（光文社新書）
「狼煙を見よ」松下竜一（河出書房新社）
「特権キャリア警察官　日本を支配する600人の野望」時任兼作（講談社）
「日本の公安警察」青木理（講談社現代新書）
「未解決事件の戦後史」溝呂木大祐（双葉新書）
「新装版 公安警察スパイ養成所」島袋修（宝島SUGOI文庫）
「公安警察の犯罪 新左翼『壊滅作戦』の検証」小西誠・野枝栄（社会批評社）
「実録・警視庁公安警部　外事スパイハンターの30年」泉修三（新潮文庫）
「警視庁捜査二課」萩生田勝（講談社+α文庫）
「警察の本」ラジオライフ編（三才ムック）
「求む、有能でないひと」G・K・チェスタトン、阿部薫編訳（国書刊行会）
「読売新聞報道写真集　東日本大震災」（読売新聞社）その他

＊なお、福島県篠原町は架空の町です。

●江戸川乱歩賞の沿革

江戸川乱歩賞は、一九五四年、故江戸川乱歩が還暦記念として日本探偵作家クラブ（一般社団法人日本推理作家協会の前身）に寄付した百万円を基金として創設された。

　第一回が中島河太郎「探偵小説辞典」、第二回が早川書房「ハヤカワ・ポケット・ミステリ」の出版に贈られたのち、第三回からは、書下ろしの長篇小説を募集して、その最高作品に贈るという現在の方向に定められた。

　以後の受賞者と作品名は別表の通りだが、これら受賞者諸氏の活躍により、江戸川乱歩賞は次第に認められ、今や賞の権威は完全に確立したと言ってよいであろう。

　この賞の選考は、二段階にわけて行われる。すなわち、日本推理作家協会が委嘱した予選委員七名が、全応募作品の中より、候補作数篇を選出する予選委員会、さらにその候補作から授賞作を決定する本選である。

●選考経過

本年度江戸川乱歩賞は、一月末日の締切りまでに応募総数三百八十七篇が集まり、予選委員（香山二三郎、川出正樹、末國善己、千街晶之、廣澤吉泰、三橋曉、村上貴史の七氏）により最終的に左記の候補作四篇が選出された。

井上　雷雨　「ブルー　オン　ブラック」
小塚原　旬　「エスカレーションラダー」
佐野　広実　「わたしが消える」
桃ノ雑派　「インディゴ・ラッシュ」

この四篇から、六月八日（月）、リモート選考会において、選考委員、綾辻行人・新井素子・京極夏彦・月村了衛・貫井徳郎の五氏の出席のもとに、慎重なる審議の結果、佐野広実「わたしが消える」を授賞作に決定。

一般社団法人　日本推理作家協会

●選評（五十音順）

選評

綾辻行人

あえてまず述べておこう。推理小説（＝ミステリー）で最も重要な構成要素は「謎とその解明のあり方」である。これはいわゆる「本格ミステリ」に限った話ではなくて、本賞で募集している「広い意味での推理小説」であっても基本的にはそうだろう――と、少なくとも僕は考えている（「基本的には」なので当然、例外は存在するわけだが）。

今回の選考で感じざるをえなかったのは、総じてこの「謎とその解明のあり方」が弱い（どうかすると蔑ろにされている）という問題だった。「魅力的な謎と意表を衝く解明」は、推理小説という文学形式が持つ最強の武器でもあるだろうに。そこを鍛えてもっと攻めてきてほしい――と、これは今後の応募者に向けての個人的な要望である。

そんな中でも今回、作中の「謎」にいちばん魅力を感じたのは佐野広実『わたしが消える』だった。「介護施設の門前に置き去りにされた認知症の老人は何者か」という序盤の地味な「謎」が、物語の進行とともに厚み・深みを増しながら読み手を引き込んでいく。中盤から終盤にかけての大きな展開については、日本の警察組織等の実態から見て非現実的すぎる、という指摘もあり、それは確かにそうなのだろうが、修正可能な誤解や誤謬は正すにしても、あとはもう「フィクション」として目を瞑ってもいいのではないか。そう考え、授賞に賛成した。ちなみにこの小説、全編が一人称で書かれているのだが、最後の最後まで語り手を示す人称代名詞（わたし）が使われない。作品的な意味があっての書き方だが、相当なテクニックを要する。これを成功させていることからも、この作者の力量が察せられて頼もしい。

最後まで『わたしが消える』と競ったのが井上雷雨『ブルー　オン　ブラック』。とてもリーダビリティの高い作品で、主要登場人物のキャラも立っていてストレスなく読めてしまう。全体のバランスも良いし、完成度も高い。しかし悲しいかな、「少女はなぜ家出したのか」というメインの謎に対する答え（解明）に創意が乏しすぎる。著名な先行作品もあるし、日々のニュースで類似の社会問題を目にする機会が多い読者はもはや、さほどの衝撃も受けないだろう。ここから「さらに意表を衝く真相」が用意されていなければ、現代の推理小説としては通用しないのではないか。

　ある意味で惜しかったのは、桃ノ雑派『インディゴ・ラッシュ』。ビンテージデニムやデニムハンターという題材の面白さに加えて、冒頭になかなか魅力的な謎も現出する。ところが、そのあとはマフィア相手の派手な活劇がメインになってしまい、これはこれで面白くはあるのだが、せっかくの題材と謎が結局、十全に生かせていない。

　小塚原旬『エスカレーションラダー』には大いに難を覚えた。とにかくまず、現代日本の政界を舞台にしたポリティカルフィクション的なパートが、厳しい云い方になるが、読むに堪えない。政党も政治団体も政治家も、名が変えてはあっても何が（誰が）モデルなのかが容易に察せられるのだが、かといって気の利いたパロディにもなっておらず……そういった中で物語を進められても鼻白むばかり。あまつさえ、並行して発生する殺人事件の謎と解明にも、膝を打ちたくなるような美点は見出せなかった。

選評

新井素子

『エスカレーションラダー』。このお話……作者は、何を書きたかったの？　それが一番問題だと思いました。

　政治の話を書きたかったのなら、その部分をもっとちゃんと書かないと駄目だし、主人公芹沢の成長を描きたかったのなら、書きようというものが他にある。シーンによってあまりにも芹沢のイメージが違いすぎ。その上、「これはまさに誠意のない男の見本だ」みたいな描写がずっと後まであり、芹沢にまったく共感できません。

『インディゴ・ラッシュ』。ヴィンテージ・ジーンズ・ハンターって設定は面白かったし、「百年以上前に閉じられた鉱山に、何故か新しく見える死体がいくつも、そしてその死体は第二次世界大戦中に作られたジーンズを履いている、その上、あるいは、１８７０年のジーンズを……」っていう、時間軸いくつも矛盾した謎があるのに、これが全然楽しめない。プレゼンテーション、下手すぎです。

　マフィアとかなくして、素直にジーンズの話に絞ったらよかったんじゃないかという気がするんですが。

『ブルー　オン　ブラック』。家出してしまった少女を探す探偵の話。この作者、手慣れてます。読みやすいし、テニス部の生徒の会話なんか、それだけで少女の立ち位置が判るし。ヒロインの探偵・透子の造形も、少女達に感情移入してゆく状況が判るものだし、ラストも希望があっていい感じ。

　これは多分、商品として流通していてもおかしくないお話だと思うんですが。けれど。あの、ごめんなさい、新味というものが、まったくないんです。少女が周到に用意して家出した――ということは、理由はあれか？――あれ、だ。一事が万事この調子で、素直に読めるんだけれど、驚くことが何もないの。新人賞応募作としては、これが最大の傷でした。

『わたしが消える』。交通事故で脳の検査をして、はからずも自分が認知症の前段階にあるって知らされてしまった主人公が、施設の門前に置き去りにされた認知症のひとの過去を探るお話。

このお話、私はもう、認知症部分が切なくて。ここはとてもいいと思います。ラストの、今更埋めようがない過去を、それでももう一回取り返そうとする主人公も素敵。

ただ……クライマックスシーンが。私は警察関係ってまったく判らないんですが、さすがに、いくら何でも、この黒幕はあんまりじゃないかと。

と、まあ、色々ありましたが。最終的に。『わたしが消える』が受賞となりました。

作者の方は、去年も最終選考に残った方だそうです。おめでとうございます。どうか、がんばって、勝手なことを言っている私の思惑を蹴散らす第二作を書いてください。

とても楽しみに待っております。

選評　京極夏彦

江戸川乱歩賞は〝広義のミステリ〟を募集するものであり、厳密な定義はない。従って必ずしも〝謎と解明〟を要求するものでもない。しかし作中で謎を提示するのであれば、その作品は作品総体としてその謎と真摯に向き合う必要があるのではないかと考える。

『エスカレーションラダー』のポリティカルフィクションにミステリ的な趣向を取り込むという試みに関しては新しさを感じる。但し、恣意的な隠蔽や偶然性に依拠した展開はミステリ的な趣向としてはかなり弱いものであるし、作品の大きな核となるトランスジェンダー問題とストーリーを牽引する政治的権謀術数にも直接的な繋がりは見出せない。結果的に過去の事件と現在の事件が主題的にも物語的にも乖離してしまっている。また、現実の政治状況をあまりにもダイレクトに連想させる書き振りはマイナスだったのではないか。

『インディゴ・ラッシュ』はデニムハンターという目新しくも魅力的な素材を扱っており、その点においては大変に面白く読ませてくれる。主要人物の造形や描写も達者ではある。ただ物語は反社会的組織とのアクション抗争劇の体裁になっており、プロットにも無理が生じている。結果的にそうした数々の長所が活かされているとは言い難い仕上がりになってしまった。冒頭で示される蠱惑的な謎も、作中ではほとんど謎として扱われておらず、情報開示の際のサプライズもない。素材と料理法、そして器がマッチしていないのだろう。提示された謎を軸に据え、ヴィンテージデニムへの偏愛を動機とした争奪劇などに仕立てられていれば、傑作になっていたかもしれない。

『ブルー　オン　ブラック』は可読性も高く、設定やキャラクター造形もそつがない佳作ではある。DVや性的虐待を扱うが、主人公の行動様式が終始ポリティカル・コレクトネスに則られており、またストーリーテラーとしての技量も優れているため、悲壮な展開でも安定感をもって読み進められる。その点は高く評価したい。ただ意外性が殆どない。謎に対する解答も予想される範囲内であり、驚きはない。むしろ主人公が行動様式に反した判断をするシークエンスのほうが印象に残ってしまう。巧みな書き手と思われるだけに惜しい。

　受賞作『わたしが消える』は、キイワードとなる認知症が全編を貫いており、主題／物語／語り口に隔絶はない。のみならず最初に提示される謎に対する解明こそが作品そのものを構成しているというシンプルな構造でもある。技巧を凝らした文章もこのコンセプトを担保するための手段なのだろうが、過度な趣向に陥ることなく、筆致には枯淡の趣さえ感じられる。だが、それに反して明かされていく真相のスケールは決して地味なものではないし、小さいものでもない。抑えた書き振りが韜晦しているが、この、中盤以降の陰謀論を背景とした展開は、ややリアリティに欠けるものではあるだろう。また、警察組織に対する事実誤認など、気になる点は多い。ただ、フィクションとしての結構性は十分に保たれていると考える。それらを瑕疵とするか否かは意見が別れるところだろう。いずれにしろ、接戦であった。受賞を喜びたい。

選評

月村了衛

今回候補作に共通して感じられたのは、「驚きがない」ということでした。伝統ある江戸川乱歩賞ですので〈ミステリとしての驚き〉ならベストですが、そうでなくても〈小説としての驚き〉が備わっていれば、どの作品ももっと評価が上がっていたことでしょう。応募者はいずれもあまり小説を読んでいないのではないか、とさえ思いました。小説を志す者は、もっと小説を愛し、古今東西の名作に触れるべきではないかと考えるものです。

『エスカレーションラダー』は、今日的な要素を詰め込んでいる点は結構なのですが、いずれも消化不良に終わっていて全体の印象を悪くしています。主人公の人物像のブレや描写不足を指摘する声も相次ぎ、評価を得られませんでした。視点が定まらず、読みにくい文章のスタイルも問題です。

『インディゴ・ラッシュ』は、ビンテージデニムという題材の面白さは全選考委員の認めるところでありました。しかしマクガフィンを巡る争奪戦という枠組みの物語なら、既存の作品にはない独自性が必要です。それが見当たらなかったのは残念でした。活劇の連続はよいのですがメリハリがないと単調になってしまいます。日系人の死体との関係に「驚き」のアイデアが一つあれば大逆転もあり得たかも知れませんが、枠を破ることなく終わってしまいました。

『ブルー　オン　ブラック』は情報の出し方に難があります。梗概の最初の三行に書かれている設定が、どこまで読んでも出てこないというのは問題でしょう。日下部の人物像には作中での使われ方も含めて好感を持ちましたが、全体的に人物描写が不足しています。そしてなにより、最後に判明するネタが使い古されたパターン中のパターンであること。その点に関して指摘しない選考委員は皆無であり、ここもやはり「驚き」が欲しいポイントでした。

　受賞作となりました『わたしが消える』は、昨年度も最終候補に残った方の作品で、前作同様、最も安定した読み心地を抱きました。サスペンスの醸成に関しては前作よりも進歩しているとさえ感じました。しかし後半、特にクライマックスは不自然な状況下での説明台詞合戦となっていて失望を覚えました。これはエンタテインメントを書く者としては最も避けたいパターンです。正直に記しますと、主にここでの減点により私は前作の方が総合点では上だったのではないかと個人的に思っています。しかし最終的に本作で受賞となったことは、落選にめげず連続して応募した作者の努力の賜物であり、勝利です。そのことに間違いはありません。この上は、よい作品を書き続けることによって自らつかんだ運を何倍にも膨らませて下さい。

佐野さん、おめでとうございます。

選評　貫井徳郎

正直に言えば、受賞作なしでいいと思っていました。ですが、受賞作は出すべきだとの意見にも一理あると思ったので、反対はしませんでした。

まず、候補作すべてに言えることですが、タイトルに魅力がありません。英語をそのままカタカナ表記するのは、芸がないのでやめましょう。以下、各作品について述べます。

『インディゴ・ラッシュ』はどれかひとつ選ぶならこれ、

と思っていた作品でした。ビンテージデニムのミステリーは、世界初ではないかと思ったからです。ただし、ビンテージデニムの面白さがまるで伝わってこないのが致命的でした。作者ご自身は大好きなのでしょうが、みんなが好きなわけではないのですから、もっと「こんなに面白い」と書き込まなければなりません。

『ブルー　オン　ブラック』は一番達者でした。このレベルの作品なら、世に出ているでしょう。ですが、新味が何ひとつないので、世に出ても埋もれるだけです。少女失踪の理由が父親の性的虐待とは、意外性皆無でしかも嫌悪感を誘います。読者は何を喜ぶのか、突き詰めて考えてみるべきです。

『エスカレーションラダー』は期待しながら読みました。ポリティカルサスペンスは乱歩賞では珍しいからです。しかし、既存の人物や組織を思い起こさせる造形は駄目です。やるなら、一から架空の政界を作り上げないと。作者にそこまでの力はありませんでした。

『わたしが消える』は地に足がついた作品でした。中核の謎が一番面白かったのも、これです。ですが、難点が多々あります。

【以下ネタバレ】

まず、作者は警察の仕組みを勘違いしています。警察庁は単なる中央省庁で、ＦＢＩのような広域捜査機関ではありません。まして、警察庁と警視庁の面子争いなどありません。

殺人が最後の手段ではなく、ファーストチョイスになっているのもおかしいと思いました。日本を動かすほどの組織なら、簡単に殺人など犯さないはずです。黒幕自身が終盤で、白を切れば済むと言っているのだからなおさらおかしいです。

真相がただの陰謀論に過ぎないのも、白けました。ここまで大風呂敷を広げるなら、読み手を納得させるだけの説得力を持たせて欲しいですが、それはありませんでした。

実在する団体を連想させる組織が黒幕だったという真相も、書き手の姿勢としてよくありません。

これらの指摘は単行本化の際に修正されているかもしれません。大手術になってしまいますが。

厳しいことを書きましたが、必ずや作者のプラスになると信じています。世に出たからには、大成されることを願っています。一緒にがんばりましょう。

＊選考会の意見を踏まえ、刊行にあたり、応募作を加筆・修正いたしました。

江戸川乱歩賞受賞リスト（第3回より書下ろし作品を募集）

第1回（昭和30年）「探偵小説辞典」　中島河太郎
第2回（昭和31年）「ハヤカワ・ポケット・ミステリ」の出版　早川書房
第3回（昭和32年）「猫は知っていた」　仁木悦子
第4回（昭和33年）「濡れた心」　多岐川恭
第5回（昭和34年）「危険な関係」　新章文子
第6回（昭和35年）受賞作品なし
第7回（昭和36年）「枯草の根」　陳舜臣
第8回（昭和37年）「大いなる幻影」　戸川昌子
「華やかな死体」　佐賀潜
第9回（昭和38年）「孤独なアスファルト」　藤村正太
第10回（昭和39年）「蟻の木の下で」　西東登
第11回（昭和40年）「天使の傷痕」　西村京太郎
第12回（昭和41年）「殺人の棋譜」　斎藤栄
第13回（昭和42年）「伯林―一八八八年」　海渡英祐
第14回（昭和43年）受賞作品なし
第15回（昭和44年）「高層の死角」　森村誠一
第16回（昭和45年）「殺意の演奏」　大谷羊太郎
第17回（昭和46年）受賞作品なし
第18回（昭和47年）「仮面法廷」　和久峻三
第19回（昭和48年）「アルキメデスは手を汚さない」　小峰元
第20回（昭和49年）「暗黒告知」　小林久三
第21回（昭和50年）「蝶たちは今……」　日下圭介
第22回（昭和51年）「五十万年の死角」　伴野朗
第23回（昭和52年）「透明な季節」　梶龍雄
「時をきざむ潮」　藤本泉
第24回（昭和53年）「ぼくらの時代」　栗本薫
第25回（昭和54年）「プラハからの道化たち」　高柳芳夫
第26回（昭和55年）「猿丸幻視行」　井沢元彦
第27回（昭和56年）「原子炉の蟹」　長井彬
第28回（昭和57年）「黄金流砂」　中津文彦
「焦茶色のパステル」　岡嶋二人
第29回（昭和58年）「写楽殺人事件」　高橋克彦
第30回（昭和59年）「天女の末裔」　鳥井加南子
第31回（昭和60年）「モーツァルトは子守唄を歌わない」　森雅裕
「放課後」　東野圭吾
第32回（昭和61年）「花園の迷宮」　山崎洋子

第33回（昭和62年）「風のターン・ロード」　石井　敏弘
第34回（昭和63年）「白色の残像」　坂本　光一
第35回（平成元年）「浅草エノケン一座の嵐」　長坂　秀佳
第36回（平成2年）「剣の道殺人事件」　鳥羽　亮
「フェニックスの弔鐘」　阿部　陽一
第37回（平成3年）「連鎖」　真保　裕一
「ナイト・ダンサー」　鳴海　章
第38回（平成4年）「白く長い廊下」　川田弥一郎
第39回（平成5年）「顔に降りかかる雨」　桐野　夏生
第40回（平成6年）「検察捜査」　中嶋　博行
第41回（平成7年）「テロリストのパラソル」　藤原　伊織
第42回（平成8年）「左手に告げるなかれ」　渡辺　容子
第43回（平成9年）「破線のマリス」　野沢　尚
第44回（平成10年）「Ｔｗｅｌｖｅ Ｙ．Ｏ．」　福井　晴敏
「果つる底なき」　池井戸　潤
第45回（平成11年）「八月のマルクス」　新野　剛志
第46回（平成12年）「脳男」　首藤　瓜於
第47回（平成13年）「13階段」　高野　和明
第48回（平成14年）「滅びのモノクローム」　三浦　明博
第49回（平成15年）「マッチメイク」　不知火京介
「翳りゆく夏」　赤井　三尋

第50回（平成16年）「カタコンベ」　神山　裕右
第51回（平成17年）「天使のナイフ」　薬丸　岳
第52回（平成18年）「東京ダモイ」　鏑木　蓮
「三年坂 火の夢」　早瀬　乱
第53回（平成19年）「沈底魚」　曽根　圭介
第54回（平成20年）「誘拐児」　翔田　寛
「訣別の森」　末浦　広海
第55回（平成21年）「プリズン・トリック」　遠藤　武文
第56回（平成22年）「再会」　横関　大
第57回（平成23年）「よろずのことに気をつけよ」　川瀬　七緒
「完盗オンサイト」　玖村まゆみ
第58回（平成24年）「カラマーゾフの妹」　高野　史緒
第59回（平成25年）「襲名犯」　竹吉　優輔
第60回（平成26年）「闇に香る嘘」　下村　敦史
第61回（平成27年）「道徳の時間」　呉　勝浩
第62回（平成28年）「ＱＪＫＪＱ」　佐藤　究
第63回（平成29年）受賞作品なし
第64回（平成30年）「到達不能極」　斉藤　詠一
第65回（令和1年）「ノワールをまとう女」　神護かずみ

第67回 江戸川乱歩賞応募規定

●選考委員（五十音順）

綾辻行人／新井素子／京極夏彦／月村了衛／貫井徳郎

◉種類と枚数………広い意味の推理小説で、自作未発表のもの。縦書き・一段組みとし、四百字詰め原稿用紙で350～550枚（コピー不可）。ワープロ原稿の場合は必ず一行30字×40行で作成し、115～185枚。郵送応募の場合は、A4判のマス目のない紙に印字のうえ、必ず通し番号を入れて、右肩を綴じて下さい。WEB応募の場合も同様のページレイアウトにし、原稿データ形式はMSWord（doc,docx）、テキスト（txt）、PDF（pdf）での投稿を推奨します。応募規定の原稿枚数規定を満たしたものに限り応募を受け付けます（いずれも超過・不足した場合は失格）。

◉原稿の締切………2021年１月末日（当日消印有効）

◉原稿の送り先………【郵送での応募】〒112-8001 東京都文京区音羽2-12-21 講談社 文芸第二出版部「江戸川乱歩賞係」宛て。【WEBでの応募】小説現代公式サイト内の江戸川乱歩賞ページ（http://shousetsu-gendai.kodansha.co.jp/special/edogawa.html）の「WEBから応募」をクリックし、専用WEB投稿フォームから必要事項を記入のうえ、１枚目に作品タイトルが記載された原稿ファイルのみをアップロードして投稿すること。

◉原稿のタイトル………郵送、WEBともに、原稿１枚目にタイトルを明記すること。

◉氏名等の明記………【郵送での応募】別紙に①住所②氏名（筆名）③生年月日④学歴⑤職業⑥電話番号⑦タイトル⑧四百字詰め原稿用紙での換算枚数を明記し、原稿の一番上に添付のこと。【WEBでの応募】①～⑧は投稿フォーム上に記入すること。

◉梗概………【郵送での応募】四百字詰め原稿用紙換算で３～５枚の梗概を添付する。【WEBでの応募】梗概は投稿フォーム上に記入すること。

◉入選発表………2021年６月号の「小説現代」誌上で第３次予選選考経過を寸評つきで掲載、７月号で受賞者を発表。

◉賞………正賞として江戸川乱歩像。副賞として賞金1000万円（複数受賞の場合は分割）ならびに講談社が出版する当該作の印税全額。

◉諸権利………〈出版権〉受賞作の出版権は、３年間講談社に帰属する。その際、規定の著作権使用料が著作権者に別途支払われる。また、文庫化の優先権は講談社が有する。〈映像化権〉実写・アニメーションなど製作方法を問わず、テレビ・映画・舞台・ゲームなどにおける映像化権は、フジテレビが独占利用権を有する。その期間は入選決定の日に始まり、契約の日から３年を経過した日に終わるものとする。二次利用も含めたすべてのフジテレビの独占利用権の対価は受賞賞金に含まれる。また、二次利用の地域・期間・回数に制限は設けないものとする。作品の内容により映像化が困難な場合も賞金は規定通り支払われる。

◉応募原稿………応募原稿は一切返却しませんので控えのコピーをお取りのうえご応募下さい。二重投稿はご遠慮下さい（失格条件となりうる）。なお、応募原稿に関する問い合わせには応じられません。

主催／一般社団法人　日本推理作家協会

後援／講談社・フジテレビ

わたしが消《き》える

佐野広実（さの・ひろみ）

1961年神奈川県生まれ。
1999年、第六回松本清張賞を「島村匠」名義で受賞。
第65回江戸川乱歩賞で最終候補となる。
『新青年』研究会」会員。

二〇二〇年九月二十八日　第一刷発行

［著者］佐《さ》野《の》広《ひろ》実《み》
［発行者］渡瀬昌彦
［発行所］株式会社講談社
東京都文京区音羽二―一二―二一
〒一一二―八〇〇一
電話［出版］〇三―五三九五―三五〇五
［販売］〇三―五三九五―五八一七
［業務］〇三―五三九五―三六一五

［本文データ制作］講談社デジタル製作
［印刷所］豊国印刷株式会社
［製本所］株式会社若林製本工場

N.D.C.913　366p　20cm ISBN 978-4-06-521120-5